H5N1

強毒性新型インフルエンザウイルス日本上陸のシナリオ

岡 田 晴 恵

幻冬舎文庫

H5N1

強毒性新型インフルエンザウイルス
日本上陸のシナリオ

２００９年春、発生したＨ１Ｎ１型新型ウイルス。

今回のＨ１Ｎ１は、Ｈ５Ｎ１と異なり弱毒性のウイルスであり、病態は季節性のインフルエンザに相当している。しかし、メキシコや米国では基礎疾患を持つ人だけでなく、健康な若い人でも重症肺炎を起こすことが報告されている。決して侮ってはならない疾患である。これからこのＨ１Ｎ１ウイルスは、南半球の冬に向かって流行が拡がり、完全なるヒト型ウイルスに変化し、秋から冬にかけて、北半球により大規模な流行となって戻ってくる可能性がある。

一方、この間にも強毒性のＨ５Ｎ１ウイルスの鳥における流行は、全く独立して進行しており、本書で述べる最悪のシナリオによるパンデミックのリスクは決して減っていないことを強調しておきたい。

おもな登場人物

大田信之　国立感染症研究所ウイルス部長、WHOインフルエンザ協力センター長
沢田　弘　大阪府R市立S病院副院長、感染症内科の専門医
吉川哲也　吉川クリニック院長（内科専門の開業医）、診療で自らも罹患
時田邦彦　小児科クリニックの開業医、地元の医師会でインフルエンザ対策に貢献
奥沢　望　O県衛生研究所長、県新型インフルエンザ対策委員のメンバー
伊藤由起子　大阪市S区の保健所長、発熱センターで現場を指揮
溝腰健治　福岡空港検疫官、獣医師の資格を持つ
酒井俊一　北海道H市の保健所長、海外の新型情報を翻訳し発信し続けている
向田ヒロミ　東京都品川区の保健所長、新型インフルエンザ対策の先駆者
柳　正一　福岡で輸入雑貨販売会社を経営、国内第一号の新型インフルエンザ患者
木田純一　大手総合商社勤務のサラリーマン、首都圏地域で初めて発症
主婦・牧子　東京都文京区在住、一人息子の真一が発症

目次

プロローグ

1997年12月15日。街路には凩(こがらし)が吹き、枯れ葉が舞い上がっていた。新宿区早稲田にある国立感染症研究所戸山庁舎。冬の陽(ひ)が落ちかけ、窓外の夕闇が室内にも色濃く迫って来た。薄暗くなった室内に、コンピューター・モニターの反射を受け、ウイルス部長の大田信之の顔がぼうっと白く光る。

しかし、その姿は、いつもの温厚で何事にも泰然自若として、めったなことでは顔色すら変えない大田とは違っていた。

コンピューターのモニター上につい今しがた発信した読みさしのメールを開いたまま、受話器にしがみつき、アドレス帳で番号を確かめながら必死でプッシュボタンをたたく緊迫した姿があった。

大田は、ボタンをたたきながら、上ずった声で独り言を繰り返していた。

「強毒の鳥インフルエンザが、ヒトへ……、18人ものヒトに感染しただとっ!」

「既に6人も死んだ！」

「やはり悪い予想が的中してしまったのか！　一刻も早く鳥を処分して最悪の事態を防がなければ……」

この時、大田が国際電話を繋いで情報交換を行い、次の対応策を相談しようとしていた相手は、香港のマーガレット・チャンであった。当時の香港特別行政府衛生部保健局長であり、現在ＷＨＯ（世界保健機関）の事務局長を務める女性である。

序章　火種

１９９７年５月　香港・第一の犠牲者

３歳の男の子が亡くなった。この男児は、５月になって、高熱と咳で香港の病院に入院。容態が急変して呼吸困難となり、６日後に死亡した。診断はライ症候群。小児のインフルエンザ患者がアスピリンを服用すると稀に起こる病気で、肝臓の脂肪変性を伴う重症の脳症である。最初に診療に当たった家庭医はインフルエンザを疑うことなく、この小児に解熱剤としてアスピリンを投与していたのだ。

ライ症候群であれば、インフルエンザに罹っていたはずだ。しかし、子供から分離されたウイルスは、A型インフルエンザとは同定されたが、当時ヒトの間で流行していたＨ３（香港型）でもＨ１（ソ連型）でもなかった。詳しい検査のために、ウイルスがオランダ・ロッテルダムの研究所に送られた。だが、その検査結果は全く予想外のものであった。〝鳥〟の

A／H5N1型インフルエンザウイルス、しかも鳥を100%殺してしまう強毒型ウイルスであることが判明したのは、8月17日のことである。

　H5N1型鳥インフルエンザウイルスは、4月以来香港のニワトリの間で流行しており、数千羽のニワトリが死んでいたが、鳥のウイルスは直接ヒトへは感染しにくいと考えられていたものだ。しかし、この事件は一部のインフルエンザ専門家の考え方を大きく変えさせた。強毒型の鳥インフルエンザがヒトにも感染して死亡させたのは事実だ。人間における強毒性新型インフルエンザ大流行の可能性はもはや否定できない、と。


　今でこそ、鳥インフルエンザがヒトに感染する事態を引き起こすことは、衆知の事実だが、当時、鳥のウイルスはヒトへは感染しないと信じられていた。そのため、この年の初めに香港に接する中国・深圳（しんせん）経済特区のニワトリの間でH5N1型鳥インフルエンザが猛威を振るった時にも、政府当局も多くの研究者も、この鳥ウイルスが直接ヒトに感染するとは予想だにしていなかったのだ。

　鳥のウイルスがヒトへ感染するには、遺伝子の変異や交雑によるヒト型ウイルスへの変化が必要であるとされていた。それは、インフルエンザウイルスが、ヒトや鳥などの動物の細胞に感染するためには、細胞の表面のレセプター（受容体）に結合する必要があり、このレセプターの構造は、ヒトと鳥の細胞では少し異なっているし、ウイルス自身のレセプター認識の特異性も違っているからだ。実験室レベルでも、ヒトの呼吸器上皮の細胞には鳥のウイルスは感染しにくく、なんとか感染させたとしても増殖効率は極めて悪い。

だから、この鳥インフルエンザの直接感染による男児の死亡は、全くの例外的なことであると捉(とら)えられた。それ以降、鳥の間のウイルスの流行は小康状態を迎え、ヒトの新たな患者発生も報告されなかったことから、マスメディアの注目を浴びることもなく、一部の専門家に懸案課題を残すにとどまった。鳥インフルエンザの流行も収まって、香港の街がいつもの活気を取り戻し、鳥インフルエンザで死んだ男の子の話題も、その喧噪(けんそう)にかき消されていった。

しかし、H5N1型鳥ウイルスは本当に姿を消したわけではなかった。街の表面からは姿を消したようにみえても、その実どこかに潜り込むようにして人の目から逃れ、インフルエンザウイルスが活発化しやすい、気温が20度以下の季節を待っていたのだった。だが、どこにどうやって隠れていたのか、未(いま)だに回答は得られていない。

鳥インフルエンザウイルスにはH1〜H16まで16種類の亜型が存在しており、これらが水(すい)禽(きん)の渡り鳥（カモ、ハクチョウなど）を宿主として地球上に存在している。

もともとH5型の鳥インフルエンザウイルスは、カモなどの水鳥の腸管に感染する弱毒性のウイルスで、病原性は低く、鳥を殺すことはなかった。しかし、ニワトリの間で感染が拡がると、ウイルス表面の赤血球凝集素（HA）という蛋白を構成するアミノ酸のごく一部が変化することで、容易に強毒性のウイルスに変化する。その結果、ニワトリなどの大量死をもたらすことが報告されている。1983年、米国・ペンシルバニア州で、ニワトリや七面鳥が大量に死ぬという事件が起きたが、この時は、H5N2型の弱毒型鳥インフルエンザウイルスが、HAのアミノ酸がたった一つ変化したことで強毒型になったものだった。

強毒型ウイルスは、ニワトリなどの家禽に感染すると、腸管以外にも、血流中に入って脳、肺、心臓、肝臓、腎臓など全身の臓器、血管に感染を拡げ、48時間以内にほぼ100％を殺してしまう。大量のウイルスが糞便や体液などと一緒に排出されるので、周囲のニワトリにも急激に流行を拡げることとなり、養鶏業にとっては壊滅的な損害をもたらす。

過去のH5型鳥インフルエンザウイルスでは、弱毒型や強毒型を問わず、ヒトに感染した例が報告されたことはなかった。したがって、強毒型ウイルスの出現は、家禽ペスト（現在は高病原性鳥インフルエンザと呼ばれる）というニワトリ、七面鳥、アヒルなどの大量死をもたらす家畜伝染病としてのみ注目されていたのだ。

しかし、一部のインフルエンザ専門家の間では、ヒトにおいても強毒型ウイルスの大流行が起こる可能性が警告されていた。１９９７年５月に死亡した小児患者はこの可能性を強く疑わせるものとして、不気味な記憶をインフルエンザの研究者たちに残すことになった。

１９９７年11月　香港・鳥インフルエンザ発生

半年後、再び、香港のニワトリの間でＨ５Ｎ１型鳥インフルエンザの大流行が発生した。どこかに隠れていたウイルスが再出現したのだ。半年前と同じ１００％ニワトリを殺す恐ろしい致死性ウイルスだった。まず九龍半島の新開地区にある養鶏場で流行が始まった。香港名物の繁華街のマーケットでは生きた鳥が売り買いされていたが、ここでも籠に入って陳列されたニワトリがバタバタと死に始め、あっという間に大量の鳥が斃死した。

さらに、鳥での流行拡大に伴って、新たに17名の感染患者の発生が、次々と報告されるようになった。高病原性鳥インフルエンザは、今度は例外的なライ症候群ではなく、多くの人へも高い死亡率をもたらす集団発生としてやって来たのだ。重症例も多く、発症者の３人に１人が死亡した。一部専門家の予測が的中し、世界中が震撼することになったのである。

今まで経験したことのない事態に途方にくれ、死んだニワトリを不安そうに素手で持ち上げ、売り物にならないとつぶやくマーケットのオヤジさん——。鶏舎では、屍骸があちこちで積み重なっていくのを、呆然と眺める業者がいた。
彼らには、未だ鳥の死因も、自らに降りかかっているウイルス感染の危険性の状況も全くわかっていない。これでは無知と無防備を背景に、鳥ウイルスが蔓延する可能性が高くなっても不思議ではない。

このＨ５Ｎ１型ウイルスは、ニワトリやマウス（哺乳類の実験動物の代表であり、インフルエンザの感染実験によく使う）にも、致死性の全身感染を起こす強毒性（高病原性）であることが、世界各地の研究者によって明らかにされるようになってきた。

香港でのＨ５Ｎ１型鳥インフルエンザの流行は、今までの弱毒型ウイルスの流行と全く異なり、強毒型のウイルスであることが、深刻であり、重要な点であった。

従来の弱毒型のインフルエンザウイルスは、ニワトリの呼吸器や消化管の表層のみに感染する。ニワトリの症状も卵の産みが多少悪くなる、という程度の症状でしか出てこない。しかし、今回のウイルスは強毒型で、ウイルスは血流に乗って鳥の全身に回り、致死性の全身感染を起こす。これがヒトにも感染する。人類が過去に、少なくとも過去2世紀の間には、経験したことのない新興感染症の出現である。

鳥インフルエンザの流行は、鳥からヒトへの直接の感染に加えて、より重大な問題を提起していた。

人間の世界におけるA型インフルエンザでは、毎年流行を繰り返すインフルエンザに加えて、数十年（平均27年）に1回の割合で、鳥のウイルスがさまざまな遺伝子の変異や交雑によってヒト型に変化し、ヒトの世界に侵入して新型インフルエンザの大流行を起こす。その後、この新型ウイルスの子孫が例年のインフルエンザとして引き続き流行を繰り返すのである。

弱毒型の鳥ウイルスに由来するヒト型の新型インフルエンザの場合には、ヒトに対しても、通常のインフルエンザと同じく呼吸器に限局した感染を起こし、健康被害は肺炎などの呼吸器の合併症に限られる。それでも、ほとんどの人が新型ウイルスに対する免疫を持たないので、新型インフルエンザは大流行を起こして大きな健康被害が生じる。

20世紀に起こったスペイン風邪（スペインインフルエンザ・H1N1・1918年）、アジア風邪（1957年）、香港風邪（1968年）といった過去の新型インフルエンザはすべて、弱毒型の鳥ウイルスに由来していた。あのグレートインフルエンザとして恐れられ、全世界で4000万人から1億人、日本国内で45万人以上を殺したとされるスペイン風邪でさえ、〝弱毒性〟のウイルスであった。

これに対し、1997年香港で発生したH5N1型強毒性ウイルスのヒトへの感染は、呼吸器感染症に終始する通常のインフルエンザの常識を超えて、多臓器不全という重症な症状と高い致死率を伴う、全く新しい疾患をもたらした。このような強毒型ウイルスがヒト型ウイルスに変化して、新型インフルエンザとしてパンデミック（大流行）を引き起こしたらどうなるのか？

1997年12月　香港・ウイルス根絶

香港の街では、このウイルスが次々とヒトへの感染を起こし始めた。18人の感染患者が発生、そのうち6名が死亡する。致死率はなんと、33％である。毎年の季節性のインフルエンザの致死率が、わずか0・1％未満であることを思うと、いかに異常な事態であるかがわかる。

香港の医療設備の整ったレベルの高い医療施設で治療が施されたにもかかわらず、6名の命を救うことはできなかった。しかも、乳幼児や老人相手に猛威を振るう普段のインフルエンザと違い、青年や壮年層で、この強毒性ウイルスは重症化する傾向が認められた。

この段階での全身感染はヒトにおいては証明されてはいないが、サイトカインストーム

（免疫の過剰反応）による多臓器不全を起こしたのではないかと専門家の間では示唆された。患者らは皆、鳥からの直接感染であり、ヒトからヒトへの伝播は証明されなかった（後に患者から感染を受けた医療スタッフと臨床検査技師が確認されているが、発症はしていない）。これは幸いではあったが、その災禍は専門家たちを震え上がらせるに十分であった。

　インフルエンザウイルスには、遺伝子の突然変異がしばしば起こるので、鳥からヒトへの感染が繰り返されれば、ヒトからヒトへ効率よく伝播される〝新型インフルエンザ〟に変化する可能性が高まる。特に、通常のヒト型インフルエンザウイルスとの同時感染が起これば、同一の体内でウイルスが混じり合い、一気に新型インフルエンザになってしまう危険性がある。さらに、強毒性の鳥ウイルスが、ヒトに直接感染しているという事実は、従来の〝インフルエンザの常識〟を根底から覆す事態であり、病原性の高い〝新型インフルエンザ〟の発生を予期させることでもあった。

　香港でのＨ５Ｎ１型インフルエンザのヒトへの感染事例の報告は、香港当局から世界中の保健行政機関のインフルエンザ担当者、研究者にすぐさま配信され、世界を衝撃が駆けめぐった。

　日本では国立感染症研究所ウイルス部長大田信之のもとに、８月の第一報以来すべての重要情報がもたらされていた。

あれから10年を経た２００７年の現在までに、ＳＡＲＳ（重症急性呼吸器症候群）の流行、そしてＨ５Ｎ１型インフルエンザウイルスのヒト感染の増多が続き、さらに世界と国内の新型インフルエンザ対策の渦中にあって、大田の優しい目つきは鋭い眼光に変わっていた。研究所の部下らは彼の奥歯をかみ締めるような厳しい表情を何度も目にすることになる。

１９９７年に話を戻そう。

この年の7月にイギリスから返還された香港では、12月末、衛生部保健局長マーガレット・チャンが、先の大田との電話でも検討された対策の実施について、大英断を下そうとしていた。年が明ければ香港でもインフルエンザシーズンとなる。そうなると、ヒトのウイルスと鳥のウイルスの同時感染を受ける機会も増え、新型インフルエンザが出現する可能性も大きくなる。

そこで、香港特別行政府はすべての家禽の殺処分を決定し、年末の3日間でニワトリ１２０万羽、アヒル、ガチョウなどの家禽40万羽を殺した。ウイルスに感染した疑い、および感染を受ける可能性のある鳥をすべて殺し、香港でのＨ５Ｎ１型鳥ウイルスを根絶する。これにより、ヒトへの感染源をゼロにすることで、人間への感染をくい止めるためだ。

そして、同時に中国からの鳥の輸入が2ヶ月間停止された。〝食の天国〟香港には、中国南部（広東省など）から食材として家禽類が毎日大量に入って来る。これらの輸入家禽は、何万羽という単位で大型鶏舎で放し飼いにされて育てられている。これらの大量飼育の鳥が新たな鳥インフルエンザウイルスの供給源と考えられたからだ。

この決定は正解であった。香港におけるH５N１型鳥インフルエンザは根絶された。その結果、感染源となる鳥からヒトへの伝播を断つことができ、H５N１型ウイルスによる新型インフルエンザ大流行への進展は水際でくい止めることができたのだ。この時のマーガレット・チャンの対応は国際的にも高く評価され、以降、世界各地での鳥インフルエンザ発生時の基本対策として引き継がれている。

しかし当時、この計画を実際の行動に移すのは容易なことではなかった。香港には生きた鳥を家庭で調理する伝統的な食文化がある。また、国内だけでなく、海外からの輸出入が停止されることで、さらに莫大な経済損失をも被る(こうむ)ことになる。前例のない大規模な殺処分は、その理解を得るのが困難な中で、世界で初めて行う鳥インフルエンザ対策の事例だった。これだけの英断を下し実行に移したことは、偉業であろう。

その後、この時流行の起源となった「火種」のウイルスはどうなったのか。ウイルス遺伝子の系統樹解析から、香港で流行したH５N１型ウイルスは、隣接する広東省で前の年に流行していたウイルスの子孫であると考えられている。これらのウイルスは、効果的な対策が講じられなかった中国南部に広く分布し、複雑な遺伝子交雑を繰り返しながら、存続している。香港でも2001年、2002年に小流行が頻発し、そのたびに香港当局は家禽の大量殺処分に追われることになる。

2002年暮れには、香港郊外の自然公園で大量の水鳥がH5N1型ウイルスの感染で斃死した。翌年2月には香港在住の家族3名が、福建省への帰省中にこのウイルスに感染して2名が死亡した。これが広東省におけるSARSの流行時期と一致していたために、当初SARSの流行はH5N1型の新型インフルエンザの出現かと心配されたのだが、その後、SARSはSARSコロナウイルスという別のウイルスが病原であることがわかった。

この間にも、H5N1型ウイルスは、少しずつ変化（遺伝子変異）をとげながら、東アジアの鳥の中で集団感染を繰り返し、その流行地域を徐々に拡げていた。そして、2003年後半以降、一方は東南アジアへ、また一方は韓国、日本へ、さらに中国から南シベリア、中東、インド、ヨーロッパ、アフリカへと、H5N1型高病原性（強毒型）鳥インフルエンザは、世界の舞台へより大きな姿を現し始めることになる。そして、それに伴って、ヒトへの偶発的な感染も少しずつ増え続けている。

鳥の間での流行地域が拡大し、感染が繰り返される限り、またヒトへの感染が続く限り、ウイルス遺伝子の突然変異は増え続け、蓄積されていく。やがて、ヒト型ウイルスに変身して大流行を起こすのに必要な遺伝子変異がすべて揃ってしまう。新型インフルエンザの出現は〝ｉｆ〟ではなく、〝ｗｈｅｎ〟の問題である。いつ起こってもおかしくないのだ。しかも、Ｈ５Ｎ１型に由来する新型インフルエンザでは、鳥インフルエンザの強い病原性が引き継がれる可能性が大いに危惧(きぐ)されていた。

第１章　苦悩

２００６年１月　大阪府・Ｒ市立Ｓ病院副院長沢田弘

この数週間、大阪府内にある市立病院の副院長を務める沢田弘は、不眠に悩まされていた。軽い精神安定剤を自分で処方し服用しながら、なんとかしのいでいる。今朝も、繰り返し見る悪夢にうなされていた。

沢田は静かな副院長室にいた。会議の始まる前、コンピューターを立ち上げインターネットのニュースを読もうとしたそのとき、ニュースサイトの見出しに、沢田の目は釘づけになった。

そこには、「新型インフルエンザ発生！　国内患者複数確認」の記事がトップで出ているではないか。

思わず「新型インフルエンザが出たのか！」と叫んだ沢田は、ビクンと体を震わせると、感電したように立ち上がった。

どうしよう、早くスタッフに連絡をしなければ……。そう沢田が思って内線電話に手をかけたとき、看護部長が、ノックもせずに慌ただしく副院長室に駆け込んできた。

「副院長、大変です。新型の患者様が、外来に来ています」

「何人だ？」

「すごい人数です。入院病棟に新型ウイルスが入らないように対応したいのですが、どうすればいいのか……」

いつもは冷静な看護部長がおろおろする姿を後目に、沢田は転げるように副院長室を出て、外来の診療室に向かう。

しかし、その途中の院内の廊下には、既にたくさんの患者がうずくまり、寝転んでいる。咳をしている。鼻血が出ている患者、さらに吐血する者、下血している人もいる。フロアーには赤みをおびた汚物が流れ出て、足を取られて自分も転んでしまいそうだ。

「これではダメだ！　看護部長、計画通りに新型ウイルスの患者は、別病棟に収容するんだ！　これでは一般病棟に新型ウイルスが入ってしまう。おい、看護部長」

振り返った沢田の目の先には、さらに多くの患者が、自分をめがけて押し寄せてくるのが見える。

「この子を診てください」

「助けて……、タミフルを下さい、早く」

そのあまりの勢いに、沢田は床に尻もちをつく。

「ああ、ダメだ。このままでは、病院中に新型ウイルスが拡がってしまう。どうにか手を打たねば」

額に冷たいものが流れる。沢田は冷や汗をかきながら、自分に押し寄せる患者を手で払いのけ、立ち上がろうとした……。

沢田はガバッと起き上がった。そばでは妻が、冷たいタオルで彼の汗を拭っていた。

「あなた、また、夢でうなされていましたよ。私を看護部長だと思って、患者を移せと怒鳴っていました。仕事も少しお忘れにならないと、あなたの体が壊れてしまうから」

「また、いつもの夢か……」。夢で助かった。まだ新型ウイルスはうちの病院には来ていないのだと心の中で繰り返しながら、肩で息をしていた。

今夜は、医学部時代の同窓会が京都市内で行われることになっていた。沢田は身支度を整えると洗面所の鏡に向かい、自分の顔色を確かめ、丹念に髭を剃り始めた。今日会えるはずの仲間たちの顔がひとり、またひとりと頭に浮かぶ。沢田にとって今日の同窓会は、ただ単に旧交を温め、昔を懐かしみ、現在の自分の地位と偉業をさりげなくアピールしながらも、互いにしのびよる老いを笑いあう、そんな和やかなものではなかった。

沢田はこの2ヶ月の間、つまり国から『新型インフルエンザ行動計画』が発表された直後から、大学時代の医師仲間に会えるこの機会を心待ちにしていたのだ。

＊

鳥インフルエンザウイルスから変容をとげた新型インフルエンザの発生が、世界的に懸念され始めてからもう3年がたとうとしている。アメリカでは、2003年からホワイトハウス主導で国家をあげての対策がとられている。国家存亡の危機として、国家安全保障会議において核戦争対策と同じレベルでの対応が進んでいるという。日本でも2ヶ月前の2005年11月、新型インフルエンザの大流行を想定した行動計画が発表された。

この行動計画では、WHOの「新型インフルエンザパンデミック警戒フェイズ」の1から6に合わせ、新型インフルエンザ発生の段階を6つに分け、その段階ごとにとるべき対策が整然と一覧表になって公表されている。

インターネットでウェブサイトにアクセスすれば、誰でも見ることができるこの行動計画は、テレビのニュース番組でも流され、また新聞の記事でもその計画は国民の前に示されはした。しかし、一般の国民の多くは、それが何を意味するものなのかも、新型インフルエンザという疾患名すらもよくわからないまま、それらの報道にはほとんど気を留めなかったことだろう。

だが2ヶ月前、自宅の居間でその新聞記事を認めた沢田は、体をこわばらせたまま凝視し続けていた。大阪府の〝感染症指定病院〟の副院長たる沢田にとって、これは、職務上の責務に関わる緊急課題であり、十分にインパクトのあるニュースだったからである。

現在、世界は新型インフルエンザが発生する前夜のフェイズ3。海外、特に東南アジアでは、H5N1型鳥ウイルスのヒトへの感染が続き、死者が出ている。が、それはまだ鳥からヒトへの感染にとどまっている。これらの鳥―鳥、鳥―ヒトの感染が繰り返され、インフルエンザウイルスが変異して、ヒトからヒトへの伝播が続くようになると、フェイズ4、つまり『新型インフルエンザ発生』という事態になる。

沢田は1〜6の段階表を見ながら、さらに考える。新型インフルエンザにより国内に患者が発生した時（フェイズ４Ｂ）ともなれば、府から「感染症指定医療機関」として指定されている「ウチ」も患者を受け入れざるを得なくなるのは間違いない。『行動計画』にもそれが明記されているからだ。

つまり、関西空港に着いたＨ５型患者がウチにやってくることもある。だがウチの病院にも、ウイルスを遮断する陰圧病棟など、隔離設備のある病棟にはわずか数床のベッドしかない。しかも、まずそこへ患者を収容するまでに、他の患者、医師、スタッフへの院内感染を防げるだろうか。それに……。そこまで考えると、次々と浮かんでくる懸念と極度の緊張のために、沢田はのどに不整脈を感じ始めた。

＊

沢田は内科医としても30年のキャリアを積む、「感染症内科」の専門医だ。居並ぶ国立大学医学部の学閥出身者を抑え、大阪で１、２を争う公立の大病院であるＲ市立Ｓ病院の副院長にまで上り詰めたのは半年前のことだ。

医学部の同期生の中でも、大学の教授職や大病院の幹部にまでなっているのはごくわずかだ。つまり、言うならば、沢田は大学の同期生の間では出世頭、圧倒的な勝ち組である。だから、堂々と凱旋し、大手を振って「同窓会」に出席できる立場である。いや、あからさまに自分の力を誇示しないまでも、高層18階建ての立派な市立病院の最上階にある副院長室で、牛革張りの豪勢な応接セットにふんぞりかえって、同窓会で旧友の誰彼に祝われ、時には羨望の眼差（まなざ）しをもって見つめられる自分を想像し、満足げな笑いを浮かべていてもいいのかもしれない。だが、沢田は牛革の応接セットにふんぞりかえる代わりに、自分のデスクの椅子に座って、受話器を片手に、目に見えない電話の相手に何度も何度も頭を下げていた。威張りかえるどころか、ぺこぺこと頭を下げる彼の顔は、ひどく青ざめていたのだった。

沢田が電話をしていた相手は大学の同期生で、感染症に詳しい内科医師、大学の基礎医学の教授になったインフルエンザの研究者、感染症とワクチンに詳しい小児科の開業医、さらに隣県の衛生研究所の所長となった友人らであった。沢田は同窓会に先立ち、彼らの名前をリストアップすると、多忙な合間をぬってそれぞれに、「同窓会の後に時間をつくってくれないか」と電話をかけまくっていたのだった。

同日夜　京都・帝都ホテル

日本を代表する名門ホテルの格を守り、関西の著名人の多くが愛用する帝都ホテルのバンケットルームには、三々五々人が集まり始めていた。高い天井に輝くきらびやかなシャンデリアの下に、さまざまな料理が並ぶ。久しぶりに旧交を温める誰彼が自由に移動し、限られた時間で多くの仲間と交流できるように、立食パーティの形式をとっているのだ。集まってきた者は誰も、年相応に恰幅（かっぷく）も良くなり、それぞれが己の所属する機関では一目も二目も置かれる存在であることがうかがえる。

同窓生たちは、母校医学部の大学教授になった者を筆頭に、著名大病院の院長、副院長、部長クラスの者もいる。中には開業医として、高所得と安定という軌道に乗った者も少なくないが、彼らには独特の余裕が感じられると同時に、大学や大病院などで活躍する同級生に対して感じるところがあるのか、一方で少し斜に構えたような劣等感も見え隠れする。大学教授、大病院のトップになるというステイタスは、まだ医学部という封建社会の中では、心理的に通用するものらしい。

沢田弘は、内科部長から副院長に昇格した祝いの言葉と共にすりよってくる連中を適当にあしらいながら、連絡をつけておいた友人たちの姿を探していた。

インフルエンザの基礎研究を行い、P県立医科大学の教授になった秋場慎一郎、母校の大学の付属病院の感染症内科で活躍し、5年前に開業した吉川哲也、呼吸器専門に臨床一本でやってきた200床の中堅一般病院の勤務医である菊地威（たけし）などである。

肩をたたき合いながら談笑する昔の仲間たちの喧噪の中でひとり、またひとりと見つけるたびに、沢田は「閉会したら本館のロビーで待ち合わせよう、二次会の席は取ってあるから。大事な用件なので是非つきあってくれ」「こんな時に仕事の話で恐縮だが、大事な話があってアドバイスが欲しいんだ。終わったら本館ロビーで」と念を押して回った。待ち合わせを同窓会が行われている別館のロビーにしてしまっては、予期せぬ闖入者が現れ、沢田の企画している会に邪魔が入り、ぶち壊しになるおそれもある。

急に会場の片隅で歓声があがった。鏡割りだ。会場に一段と華やいだ空気が流れる。20年ぶりの同窓会の席で、賑やかに飲み語り、笑う旧友たちの傍らで、切羽詰まった表情で仲間を探し回る沢田の姿はひとり浮いていた。友人らは一様に心配そうな目を向ける。

沢田が最後のひとりを探し、きょろきょろと辺りを見回したとき、彼の肩をポンと叩く者がいた。

「落ち着かないやつだな。どうしたんだ、出世頭が。せっかくの会なんだから、楽しくやろうじゃないか」。ワイングラスを片手に声をかけてきたのは時田邦彦だった。

「あぁ、人を探している。君は秋場を見かけなかったか?」

時田は、沢田と同じラグビー部で、6年間一緒に走った仲間だ。彼には、何の警戒感を抱く必要もない。沢田は探している友人の名を告げた。小首を傾げて考える時田を見ながら、彼の頭の中の回路が瞬時に繋がる。そうだ、時田、おまえもだ。小児科クリニックを開いているコイツにも、聞いてみるといいかもしれない。沢田は時田の顔をもう一度見る。それを別の意味にとったのか、時田はすぐに会場の反対のほうを指さしながら言った。

「あぁ、秋場か。さっきあっちの雛壇(ひなだん)のそばで、某国立研究所長になられたお方につかまって、何やら自慢されていたみたいだぞ」

「そうか、ありがとう。いや、ちょっと何人かに声をかけているんだが、実は少し相談というか、意見を聞きたいことがあって、この会の後に席を設けているんだ。おまえ、この後の時間はあるか？」

＊

会が終わろうという頃、ホテル本館のロビーでは、秋場、菊地、吉川のほか、先ほど沢田に声をかけてきた時田、女性ながら地域の保健所長となっている伊藤、O県の衛生研究所長となっている奥沢望が姿を揃えた。

「おっ、久しぶり。君も沢田に誘われたのか」

「そうそう。閉会後と言われたけど、一部のお偉方様の自慢話のお相手につきあわされるのはたまらないからね、とっとと出てきてしまった」

「俺もだ。閉会までいて誰かにつかまったら、二次会は逃げられないからなあ」

「お？　奥沢じゃないか。さっきの会では見かけなかったが、どこにいたんだ？」

「いや、沢田に頼まれたから、いまタクシーで駆けつけたところだ」

　集まった6人が互いに話をしているところに、沢田がやって来た。ロビーに皆が集まっているのを認めてぱっと明るい顔を見せた沢田は、さらに、その中に奥沢の姿を見つけると、笑顔からほっとした安堵（あんど）の表情に変わった。

　沢田は、今日のため、衛生研究所に何度か電話を入れ奥沢を誘っていたのだ。が、「今回の同窓会は別件と重なって出席が難しい」と奥沢から断られ、実はひどく落胆していたのだ。その奥沢がなんとか都合をつけて沢田の誘いのために出先から直接出向いてくれたのだった。

　沢田が会場として予約していたのは、このホテルの2階にあるイタリアンレストランだ。とってもらったのはパーテーションで仕切った個室だが、さすがに一流を誇るだけのことはある、他の客を気にする必要のない落ち着いた部屋だ。バーではないから、明かりも暗くないし、接待する女性もいないのがいい。この会の会費はすべて自分が持つ。マネージャーにも先ほど、話に集中できるよう、過剰な接待はやめてくれ、適当に飲み食いができるよう、つまみとなるイタリア料理の前菜と良い酒を、と沢田は耳打ちしてあった。

会場を移したことで、場になじむまでしばしの時間がかかる。沢田に招聘された仲間たちは、沢田の意図を察していることもあってか、言葉数が少ない。

「やっぱり帝都ホテルはいいな。レストランの調度も適度な品と上質感がある。研究一本で県立大学の職員の俺には、こんな贅沢はとてもじゃないけど……」と部屋を見渡しながら秋場が笑う。その笑い声で少し場がなごみ、大テーブルの角の席を選んだ菊地が「珍しい顔合わせだな」と声をあげた。彼は呼吸器の専門家だ。「それぞれさまざまな道に進んだ人間が、再会する。これが同窓生の良さだよな」と誰かが言葉を続ける。

　確かに吉川に秋場、菊地、衛生研究所長の奥沢、飛び入りの小児科クリニックの時田、保健所の伊藤という一見、なんら共通性も関連性もなさそうなメンバーは、大学の同窓生というくくりででもなければあまり揃わない顔ぶれかもしれない。

　だが、沢田は彼らの言葉に「違う。このメンツのキーワードは新型インフルエンザなんだ」と答えると、皆が席に着いたことを確かめ、そそくさと本題を切り出した。

「皆、今日はありがとう。実は電話でも言ったが、相談したいことがあって、時間をとってもらったんだ。今も言ったが、テーマは他でもない、新型インフルエンザのことだ。国の新型インフルエンザの行動計画が出ている。例のアジアのＨ５Ｎ１新型インフルエンザを想定してのことだ。俺んとこの病院は大阪の感染症指定病院なんだ。その対策を考え、体制を作り上げなければならない。だが、考えれば考えるほどわからなくなることばかりで、正直行き詰まっている」

　沢田が見込んだだけのことはある。参加者たちは皆、新型インフルエンザに関する知識もそれなりに蓄えているのだろう。端々に必死の思いがにじむ沢田の言葉に、一同は大きく頷く。彼らの顔を見ながら、こいつらに頼んで正解だったと心の中で思いながら沢田は言葉を続けた。

「奥沢、おまえは県の新型インフルエンザ対策の委員だろう。本当のところはどうなんだ？新型インフルエンザ発生となった場合の対応策といったって、〝インフルエンザ〟だからな、院内感染をどうするかがまず第一の問題だと思うんだ。難しいウイルスだし、第一、陰圧病棟には8床しかないからベッドなんてすぐ満杯だ」

　テーブルの中央に席をとった奥沢は勢い込んで尋ねてくる沢田から急に話をふられると、驚いた様子も見せず、「おまえからの電話はたぶんそんな用件だろうと思っていたんだ」と答えを返した。そしてしばし目をつむり、つぶやくように繰り返した。

「まぁ、慌てるな、沢田。俺はおまえの電話の用件は新型インフルエンザだろうと思ったからこそ、今日は無理をしてもやって来たんだ。言ったら気にすると思ったから黙っていたんだが、実は、今日は息子の結婚式だったんだ。ホテルニューオークルだから近いだろ。だからぎりぎりまで出て、披露宴を少し早めに抜けてさ、あとはすべて女房にまかせてやって来たわけだ。で、おまえのいう新型インフルエンザ対策だ」。ここで奥沢はぐいっとそばにあるスコッチの水割りを飲むと、言葉を続けた。

「実は俺もここのところずっと、県の新型インフルエンザ対策に明けくれて、会議、会議の連続だ。Ｈ５Ｎ１がやって来る前に立ち上げないといけない新型対策は、ほとんどこれからなんだ。俺も皆から情報が欲しいくらいだ」

そう言いながら、奥沢は順々にそこに集う仲間の顔を眺め回していく。

「秋場、おまえはインフルエンザの研究では、留学先の米国や研究仲間の海外にもツテがあるんだろう。Ｈ５Ｎ１鳥インフルの情報はないのか？」

仲間たちの目がいっせいに秋場に注がれる。そんな仲間たちを見回した秋場は、頭の中に整理されたファイルの中から該当ページを素早くめくってでもいるかのように、いったん宙を見つめ、すぐに目を皆の顔に戻すと、大学教授らしくおもむろに、研究者特有の淡々とした慎重な口調で説明を始めた。

「正直、Ｈ５Ｎ１ウイルスはいつ新型、つまりヒト型ウイルスになっても不思議じゃない。１９９７年に香港で出てもう10年。現在の流行が始まった２００３年からは、世界各地に拡がっている。皆も知っている通り、日本は山口県や京都など各地で起こった鳥インフルの封じ込めに成功したが、東南アジア諸国では知識も準備も費用も不十分なために、初期対策に失敗し、それが渡り鳥で拡がってしまったんだ。ヨーロッパにもウイルスは入った。中国、インドネシアや中東、アフリカなどでは患者が徐々に増えている」

「あぁ、それなら俺も見ている。WHOの鳥インフルエンザの拡大マップによると、現在、世界10ヶ国。そのうちアジアでの感染死者数は100人以上に達しているよな」沢田が言葉を足す。それを受け、また秋場は続ける。

「そうだ。監視体制や検査体制が不十分だから、公表の10倍以上いるというのが本当のところだろう。つまり、1000人以上は死んでいるんだ。あのウイルスは、全身感染を起こし、サイトカインストームを起こすなど、病態は非常にたちが悪い。人にも病原性が強いんだよ。WHOもインフルエンザ研究者も、スペイン風邪どころのウイルスじゃないと認識している」

奥沢は大きく頷いて、手元の水割りをまた大きくあおった。

「確かにあのH5N1は全身感染を人でも起こす、インフルエンザをとうに超えたウイルスなんだ。俺は正直、あのウイルスが新型化したら、何が起こるだろうと恐ろしく感じているよ。沢田と同じ危機感を持っている。だいたい大阪府はアジアからの直行便がバンバン入ってくる日本の中心のひとつだ。すぐに患者が入って来るに決まっている。広い大阪の市中でそれをどう見つけて処置すればいいのか、つまりどうやって沢田のところの病院へ送るようなシステムを作ればいいのか、他に拡げないようにするにはどうすればいいのか、そんなことが可能なのか……と思うと本当に眠れなくなるよ。隣のうちの県にもすぐに患者が入って来て、流行が拡がるだろうし」

一瞬の静寂がテーブルを訪れた。沢田の問いかけと、秋場、奥沢の発言を聞いて、それぞれが新型インフルエンザについて自分が知っていることと、自分なりに疑問に思っていることをいっせいに頭の中に浮かべたのだろう。

感染症内科を専門とする開業医である吉川は、彼らの話を黙って聞いていた。勉強熱心な吉川は、既に医学雑誌でH5N1型ウイルスの記事を時々目にしていた。だからこの話が始まった時にも、病気の知識については、自分も他の仲間に負けないくらいのことは知っているだろうと、それなりに自負していた。しかし、現実として新型インフルエンザの患者が発生し、自分たちの医院に患者がやって来る事態までを想定したことがあっただろうか？　答えはNOだ。吉川にとって、今まで新型インフルエンザは論文の中の「新しい重症疾患」の範疇(はんちゅう)からとび出たことはなかったのだ。現実の患者は全く想定していないというのが本当のところだった。そう思い至ると、開業医として吉川はズバリと急所をつく質問を投げざるを得なかった。

「症例定義はどうなっているんだ。あやしい症例の場合は何を疑う。やって来た患者に、どこから帰国したのかっていちいち聞くのかい。海外からの帰国者を全部疑うんじゃないだろうに」

勢い込んで、畳みかけるように尋ねる吉川に奥沢が答える。

「まあ待て、焦るな。今の鳥インフルエンザH5N1での患者は、発熱、咳の後、数日間で呼吸困難に陥り、肺炎も4～5日で急速に悪化している。脳炎もあり、だ。胎盤や胎児感染もある。つまり全身感染を起こすってことなんだよ。恐ろしいがな」

答えを急ぐ吉川をなだめるように、奥沢は説明する。昔からこいつはどんな時にも落ち着いていて、皆の興奮を抑えて上手に俺たちをリードしてくれたよな、と沢田は思う。今日ここに奥沢が来てくれたのは本当に正解だった。が、吉川はまだくい下がる。

「それはインフルエンザとは違う病気だよ。少なくとも通常の呼吸器感染症とは違う。全身感染症。そんなインフルエンザってありなのか。だいたい検査は？　治療方針は？　治療はどうするんだ」

吉川の緊迫感が沢田にもよくわかる。この病気について知識を集め始めた最初の頃は自分も同じように思ったものだ。しかも患者を診る臨床医としての立場では、よけいに切迫感が感じられるのだ。たぶん、ここにいる誰もが専門家としてそのことをよくわかっているだろう。

「その他にも論文によると、体内の免疫機能が異常に反応して、暴走することによって我と我が身を壊し始める〝サイトカインストーム〟を起こすとある。だから10代、20代の死亡率が高いんだ。サイトカインストームは治療といっても、ステロイド・パルスか？　しかし、外来じゃあ無理だよな」

沢田が不安を口にする。

「サイトカインストーム？　勝負が早いな。肺炎も多臓器不全も起こすと書いてあるのを読んだことがあるが、H５N１では全身感染にプラス、サイトカインストームなのか。なら、治療には専門の医療施設が必要だ。開業医レベルでは対応できない。中堅病院じゃあ、人手も足りない。やっぱり沢田んとこの病院なんかがしっかりやってくれないと、だな」

話が具体的な治療に及ぶと、中堅病院の勤務医である菊地も言葉をはさんで、大きく頷く吉川を振り返る。

「だがな菊地、新型インフルエンザの時には、いっせいにたくさんの患者が出る。大病院だ中規模病院だ、なんていうことはすぐに言っていられなくなる。沢田のところの指定病院の数床なんて、一回患者が発見されたら、それで満杯だ。新型ウイルスには、誰も免疫を持っていない。釈迦に説法だが、インフルエンザウイルスは咳の飛沫で拡がる。満員電車で誰かが咳をしたら一発だ。感染が感染を呼び、大阪、京都、神戸などは3日もすれば市中に流行が始まるだろう。国の行動計画では、そうなったら、全医療窓口を開けて対応するとしている」

「えっ？　奥沢、今なんて言ったんだ。全医療窓口？　大流行時には開業医も医院を開けるっていうのか。十分な設備もないのに？　だいたい新型インフルエンザを治療するためのワクチンやタミフルは、診療にあたって、いつ俺たちに回ってくるんだ。国は俺たちにどうやって治療を施せというんだ」

　少々むきになったように吉川が言葉を継ぐ。そこで初めて、飛び入り参加となった、数年前に小児科クリニックを開業したばかりの時田が口をはさんだ。

「たいていの開業医は借金を背負った自営業者だ。感染して俺が死んだら、借金が残るだけ。身を守ることを考えたら、新型インフルエンザほど恐ろしいものはない。看護師も逃げるだろうな。下手すりゃクリニックには俺だけだ。通常の診療だって、2人の看護師と事務員がいてやっとこさ回っているというのに、そんな大流行の時に俺ひとりで患者をさばけるわけがない。だいたいうちの医師会からはまだ何も聞いていないぞ。全医療窓口を開けるって国が言ったところで、心の準備も態勢も整えていない状況では、いくらやりたくても、閉めざるを得ないクリニックが多発するだけだろう。数年前のＳＡＲＳ流行の時も、大阪府の某医師会は診療拒否のポスターを配ったって言うじゃないか」

　時田はさらに小児科医としてのコメントを続ける。

「だいたい、新型インフルエンザ治療は大人も大変だが、子供はもっとシビアだな。全身感染となると、もともと体力がなく小さい子供はすぐに悪化する。外来でいかに素早く小児治療をやれるかだが、今でも小児科医は不足しているんだ。どうやっても人手不足は解消できない。新型の子供を診きれるわけがない」

　近年、少子化のあおりをうけて、経営効率の良くない小児科医院が閉院するケースが増えている。さらに時間外の急患も多く、微妙なサジ加減や繊細な治療を必要とする小児科医をめざす者も減っている。全国の小児科医が減る一方という危機感が、時田の発言の背景にある。開業医だけではない。大規模病院でも次々と小児科部門を閉鎖するところが増え、いまや社会問題と化している。時田が言うのはもっともな話だ。

「そうなんだ。小児科はことに厳しいかもしれない。だが、今回は子供だけの問題ではなく、大人にも同じことがいえる。免疫を持たない市民の間に猛烈な勢いで患者が増えていく大流行時に、どれだけの医療を確保できるか、今うちの県の行動計画を作りながら俺も正直まいっているんだ。いままさに吉川や菊地、時田が言ったことは正論だろう。その問題をクリアして、どう医師会に協力をあおぐかだが……」

衛生研究所長として、県の行動計画を作る責任者として、考えに考え抜いているということが奥沢の言葉の端々から感じられる。沢田も続ける。

「だが、開業医だけの問題じゃない。俺は副院長として、市民と、市立病院を守らねばならない。指定病院だから当然患者も受け入れる。この恐ろしい新型ウイルスを持つ患者を、だ。それはもちろん、うまく隔離できて、そこに最初の患者を閉じ込めてウイルスを封鎖できれば、万々歳さ。しかし、完全にウイルスを遮断できなければ、どうなる？　一般病棟にウイルスが入ったら、それで全部おしまいになるんだよ。院内感染さ。ノロウイルスどころの話じゃないぜ。免疫力の低い患者がいる白血病病棟、産科の新生児室もだ。そんなものが同じ病院内にあるんだ。ウイルスの遮断を完璧にやるしかない。そのためには、徹底的に敵（新型）の特性をつかんで対策をたてておかなければいけない。ＳＡＲＳの時に一応はプロトコルが出来ているから、理論上は可能だ。だが、問題は当然起こるであろう新型インフルエンザ患者が多発した場合だ。その時押し寄せて溢れかえる患者のウイルスを遮断しきれるのか？　俺は、考え抜いたあげく、それは正直無理なんじゃないかとさえ思っている。ナースにも医師にも感染者は出せない。スタッフが入院患者に感染を拡げるなんてことは許されないし、寝込んで仕事に穴を開けたら病院はおしまいだよ。しかし、相手はインフルエンザなんだよ。あの毎年のインフルエンザでさえ、飛沫と空気の両方で感染していく。あの強大な伝播力は、簡単に院内感染の温床となるんだ。それよりも数段、強大な新型ウイルスだぞ。ワクチンもなく、誰も免疫がない分一発だろう」

新型インフルエンザのことを知れば知るほど、どのように対策をたてればいいのか、暗闇を手探りで進むような不安感と、ここには一筋の光明もないのではないかという暗澹たる気持ちに陥っていた沢田にとって、同じような危機意識を持って悩み、不安を感じる仲間とこうして語り合えることは、心強かった。また、昔から心を許し合っている相手だからこそ、日頃懸念しているあれこれを、余計な配慮などせず、安心してストレートに口に出すことができる初めての機会でもあった。

「確かに沢田の言う通りだ。考えれば考えるほど、暗くなるようなネタしかない」

奥沢は沢田に同意しながらも、持ち前の明るさで、ムードメーカーらしい言葉を続ける。

「もちろん、現実はそうだ。ヒト型になったら院内感染はまちがいなく起こる。だが、H5N1は今のところ鳥のウイルスで、まだ鳥だからな。東南アジアでも院内感染は起こっていない。だからその今のうちに対策を……」

「いや、医師が罹ったらしいという報告も一例ある」

始めかけた話の腰を折られた後は、白熱した議論に口を閉ざし、皆の言葉に耳を傾けていた秋場が声をあげて、奥沢の言葉を遮った。秋場は続ける。

「ただし、証明されていないだけだ。ヒト—ヒトの感染も報告は既に幾つかある。ベトナムの結婚式のパーティで鳥を調理した新郎が罹り、看護した姉妹と新婦が二次感染したり、タイで発症した子供を看護した母親が感染して死亡したり。他にもウイルス検査がなされていないので確定できない疑い例も多い。2003年以降、もう世界では鳥を、感染と感染の疑いの両方で、2億羽以上も殺してるんだ。鳥の中じゃあ、H5N1はもうパンデミック（大流行）を起こしているといっても間違いはないんだよ。だから、もうヒトへの感染を止められない。ヒトへの感染が増えているというのはあたりまえの話なんだ」

「秋場の言う通りだ。WHOはH5N1型の鳥での封じ込めに失敗したと2003年に言っている。もはや新型インフルエンザの発生は止められない、時間の問題だと公式に言っているんだよな。だから俺も切迫感をもって皆に集まってもらったんだが……。俺の病院も、それを認識して、全病院、全職員あげて、新型対策をやらんといけないわけだ。院長、看護師、薬剤師、事務方も含めて、全所的な委員会を立ち上げないと意味がないんだ。感染症関連の部署のみでは、新型ウイルスには対処できないと思っている」

「俺は沢田と違って、たかだか一小児科クリニックの院長でしかないが」と時田が説く。

「今の話を聞いていてわかったよ。開業医、勤務医を問わず、医療機関の規模を問わず、すべての医師が協力しあい立ち上がって、新型インフルエンザに対抗する前線にならなければいけないんだよな。仮に俺一人しかクリニックにいなかったとしてもやれるだけのことをやらなかったら、新型インフルエンザで全国民は滅びるかもしれない、ということだ。わかった。ウイルスを防御する用品や薬、消毒剤なんかを備蓄しておけばいいんだな。クリニックだって、かかりつけの子供は何百人もいるからな。小学校の校医だって引き受けている。彼らを診る責任が俺にはある。いや、それだけじゃない。いつもは診ていない患者もやって来るだろう。つまり、地域の子供たちの命は俺の手にかかってるといっても過言ではないということだ。奥沢、リストアップしてくれよ。マスクや消毒の用品とか、タミフルとか、何が必要なのか。俺は沢田のように大きなことはできんが、俺だって地域の核となる医療機関のひとつだ。地域のためにやれることはある」

時田は、大阪府の中でも大阪空港に近いN市で小児科クリニックを開業しており、市医師会の感染症対策担当でもある。だからこそ、この問題は重要であることがよくわかったし、また一クリニックの開業医にはとどまらない大きな責任があることも、重く感じ始めたのだった。

真剣な議論を交わしながら、高い医療技術を持ち、それぞれの専門機関で力を発揮している一人ひとりの気持ちが沢田の強い意志に共鳴し、だんだんとひとつになっていくのを感じ、沢田は胸が熱くなってきた。これまでたった一人で闘わなければいけないという悲壮感と責任感に、ときに不整脈が出るほどのストレスを感じることがままあったのに、突然、精神的にもそして技術的にも頼りになる仲間たちの出現に、沢田の内にも燃えるような気持ちが込み上がる。

「あのう……。ずっと黙って聞いてしまっていたけれど……」

　地域の保健所長を務める伊藤由起子が声をあげた。伊藤はそれまで押し黙って、微動だにせず、ただ友人らの白熱する議論に耳を傾けていた。仲間たちも、保健所長の彼女には、自発的な発言を待って質問を浴びせずにいた。友人としての思いやりだ。保健所長には、新型インフルエンザ対策の地域の主導的立場をとる職責があるはずだ。

「保健所も新型インフルエンザ対策をやらないといけないのは確かだけれど、まだ私のところでは手をつけていないの。うちの場合だと、まず府の衛生部が新型インフルエンザについて全然わかっていない。国から言われたから渋々適当に対応する程度なので、独自の対策の予算もほとんど検討されていない。去年の秋に医師会との共催で開いた新型インフルエンザの講演会では、国立研究所の感染症専門の先生が来て、たいしたことは起こらないのであまり心配しなくて良いと言っていたから、せっかく提案した行動計画の提案もすぐに潰されちゃって。最近APEC首脳会議に関連する議会質問で、知事がようやく問題を知ったみたい。

全国の保健所の中には確かに新型インフルエンザ対策に熱心なところもあって、もうほとんどの行動計画をたて終えてしまったところがないわけではない。でも、圧倒的多数の保健所は、今まだ行動計画の詳細をたてているか、たてようと動き始めている段階だと思う。保健所間には所長会というのがあって、そこでは中でも先駆的な取り組みを行っている東京の品川区の事例が、行動計画と共にホームページにアップされているのよ。品川区では、区独自でタミフルまで買っているし、発熱センターを公園に設置して、開業医にトリアージ（重症度によって患者を入院と自宅療養とに振り分けること）をやってもらうシステムも作っている。私のところでは、今それをもとに、これから対策を練るところなの。でも、一刻も早く行動計画をたてなければいけない、と今日皆の話を聞いて決意したわ」

きつく唇をかみ締めた伊藤由起子の顔から、血の気が失せていた。女性でもあり、もともと体のあまり強くない伊藤は、臨床現場の不規則な勤務で体を壊し、保健所医をめざしたという背景があった。そんな彼女は、穏やかに業務が行えて、このまま平穏に定年まで迎えられると思っていた保健所の自分のもとに、こんな大事態が降りかかってくるとは予想だにしていなかったことだろう。取り組み始めなければいけない新型インフルエンザへの対策策定は、ひどく重い負担だと感じていたのかもしれない。

男性の同窓生らはそんな彼女をいたわるように、自分たちがどのように情報を集め、これからどのようにしていけばよいかを話し合い、やがて定期的に会合を開き、互いの対策の策定に役立つ情報を交換しあおうと約束して、別の話題に移った。

第2章　焦燥

福岡空港検疫官溝腰健治

実験台の上にはウイルス遺伝子の検出システムＰＣＲ（Polymerase chain reaction：ノーベル賞をとった核酸増幅法のひとつ）用の器材が整然と置かれてあった。その前には、全国の各検疫所から数名ずつ参加した検疫所職員が並び、これから国立感染症研究所の職員の指導によるＨ５ウイルス同定のためのＰＣＲ講習会が、今まさに始まろうとしていた。

擬似サンプルを使って、実際に各々（おのおの）が手を動かして、検査をかける。手袋、微量サンプルを取るピペットマン、滅菌されたチップや機器……。置かれた検査器具も手順も、いつもの職場風景となんら変わりはしない。検疫所でさまざまな病原体検査を日常業務としてこなし、検査作業に慣れている検査官にとって、一般的であり簡便なＰＣＲ検査などは、手技的にもなんら難しい作業ではない。それなのにこの場には、異常に緊迫した空気が漂っていた。居並ぶ検疫官らは、一様に緊張した面持ちで、じっと実験台を見つめている。

福岡空港の検疫官としてこの講習会に参加している溝腰健治も、その一人だった。溝腰は、国立K大学獣医学部を卒業後、国家公務員試験に合格、検疫官としての勤務は6年目を迎える。その間、SARSの検疫強化にも関わった。今は、検疫業務の一通りを学び、経験も積んで、実践現場の責任者という立場となっていた。

獣医師資格を持つ彼は、大学の研究室では人獣共通感染症で卒業論文をまとめあげた。SARSもそうであるが、近年、動物由来の感染症がヒトへの感染を起こして問題となっているのを契機に、地球最大規模の人獣共通感染症であるインフルエンザをテーマとしたのだった。

しかし、そんなインフルエンザには素人ではない溝腰にとっても、今日の講習会には常とは違う雰囲気があり、緊迫感をもって臨んでいるのだった。

それはこの講習会が、今、東南アジアを中心に患者を出しているH5N1型インフルエンザウイルスの感染患者スクリーニング検査の実習だからである。

「それでは、これからH5N1型ウイルスのスクリーニング検査を実際に行っていただきます。まずお手元の試薬とサンプルの確認をお願いします……」

研究員の指示が出ると、参加者たちはいっせいにサンプルと試薬の確認を始めた。

Ｈ５Ｎ１型ウイルスのヒトからヒトへの感染が認められ、新型インフルエンザが海外で発生したというフェイズ４Ａの段階になると、報告を受けた検疫所は新型ウイルスの国内侵入阻止のための臨戦態勢をとる。

発生国から飛んで来る飛行機の乗客の中で、発熱、咳などの症状を出した当人やその濃厚接触者から、咽頭拭い液などのサンプルを機内で採取、検疫所でただちにＨ５型ウイルス遺伝子の検査を行う。そこで陽性、陰性の患者を振り分け、陽性者の検体は国立感染症研究所に送られ、Ｈ５Ｎ１型かどうかの解析後、患者かどうかが確定する。新型インフルエンザの患者となれば、指定病院での隔離、そして治療が行われる。つまり、これは新型インフルエンザの来襲を想定し、航空機で侵入してくる患者の第一次検査を行う業務の実習なのだ。ここで、手技を誤り、陽性者を陰性と誤診してしまえば、間違いなく患者はウイルスを持ったまま、街へ出て行く。新型インフルエンザウイルスが拡散していくことになるのだ。

Ｈ５ウイルスのＰＣＲ検査システムは、既に感染症研究所の研究員が構築してくれている。あとは、これを「正しく」運用する技能を習得することが彼ら検疫官に課せられた使命なのだ。「ミスは許されない」「完璧に覚えて、検疫所に持ち帰る」そんな責任が各々にのしかかっている。ピリピリした空気を和らげるように、指導員を務める女性研究員が「さあ、始めましょう」と切り出した。

理路整然とした研究員の説明を聞きながら、溝腰はつい数ヶ月前、福岡空港の職場で検疫官の先輩と交わした会話のシーンを思い起こしていた。

専門誌に載った新型インフルエンザの記事を指でさし示しながら、彼がつぶやいた。

「新型インフルエンザにも困ったもんだな。ＳＡＲＳもそうだけど、しょせん発生は海外だろう。水際で防ぐ俺らがきっちりＰＣＲで引っかけたらいいわけだ。２～３時間程度で結果が出るだろう。まあ、忙しくはなるだろうがな……」

あまりに危機意識の薄いその言動が発せられた時、溝腰は思わずキッと顔を上げて睨んだ。

「新型インフルエンザはそんなもんじゃないっ！」

普段は温厚な溝腰に似つかわしくないその剣幕に気圧されるように、先輩は気まずい表情でそそくさとその場を離れていったのだった。

溝腰は人獣感染症を専門とする知識があるからこそ、現在、Ｈ５Ｎ１型鳥インフルエンザが東南アジアで蔓延、ヒトにも感染しているという報道に接するたび、それがいつ遺伝子の変異を起こし、新型インフルエンザとなって、検疫官である自分の前にやってくるのかと、日々、誰よりも不安に苛(さいな)まれていたのだ。確かに、彼の同僚の中には、マラリアや黄熱病、デング熱やコレラといった、従来から検疫で問題となるさまざまな感染症の延長線上に、近年、SARSや鳥インフルエンザといった伝染性の強い病気が加わったという程度の認識しか持たない者もいる。溝腰と気まずいやりとりを演じた先輩に限らず、この講習会に参加する検疫官たちの中にもそういった意識の者がいるに違いない。が、各部署の代表で来ているからには、この講習会から技能とともに、危機意識を持ち帰ってほしい。溝腰は祈るような思いでそう念じながら、作業を進めるのだった。

溝腰は福岡市内のマンションで暮らしている。マンションから勤務地の空港までは歩いて30分もかからない。一人暮らしで、自分のためだけに食事をつくって食べるのも面倒だし味気ない。溝腰はいつも仕事が終わると、行きつけの定食屋やレストランのいずれかに寄って食事を済ませてから帰宅する。帰ったらすぐにパソコンを立ち上げてコンピューターの画面に向かうのが昔からの彼の習慣だった。

だが、講習会に出席してから、彼の行動習慣にこそ変わりは見られないが、向かったパソコンでチェックするコンテンツに大きな変化が起こった。H5N1型鳥インフルエンザだ。

今日も、溝腰はコンピューターに向かい、インターネットで、H5N1型鳥インフルエンザの情報を検索するのに余念がない。講習会で改めて認識した新型インフルエンザの脅威を考えると、検疫担当者としての責務の重要さが双肩にずしりと感じられたからだ。

＊

国から申し送られている「新型インフルエンザに関する検疫ガイドライン」では、新型インフルエンザ発生国からの航空機は、成田、関西、中部、福岡空港の4ヶ所で集約的に対応することとなっている。しかしそれは、新型インフルエンザが発生したことが事前に報告され、国内検疫実施場所が指定された時のことだ。どちらにせよ、福岡空港の検疫所は、新型インフルエンザ発生の有事にあっては、発生国からの直行便に対応しなければならないことになる。

「しかし、今やアジアと日本は数時間で移動が可能だ。発生源と同時期に感染した患者が、新型インフルエンザ発生が報告される前に帰国して来ることも、一方で、考えねばならないだろう。その場合、何が出来るのか。アジアとの交流も深く、直行便も多い福岡空港では、発生の起こりそうな地域や状況について知っておかないと早期の対応は出来そうにない。検疫官として、H5N1型鳥インフルエンザの情報は常にキャッチしておくべきかもしれない」

そう考えた溝腰は、インターネットで、H5N1型ウイルスが流行している地域の情報や患者発生状況などを出来るだけ収集し、現状の把握に努めることにしたのだ。

彼の職場である福岡空港は、日本国内で類を見ないほど、圧倒的に地の利に恵まれている。空港はマンションの立ち並ぶ市中にあり、空港に乗り入れている地下鉄で2駅先はJR博多駅だ。そこから列車に乗り継げば、近県へのアクセスは非常に良い。空港から直通バスも運行されているので、福岡を経由して移動するサラリーマンも多い。東京からの直行便も1時間に4〜5本はある。

さらに、溝腰が危惧するように、福岡はアジアに近い。港から高速フェリーで、韓国へは3時間。アジアから日本への玄関口として、アジアへの国際空港のイメージ拡充をめざして、それを啓発するポスターも職場には貼られている。

溝腰は、東南アジアからの直行便の多い福岡空港は、H5N1型鳥インフルエンザもしくは、新型インフルエンザの侵入する危険性が極めて高いと考えた。

＊

インターネットで「鳥インフルエンザ」「新型インフルエンザ」「H5N1」などのキーワ

ードを入れて検索をかける。厚生労働省や感染症情報センターのウェブサイトに一通り目を通す。感染症情報センターの鳥インフルエンザに関するQ&Aのコーナーで、「ヒトからヒトへ感染しますか？」という項目の答えの最後には、「……現状でも濃厚である程度の期間持続する接触があれば、感染は起こりうると考えられます。なお、これまでのところ（2006年12月時点）、効率的で持続的なヒト—ヒト感染の証拠はありません」と書かれている。これを読んで、自分の心配が少々過剰なのかもしれないと溝腰は少しほっとする。

幾つかのサイトを追って、そろそろ今日のネットサーフィンは終わりにしようかと思い始めた時、「パンデミック・フルー　新型インフルエンザXデーハンドブック」というサイトに出会った。国立感染症研究所の女性研究員が書いている無料サイトだ。その中ほどに記された、H5N1型ウイルスの〝強毒性〟という言葉に溝腰は引っかかった。

「強毒性？」溝腰は首をひねった。これまであまり目にしたことのない文言にひかれ、その先を読み続けていく。

「現在、鳥の間で流行しているH5N1型鳥インフルエンザは、強毒型ウイルスである。従来のインフルエンザがそうであったように弱毒型ウイルスは、呼吸器など局所感染に留(とど)まるが、強毒型ウイルスはニワトリに全身感染を起こし、100%の鳥を殺している」

これは、もちろん獣医である溝腰も既に知っていることである。

山口や京都の鶏舎で起きたH5N1型ウイルス発生では、多くのニワトリがバタバタと死んで行く姿が報道されていた。しかし、ヒトでの感染事例の詳しい報告を彼は知らなかった。日本では、宮崎県の例で見られるように鳥に発生した段階で早期発見、早期対応を徹底し、ヒトへの感染、被害が及ぶことはなかった。日本の報道では、H5N1型ウイルスのヒトへの感染事例の詳しい情報は皆無に等しい。

サイトには、しかし、こう綴(つづ)られていた。

「H5N1型鳥インフルエンザは、さらにヒトでも同様にウイルスが血液中に入り、血流に乗って全身をめぐり、全身の臓器で感染を起こして、多臓器不全、全身性の重症疾患をもたらしている」

多臓器不全、全身性の重症疾患……というくだりに溝腰はショックを受けた。

「全身感染を起こす、だって？　哺乳類であるヒトにも。もしこのH5N1型鳥型ウイルスが、この強毒性を保って、ヒト型ウイルスになったら甚大な被害が起きる」

今までそんなことを聞いたことはない。果たしてこの情報を信じてもよいのだろうか。溝腰は疑心暗鬼に陥った。実際、インターネットにはもっともらしいつくりで人を信用させウソを並べたてるものも少なくない。また、悪意はないまでも、誤った事柄を平気で掲載しているものもある。確かにこのサイトへの読者の書き込みには、「医者でもない者に何がわかる」というような中傷も見受けられる。だが、この記述には信憑性（しんぴょうせい）があるような気がする……。

そんな直感に従って、溝腰は、科学論文の検索を始めた。もしこれが事実なら、H5N1型ウイルスのヒト感染事例の詳細な論文が、どこかに出ているはずだ。『ネイチャー』か、それとも『サイエンス』か、とにかくその原著論文で確認をとろう。大学で研究指導を受け、曲がりなりにも論文を書いた経験が、即座に彼にその行動を起こさせた。

「あった！」。海外の検索エンジンで、溝腰が目的としていたものはいとも簡単に見つかった。その英語の論文をすぐにダウンロードしてプリントアウトし、彼は食い入るように読み始めた。横顔が、みるみる青ざめていく。そこでは、確かにベトナムとタイで発生したヒトのH5N1型鳥インフルエンザ感染の全身感染、多臓器不全の症例報告が詳細になされていたのだ。

ネットサーフィン――深まる疑問

それ以降の溝腰は、時間が許す限り、H5N1型鳥インフルエンザの情報を得るべく、インターネットで検索をかけるようになった。特に海外情報に目を向け始めた。日本では新聞、テレビともに、鳥インフルエンザの報道は極めて少ない。もちろん鳥インフルエンザが国内で発生すれば、日本国内での鳥の処理状況などの関連報道は洪水のように流される。しかし、海外で発生している、鳥インフルエンザウイルスのヒトへの感染事例などは、ほとんど報道されていない。だから、今の日本では、専門家でもない限り、鳥インフルエンザとヒトとの関連性に危機意識を持つことが難しく、多くの一般の国民はなぜあそこまで躍起になって鳥インフルエンザウイルスを封じ込めようとしているのか、よくわからないままというのが現状なのだ。しかし……。

「鳥インフルエンザ問題の本質は、ウイルスが遺伝子の変化を起こし、ヒトからヒトへ感染伝播する能力を持った〝ヒトの病気〟である新型インフルエンザを出現させる可能性があることだ。そのことを自覚し、今、鳥のウイルスがどう変容している状況なのかを知っておく必要がある。だから、鳥インフルエンザに罹ったヒトの患者についての事例を追い続ける必要があるのだ」

溝腰はそう確信した。

日課であるネットサーフィンを続けていたある日、彼はインターネット上で「鳥インフルエンザ直近情報」というサイトを見つけた。それは、H5N1型ウイルスを中心とした鳥インフルエンザ、さらに新型インフルエンザに関する海外報道を出来る限り集めて翻訳し、紹介しているサイトであった。溝腰はこれを見てまず、そこに並ぶトピックスの多さに驚いた。続いて、それらが皆、専門家だけがアクセスできる限定された情報なのではなく、海外で普通にアクセスできる一般的な報道からの翻訳であることに驚愕（きょうがく）した。

「海外ではこんなにも報道されているのか！」

　溝腰は月ごとに分けられたバックナンバーを次々と開いていく。

「インドネシア、トルコ、エジプト、ベトナムではこんなにも患者が発生し、高い致死率を記録している」

「WHOの高官が、新型インフルエンザはもう止められない、発生はもはや時間の問題だ、と言っているのか」

　これまで聞かされたことのない事例の数々に、思わず真実なのかと疑いたくなるような記事は、まさに「パンデミック・フルー」のサイトにあった内容にそのまま通じていた。しかも、このサイトは北海道H市の保健所長・酒井俊一が、個人として毎日更新しているものであった。現職の保健所長が、鳥インフルエンザ、新型インフルエンザの危機を訴えている。そこには、決して人々を不安に駆り立てようとするのではなく、事実をありのままに伝え、それによってなんとか新型インフルエンザの感染から市民を守ろうとする強い意志が感じられた。

トップページに戻り、また順に読んでいくと、酒井は鳥、新型インフルエンザの国内報道の少なさを憂えてウェブを始め、さらにこれがブックレットにまとめられ、伝統ある一流の出版社から発行されているということがわかった。

「既に日本でも、何人かの専門家、研究者がこれだけ危機意識を持って、国民に伝えようとしている。それなのに、検疫の第一線にある我々は、まだこれだけの情報を把握しきれてはいない」

続いて溝腰は、全国保健所長会のホームページを開けてみる。H市保健所長がこれだけの個人サイトを作って公開しているなら、新型インフルエンザ問題には保健所長会が組織的に取り組んでいる可能性がある。そこから情報を引き出そうと思ったのだ。

果たして、このホームページには、大田信之国立感染症研究所ウイルス部長が新型インフルエンザ講演会で使用したスライドがすべて公開されていた。

そこには、H5N1型ウイルスの強毒性を示し、アジア、特にベトナム、タイ、トルコやインドネシアで、鳥からヒトへの感染を繰り返している状況から、新型インフルエンザ発生の導火線に火が点き、刻々と短くなっている危機が訴えられていた。さらにその中で、大田は、新型インフルエンザ対策の必要性を強く主張している。

溝腰は大田の肩書に目を留めた。国立感染症研究所ウイルス部長の名称に加え、ＷＨＯインフルエンザ協力センター長という文字がとび込んできた。

ＷＨＯとは、１９４６年にニューヨークで設立され、スイスのジュネーブに本部を持つ国際保健機関だ。加盟する世界１３２ヶ国が協力しあい、〝健康は人間の基本的人権〟と位置づけ、病気の撲滅や適正な医療などのために活動する権威ある機関である。

すると、このスライドに書かれていることは、すべてＷＨＯのコンセンサスということなのか。溝腰はめまいのする思いでデータを打ち出していた。溝腰は大田の公開したスライドを一枚ずつ読み取り、理解する作業に入った。大田のスライドはゆうに２００枚を超えている。獣医師資格を持つ溝腰にとって、鳥ウイルスがヒトのウイルスに変貌する機序は最も知りたい重要なポイントのひとつだった。鳥ウイルスからヒトウイルス、つまり新型ウイルスに変化する機序は、今のところ2つの条件が検討されている。１つ目は、ウイルスが感染するために標的細胞に侵入していく時に働く結合蛋白（ＨＡ蛋白）と鳥やヒトの細胞表面にあるレセプターとの相性である。鳥ウイルスは鳥の細胞のレセプターにくっつきやすく、ヒト細胞のレセプターには結合しにくい。従来これが、鳥ウイルスがヒトには感染しにくい理由のひとつとされていた。さらに2つ目は、鳥ウイルスは鳥の体温42度で増えやすく、ヒトの体温36度では増殖しにくい。さまざまな補助因子が宿主の体温に適合して、働きやすくなっているのである。

ところが、ヒトの呼吸器細胞にも数は少ないが、鳥型のウイルスレセプターが存在することがわかってきた。さらに、2006年に分離されたトルコやエジプトの鳥ウイルスで、レセプター結合部位がヒト型に変化していたという。

「レセプター結合部位がヒト型のウイルスに既に分離されていたのか」

溝腰はH5N1型鳥ウイルスが、確実にヒト型のウイルスに変化しつつあることに衝撃を受けた。また、それに加えてトルコやインドネシアで分離されたH5N1型鳥ウイルスの中には、既にヒトの体温で増殖しやすく変化したウイルスが見つかっている。ヒト型に変わるための機序はこれ以外にもあると想定されるが、H5N1型鳥インフルエンザウイルスがヒト型に大きく近づいていることは、紛れもない事実ではないか。なぜ、我々はこんなに重要な情報を知らずに来たのだろう。「明日は絶対にこれを同僚に配布するのだ」と決意する溝腰の前で、プリンターからは次々と大田のスライド資料がプリントされていった。

インターネットサーフィンで自ら探し出した情報にふれて、溝腰はまた新たな疑問を抱いていた。海外では多くの報道があり、国内でも数人の研究者がH5N1型ウイルスの危険性を訴えるサイトを立ち上げ、本も数冊発行されている。しかし、日本では報道も少なく、国も積極的な広報活動をしていない。鳥インフルエンザ問題の本質は、人の新型インフルエンザとなりうること、その新型インフルエンザ発生の導火線に火が点いていることなのに、その事実を国民はほとんど理解していない。それはなぜなのか。

新型インフルエンザ発生が時間の問題であると認識した溝腰は、発生時の検疫業務について、再確認を行うことを決意した。そこでまず彼が手をつけたのは、「新型インフルエンザに関する検疫ガイドライン」の問題点の洗い出しであった。

検疫マニュアルによると、新型インフルエンザ発生時、空港に到着する発生国からの航空便に対する検疫の手順は大まかに言うと、以下のようになる。

有症者、発熱や咳などをしている患者、およびその同伴者や濃厚接触者には、PCR法によるH5ウイルスの遺伝子検出検査が行われることになっている。さらに検疫所では、質問票を配布、サーモグラフィーによる発熱者の検出など、自己申告以外の有症者を見つけ出すこととする。

しかし、インフルエンザウイルスの潜伏期は約3日。しかも、発熱などの症状を出す1日前から、患者は自分が感染していると気づかないままにウイルスを周囲に排出し始める。鳥ウイルスのヒト型に変異した〝新型インフルエンザウイルス〟では、人の体内でのウイルスの増殖効率も上がり、他者への伝播効率が飛躍的に高まることから普通のインフルエンザ同様、潜伏期から患者はウイルスを排出すると考えるべきだ。つまり、この段階での感染が多く見られることになろう。

すると潜伏期の患者が機内に乗り込み、周囲にウイルスを伝播させることも、密閉された航空機内では十分想定される事態となる。さらにその患者が数時間のフライトの後、発症しない間に検疫所を通過しても、それは誰にもわからない。つまり、検疫でウイルスの侵入を止めることは極めて難しい。

機内で有症者が出ても、濃厚接触をしていない単に同乗しただけの客は、所定の注意を受けたあと、空港から帰路につくことになる。質問票や健康調査票などを提出し、外出を控えるようにといった注意は受けるが、そのまま会社や家族などが待つ一般社会に戻っていく。その中には、機内や空港の待合室でウイルスに感染した人間がいないとも限らない。いや、当然いるであろう。だとすれば、彼らが発症するまでの潜伏期間中、利用した公共交通機関に乗り合わせた客や接触した同僚、家族に、自覚なく体内に隠し持ったウイルスを伝播させることもありうるはずだ。外出や人との接触を自粛したところで、それが徹底されるとも思えない。少なくとも家族との接触が避けられるはずはない。

溝腰は２００３年に東アジアを中心に起こったＳＡＲＳ騒動を思い起こした。あの時も各国の検疫は対応に神経を使ったものだが、ＳＡＲＳは潜伏期が7～10日と長く、しかも発熱などの症状が出た約5日後からウイルスを排出し始める病気であった。だから、感染した患者を仮に入国させてしまったとしても、症状が出て、迅速に診断を付けた後でもウイルスを外に排出する前に隔離することが理論的には可能だった。

　しかし、インフルエンザウイルスは発症１日前から、つまり本人も感染を知らない発症の前日からウイルスを排出するので、検疫という水際対策で入国を阻止することは極めて困難だ。このことの意味は検疫業務では非常に重い。

　溝腰は、さらに「パンデミック・フルー」に書いてあった飛沫感染に加え、空気感染もするというインフルエンザウイルスの伝播経路を思い出して愕然(がくぜん)とした。航空機内は、空気が極端に乾燥する。咳やくしゃみで飛び散ったウイルス粒子は唾液(だえき)や鼻水などの水分で覆われていても、それはすぐに乾燥する。つまり、ウイルスは飛沫核となって、機内を長時間漂うことになろう。その空気を機内の他の乗客が吸うことになる……。仮にＨＥＰＡフィルター（ウイルスを捕集できる高性能フィルター）が機能していたとしても、フィルターろ過前の空気のウイルスに乗客が感染することも十分にありうる。

　さらに、空港内の待合室、出国ロビー、入国ロビーの人混(ひとご)みの中で、飛沫・空気感染するウイルスをどうやって阻止するのか。通常の市販マスクは感染を十分に阻止しうるものではないというのが本当のところなのだ。ネットで集めた情報の中にあった海外の論文で、マスク効果に対する評価が日本のそれより低かったことを溝腰は思い出す。

　ここまで考えて、溝腰は、新型インフルエンザに関しては検疫では阻止しきれるものではないと考え始めた。さらに流行が複数の国に拡大した状況下になれば、検疫官の人数から見ても到底対応しきれないし、現在の行動計画の「検疫機能の維持」は事実上も不可能だ。追えるのは、Ｈ５Ｎ１ウイルス患者の国内侵入の最初のほんの数例だけだろう。それ以降は、またたく間に流行が始まって、検疫どころではなくなるはずだ。

　そう考えながら、溝腰はふと手元の『強毒性新型インフルエンザの脅威』という本に目を落とした。そこには「新型インフルエンザは、患者の伝播の経路が追えない病気」と書かれてある。彼はその記述を呆然（ぼうぜん）と見つめた。「新型インフルエンザは誰も免疫を持たない、だからウイルスに暴露されれば、ほとんどの人が感染する」。文章はそう続けている。

　誰も免疫を持たず、空気感染もし、潜伏期からウイルスを外に出す、そんな新型インフルエンザを「検疫」でどう止めることができるのか。検疫の役割は、いつ、どこからＨ５Ｎ１型ウイルスが侵入して来たか、最初の数例の事実を確認することだけだとでもいうのだろうか。

第3章　憂鬱

北海道H市　保健所長酒井俊一

彼は2004年より「鳥インフルエンザ直近情報」という個人サイトを立ち上げていた。始まりは、新型インフルエンザという病気の存在を知った頃のことだった。少しでも、一つでも多くの情報を集めたいと、彼は国の内外を問わず、さまざまな資料にあたり始めた。しかし、日本での鳥インフルエンザ報道は、海外のそれに比べて少ない。あまりにも少ない。さらに海外のホームページの充実ぶりに酒井は驚きを覚えた。

酒井は熱心に情報を集める一方で、新型インフルエンザについて勉強を始めた。海外のサイトの中においても、アメリカでは、ホワイトハウスのホームページのトップに「Avian Flu」という項目が、イラク問題や内外の主要なテーマと共に並んでいることが物語っているように、新型インフルエンザ対策が、国家の重要事項として位置づけられている。これは

2005年にブッシュ大統領が大統領直轄の国家的な取り組みをすると宣言し、9000億円の国家予算をそのために確保したことにも表れている。

だからネットサーフィンをしているだけで、「Avian Flu」というものの存在が、幅広く国民の間に浸透している様子がよくわかるのだ。国務省では専用のサイトを設けて世界中の誰もが直接、情報を得ることができるようにしているし、検索でピックアップしたあれこれを見ていると、アメリカの片田舎の小さな町での役場の対策だとか、カナダのとある州の市の対策ページの中の「新型インフルエンザ到来時のホームレスの人のために……」などというページにたどり着くこともある。また、地方の病院や企業のホームページが解説コーナーを設けていることもある。

酒井は知人に新型インフルエンザについて話をする際に必ず、これらの海外のサイトを紹介し、参考に見てみるといい、とすすめることにしていた。だが、新型インフルエンザに高い関心を持ち、また海外のホームページの充実ぶりに興味を覚えて耳を傾けるほとんどの人間が、「海外のサイトのここを見るといいよ」と教えても、必ずといっていいほど、「でも、それ英語だろう。英語はちょっと……。日本語だったらいいんだけどね」と躊躇(ちゅうちょ)してしまうのが残念でたまらなかったのだ。

見ないこと、知らないことは、なかったことと同じことになる。せっかくある情報を活用しなければもったいない。ならば自分のサイトで、海外報道を翻訳して掲載しよう。酒井はそう決心すると、自分のサイトを立ち上げ、その日から、毎日来る日も来る日も欠かさず、海外の鳥インフルエンザ報道を検索し、翻訳し、公開する作業を続け始めたのだ。

そして、その途方もない作業を続けることで、鳥インフルエンザがヒト―ヒト感染を起こす新型インフルエンザへと変貌していく可能性が刻一刻と高まっている現実が、海外の情報から手に取るように感じられることに改めて驚いたのだった。

いまや酒井のサイトを訪れた人の数は累計3万1000人を超えている。しかし、新型インフルエンザの脅威がなくならない限り、このホームページの更新は続けられ、また真実を知ろうとこのページを訪れる人の数は増え続けていくことだろう。彼はそう願っている。

本来の自分の仕事をしながら、それも地域の保健所長という激務を全うしながら、毎日その自分のサイトでの情報を更新していくのは、並大抵のことではない。しかし、自分のサイトを注目し、頼りにしてくれる人々のためには、とことんやるしかない、と酒井は日々努力を重ねているのだ。

酒井のそのサイトの目的は、正しい鳥インフルエンザへの知識と情報を伝えることであり、それを新型インフルエンザ対策に結びつけ、いかに人命被害を減らすかということであった。

大阪市S区　保健所長伊藤由起子

地域の保健所長を務める伊藤由起子は、デスクの上に置いたノート型パソコンで開いたホームページにある項目を声に出して読み上げながら、その中のひとつを選んではクリックし、一心に読んではメモをとり、また次の項目へ移る……という作業を繰り返していた。彼女が読み進めているサイトは全国保健所長会のホームページだ。その中に、「新型インフルエンザ対策のページ」が設けられ、講演会・資料、訓練、各地の計画などの情報が、誰でも閲覧できるように公開されている。そこには実践的な情報から理論的構築に役立つ資料まで、専門家たちが提供した有意義に活用できる情報が、日々更新されアップロードされているのだ。

ひとしきり読み続けるうちに、伊藤の唇から「ふうっ」と大きなため息がもれる。先日来取り組み始めた山が、思っていた以上に大きく目の前に立ちはだかっていることを改めて実感すると同時に、その山が険しいからこそ、なんとか登らなければいけないのだと再認識させられているからでもある。

京都のホテルで開催された、医学部の同窓会と、それに続く沢田主催の「新型インフルエンザ」対策を論議する私的グループ会を終えてから、数週間がたっていた。

あの頃、自治体での対策をたてる牽引役（けんいんやく）とならなければいけないと思いつつも、どう手をつけたらよいものか悩んでいた伊藤だったが、沢田の誘いに導かれて行った会で、昔の仲間たちと語り合ったことにより自身の迷いはうち払われ、まさに絶妙のタイミングでその決心をゆるぎのないものとしてくれたのだった。

それぞれが専門の医療技能を武器に、未曾有の感染症から市民を守り、被害を少しでも抑えることを考え続けている。そのために私利私欲も捨てて、熱く燃える仲間たちを見て、伊藤の心の中にも熱い灯火が点ったのだ。

その時、駆り立てられた使命感の炎は、数週間を経た今も伊藤の中で消えることなく燃え続けている。以来伊藤は、新型インフルエンザに関する機序や対策について書かれた参考文献や資料、先ほどから読み続けている保健所長会のホームページなどをはじめ多くの情報をかき集め、読みあさっていたのだった。それに伴い、伊藤の知識は少しずつその理解の度を深めていた。

＊

地域の対策をたてようとする時、多くの自治体が、必ずといっていいほど参考にするのが東京都品川区のケースだ。というのも、品川区は２００５年秋から、新型インフルエンザ対策に精力的に対応してきた、新型インフルエンザ対策の先駆的な存在だからである。

２００6年に当時の厚生労働大臣が、新型インフルエンザについて国会で答弁した折にも、「先進的な取り組みを行っているところ」と品川区を取り上げたほど、早期から真剣に対策づくりを開始していた自治体であったのだ。

このいち早い対策への取り組みは、当時の高橋久二区長の、「品川区民の命は区が守る」という強い意志のもとに示されたリーダーシップによるものだった。

命をかけて区民を守るというその姿勢と、一刻を争う危機感溢れる行動は、実はその頃、自らが闘病を続けていた高橋元区長だからこそ感じることのできた「命の尊さ」や、切実なる「生」への思いが成し得たものだったのかもしれない。またその私心なき、己の命を削ってでも区民の命を守る、とも読み替えられるような氏の真摯な姿勢が、区議会や職員たちをはじめ、区民の心をも動かしたに違いない。

２００5年11月には、やがて来るべき新型インフルエンザから区民を守るため、品川区では自治体としては全国で初めて、独自に区の判断で使用できる３０００人分のタミフルの備蓄を決定し、薬剤師会の協力のもと翌年3月までに備蓄量を確保した。

区民の数からすれば、決して十分とは言えない備蓄量ではあったが、この決定はいまだどこも成しえなかった、ひとつの山の頂を極めるがごとき決定であった。闘病中の区長が、保健所長をはじめ区の職員、区民、関係者を励まし支援しながら推進して来た品川区の新型インフルエンザ対策は、第一の山を越え、さらなる高い山をめざして進展していったのだった。

残念なことに高橋区長は対策の礎を築いた２００６年夏に鬼籍に入られてしまったが、この取り組みは、区長亡き後も、当時助役として区長を助けながら新型インフルエンザ対策を推進した、現在の濱野健区長へと、そのまま引き継がれている。そして、その志は日本全国の市区町村の中でも模範となる取り組み例へと結実し、その対策に追いつけ追い越せと、後から追いかける自治体の新型インフルエンザ担当者が参考にしてよりよい対策の確立に向かって努力を続ける際の、試金石的存在となっている。

東京都品川区　保健所長向田ヒロミ

この品川区の対策策定の端緒で全軍を指揮し、牽引していたのが元区長だとしたら、実践の取り組みを現場で牽引していたのが、向田ヒロミ保健所長である。

向田が「新型インフルエンザ」という病気の詳細を知ったのは、２００５年の秋のことであった。全国の保健所に、厚生労働省の外郭団体が主催する「新型インフルエンザ」についての講演会の案内が届いた。地域住民の健康に携わる保健所にとって、「インフルエンザ」は毎年注意が欠かせないテーマの一つだ。さらに、新型インフルエンザという名前もよく耳にするようにはなり危惧を抱いていたが、あまり詳しくはわからない。向田は迷うことなく出席してみることにしたのだった。

講演が行われた11月のある日、和服地で仕立てたスーツをまとった向田は、もう15分も駅から歩き続けていた。晩秋の落ち葉を踏みしめながら、足を急がせてもなかなか目的とする建物は見えてこない。

「今日の会場は、なんて不便な場所で行われるのかしら。いつものように、もっと都心のホールでやってくれればいいのに……」。向田は心中密(ひそ)かにそんな思いを抱きながら、東京郊外のとあるJRの駅から、近くの競馬場へと続く道をたどっていた。今日の「新型インフルエンザ」の講演会は、なんと競馬場の特別観戦室（VIPルーム）で開催されるのだ。

競馬が開催される日ならいざ知らず、今日のような平日の昼間には競馬場へ向かう道を歩く人はあまりいない。ひとりで知らない街の道を、この道で正しいのかと不安になりながら歩いていると、なんだかうら寂しい気持ちになってくる。

やっと着いた競馬場は森閑としていた。競馬開催日には溢れる人でごったがえすであろう門のまわりにも、ガードマンらしき男性の姿がちらほらと見えるだけだ。すぐ正面の建物の玄関の前に、講演が行われる会場への案内板が出ている。向田は初めて足を踏み入れる競馬場の建物の中へと歩みを進めた。

ＶＩＰルームとは名ばかりで、会場は大学の中教室くらいの大きさの会議室のような部屋だった。開始時間よりまだ早いとはいえ、会場には20名ほどの人が着席しているのみだ。一番前の列は避けたものの、向田は前のほうに席をとることにした。列の前へと会場を移動しながら、誰か見知った顔がないかと周りを注意して見てみたものの、こういう会では得てして顔をあわせる誰彼の姿はなかった。

やがて時間となり、講師が現れた。国立感染症研究所の研究員だ。こういう講演会には男性の講演者が登壇することが多いが、今日の担当者は女性である。聴衆は全部で二十数人。30人には満たないくらいだろうか。こういう会にしては出席者が少ないようだ。

女性研究員は登壇すると、寸暇を惜しむようにすぐに講演を開始した。パワーポイントの視覚的資料を活用して、インフルエンザ、鳥インフルエンザ、新型インフルエンザの違いについての定義から始まり、そのインフルエンザウイルスが10年から30年くらいの間隔で大きく変容し、新型インフルエンザが出現していくこと、過去のアジア風邪、香港風邪、スペイン風邪も当時の新型インフルエンザであり、それらがまたさらに変化して一般のインフルエンザになっていく……といった基礎的な知識から、やがて、話題は今、懸念されている新型インフルエンザの具体的な特徴へと移っていった。

「1918年のスペイン風邪では、世界中で4000万〜1億人の死者が出たといわれています。当時は第一次世界大戦の真っ最中でしたが、その大戦の戦没者といわれる850万人をはるかにしのぐ死者を出したのです。慶應大学名誉教授で歴史人口学がご専門の速水融先生のご研究によれば、少なくとも日本国内で45万人が亡くなったと推計されております。ですが、皆さん、これだけの人数が犠牲になったスペインインフルエンザのウイルスは弱毒性でした。ウイルスの感染は呼吸器系に限られたのです。しかし、現在流行中のH5N1型鳥インフルエンザウイルスから発生すると心配されるこの新型インフルエンザは、これまでに例を見ない強毒型となると推定されています。強毒型ではウイルスが全身の臓器に感染し、脳炎や多臓器不全などを起こしてしまう可能性があるのです。この強毒性の新型インフルエンザが発生したら、日本でも17万〜64万人、シビアな数字で210万人以上の人が亡くなると推測されています。実際にはその数字はもっと大きいものになるだろうとも言われています。そしてもうひとつ、この新型インフルエンザが恐ろしいのは、現代社会が高速大量輸送時代にあるからです。90年前のスペインインフルエンザの時代には、地球全体にウイルスが拡散するのに6〜11ヶ月くらいの時間がかかりました。しかし、今もしアジアのどこかの都市で新型インフルエンザが発生したとしたら、ウイルスは飛行機に乗って数時間で日本に到着することだって可能です。ですから現代では、SARSの教訓からも、1週間くらいであっという間に世界中に拡がるでしょう」

淡々と、だが切迫感をもって訴える女性研究員の言葉に向田は思わず身震いをした。

確かにいまや世界は高速大量輸送時代に突入している。一日に何百便もの航空機が海外と日本とを行き来している。この研究員が言うように、世界の1ヶ所で発生した伝染病はすぐさま世界をかけめぐり、それぞれの土地で感染を引き起こすことだろう。向田は2003年春のSARS騒動を思い起こしていた。あの時は香港の空港でも発熱検査が行われ、万が一にも感染した人間を空路で世界に出さないよう、厳戒の態勢がとられていた。

「SARSの時には、発症した恐れのある高熱の患者を空港でスクリーニングすることで、世界への拡がりを防ぐことができました」。女性研究員はまるで向田の考えたことを見透かしたかのように言葉を継いだ。

「SARSは発症後ウイルスを排出し、他の人に感染を起こします。これに対して、新型インフルエンザの場合は、症状が出る1日前からウイルスを排出するのです。さらに、鳥インフルエンザから生まれた新型インフルエンザは、もともとが〝鳥〟のウイルスですから、地球上の大部分の人々は免疫を持たず、この新型ウイルスにさらされると、ほとんどの人が感染することになります。そして、過去の免疫がない分、宿主である〝人〟は、旗色が悪く、重症化しやすいのです」

メモをとり続け、ノートに視線を落としていた向田は思わず顔をあげた。その時、日本の国民の健康を憂えるその研究員の目と、地域の住民たちの健康を心配する向田の真剣な目が一瞬交差した。

その後も新型インフルエンザに対するワクチンや抗ウイルス剤による治療、また体内の免疫機能が壊れ暴走するサイトカインストームなどについて詳しい説明が行われ、その後は質疑応答の時間となった。緊迫感を感じさせるその内容に、活発な質問が次々と投げかけられた。もともと人数が少ない分、出席している人の大半が、感染症関連の情報に興味を持つ、意識の高い医師などの医療関係者や一般の人なのだから当然だともいえる。その中の一人が手を挙げた。

「先生、わかりやすいお話をありがとうございます。私は都内の小学校でＰＴＡの会長を務めておりますが、普段のインフルエンザなどでも校医の先生や保健所の先生方と情報を交換し、対策に努めております。が、この新型インフルエンザではどうなのでしょう。どのような形で対策をとっていくことになるのでしょうか」

「保健所の対応ですね……。正直まだ、これから対策を考えていくというのが現状だと思います。この中にどなたか保健所関係の方はいらっしゃいますか」

女性の研究員はマイクを手にとると聴衆を見渡す。聞かれる聴衆の側も振り返ったり、周りを見回したりして、誰かが名乗り出るのを待っているばかりだ。やはり保健所の人間は私以外にいないようだ、と向田は挙手をして立ち上がった。

「品川区で保健所長を務めております向田と申します。保健所の対応ということでしたが、今まさに先生がお話しくださったように、保健所の対策はまだこれから端緒につくという状態でございます。私も今日、先生のお話をうかがって、初めて新型インフルエンザの詳細を知ったというのが本当のところです。そして、一刻も早い対策の必要性を痛感した次第です。今日帰りましたらすぐ、私どもの区では地域住民の健康と安全のために対策にとりかかりたいと思っています」

「ありがとうございます。地域の住民の健康を守る保健所の所長さんがそう言ってくださって、本当に心強いです」

　女性研究員は向田の言葉を受けると、心からうれしそうな笑顔を浮かべた。

　新型インフルエンザについての知識を得た向田は、講演会で宣言した通り、その日から、地域住民の健康を預かる保健所長として、新型インフルエンザ対策のために邁進したのだった。そして、新型インフルエンザ対策の必要性を訴え、それに対する危機意識を共有するために、「新型インフルエンザ講演会」を国立感染症研究所の大田信之を招いて開催、新型インフルエンザは区民の安全のために、優先的に取り組まなければならない課題であることをアピールして、区の意思統一をはかったのだった。これは、もちろん先の「命を守るこれぞ行政」と考えた、区長、助役（当時）の後押しが大きかったからこそ実現できたことでもあった。

＊

２００6年3月、まさに品川区がタミフルの備蓄を完了し、次の段階へと動き始めた頃、その向田の所長室に一人の女性の姿があった。大阪市S区で保健所長を務める伊藤由起子である。

あの日から、伊藤は対策の立案に必死の努力を続けていた。品川区の公開されている新型インフルエンザの行動計画は詳細に読み込んであり、それをたたき台に自身の保健所の管轄地域をはめ込んで、基本的な試案も既に作り上げた。デスク上での行動計画は、伊藤の中ではもう出来たも同然だ。だが、自治体の新型インフルエンザ対策は、保健所や健康部局だけで対応しきれるものではない。それは、市町村の行政が、まさに市民、区民などの住民と共に作り上げ、実行しなければ機能し得ないものだからだ。この隔たりをどう乗り越えればいいのか、どうやって協同していけばいいのか、それが伊藤の最初の戸惑いであった。これをこのましかるべき立場の人間にぶつけてしまっていいものだろうか。これを実地に持って行く段階で、伊藤の気弱な性格が裏目に出た。

作り上げた行動計画書を保健所の部下である40代の課長にそっと見せたところ、課長にサラッとかわされてしまったのだ。

「所長、こんなの無理ですよ、うちだけじゃあ、まず……」

彼はざっとその行動計画書に目を通すと、伊藤の苦心の作を突き返し、笑いながら席を立って行ってしまったのだ。医師でもある彼ならこの新型インフルエンザの脅威を理解してくれるに違いない、そして伊藤を支援し次の一歩への知恵も貸してくれるかもしれない、そう期待していたのに、「やれるわけがない」ことを前提に適当にいなされてしまったのだ。伊藤はぎゅっと唇をかみ締めた。この1ヶ月、寸暇を惜しみ時間を費やしてきた孤独な作業が、徒労となってどっと胸に押し寄せてきた。うちのめされた伊藤はその試案の持って行き場を失い、次の段階へと行動に移せないまま、途方にくれてしまった。

2～3日鬱々（うつうつ）と暮らしていた伊藤だったが、ある日ふと、品川区の場合はどうだったのか尋ねてみてはどうかとひらめいた。そして、アドバイスを受けたいと、はるばる東京の品川区まで向田所長を訪ねてきたのだった。

「まあまあ、遠いところをよくお訪ねくださいました」

満面の笑顔で伊藤を出迎えてくれた向田は、色白の上品な女性であった。伊藤はこれまでの緊張がほどけ、和らいでいくのを感じた。なんと言われるだろうと不安に思っていた気持ちは少しだけ軽くなり、S区で行動計画をたてていきたいこと、自分の計画が頓挫しかかり、どうすればよいか途方にくれていることなど、伊藤はこれまでの概略を順々に説明していった。向田は話を聞きながらも、伊藤の硬い表情を見てとると、ほほえみを絶やさず、言葉を続けた。

「新型インフルエンザ対策は大変ですよ。なんと言っても、発生する前に対策をたてておかねばならない。被害者が出てから動くことの多い行政現場では、理解と協力を得るのは難しいですよね。私にも同じ悩みはありました。同じ保健所内でも、仲間の医師から〝姿かたちの見えないウイルスに対して大騒ぎして〃と言われたこともありましたよ。だから、お気持ちはお察しします」

新型インフルエンザの対策は私にはたてられないのかもしれないと、気持ちの落ち込んでいた伊藤は、向田の言葉に思わず涙腺がゆるみそうになり、そっと目頭を手で押さえた。向田はそんな伊藤には気づかないようにさらに優しく、だが力強く話し続ける。

「でも発生してからでは遅いわけですから、何としても今やらなければなりません。今ここで、やらないといけない。それは、住民の命に関わることですから。頑張ってくださいね。

ここでくじけないで始めれば、きっと軌道に乗る日は来ますから。でも、ひとりで頑張ろうと思ってはダメです。まずは、仲間を増やすことをおすすめします。それには、新型インフルエンザの普及啓発をすることです。知識と危機感の共有。私は、国立感染症研究所の大田信之先生の講演会を企画して、医療機関をはじめ関係機関の方や区の職員に聴講してもらった上で、［新型インフルエンザ対策会議］を開催しました。もちろん、友人知人縁故総動員ですよ。そして、なんと言っても、一番肝心なのは、為政者です。首長にご理解をいただくことです。いくらいい計画ができてもそれを実現するためには予算の執行が必要ですから。なんなら、東京では品川区がこのようにやっていますって、事例を示してはどうですか。周囲の人に見せるにしても、他でやっているところのいい例を見せていきましょう。ね、私も応援しますから、一緒に頑張ってやってみましょうよ。少しずつでも頑張っていけば道は開けますよ」

ひとしきり、向田は対策をたてる難しさと彼女なりに得たコツを伝授し、伊藤を励ましながら、丁寧(ていねい)なアドバイスを与えてくれた。向田の言葉には、前例のない道なき道を手探りでコツコツと切り拓(ひら)き築いてきた者ならではの、自信と確信に満ちあふれた確かな強さと優しさがにじんでいた。

やがて向田は、伊藤を倉庫に案内した。

「これが、新型インフルエンザの防御セットです」

そう言って、彼女のほうに差し出したセットには、マスク、手袋、ゴーグル、ガウン、消毒綿などが一揃えのパックに梱包されている。

「あぁ、これがそうなんですね。行動計画を拝見している時に見ていました」

「ひとたび新型インフルエンザ発生となったら、タミフルを予防内服し、これを着用して、保健所の職員に働いてもらうのです」

向田が言葉を添える。

新型インフルエンザの防御セットを手にし、実際に見ているうちに、伊藤は自分にもなんとかやれそうだという気持ちがわいてきた。向田が歩んできた道こそ、前人未踏の険しい道だったはずだ。自分はそんな彼女が切り拓いてくれた道を、ただひたすら追いかけて行けばいいだけではないか。何をひるんでいるのだ。くじけてはいけない。

確かに、向田が言ってくれたように、自分ひとりで何もかもしなければいけないと思い込んでいたから、行き詰まってしまったのだ。よし仲間を増やそう。理解者をたくさんつくりだそう。

伊藤はすぐに、隣県の衛生研究所長の奥沢を地元に招く講演会の立ち上げを思いついていた。さらに、同僚ひとりの言葉に傷つき、ひるんでしまった自分を恥じ、己を鼓舞する気持ちがむくむくと頭をもたげてきた。よし、明日にも市長、助役、保健部長へ説明して、早くこの品川区に追いつけるように頑張ろう。伊藤は、一通りの説明を聞き、向田の激励の言葉に深く感謝をすると帰路についた。

そうだ、確かにひとたび新型インフルエンザが発生してしまったら、それからでは何もかもが遅すぎる。品川区に倣（なら）って新型インフルエンザ来襲に備えた「防御用品セット」を市長に嘆願して補正予算で購入してもらおう。さらに発熱センターのテント、装備などの予算もとってもらおう。設備だけではない。薬剤師会へ薬の在庫状況を確認できるシステムも作り上げたほうがいいだろう。もちろん発熱センターへの地元医師会からの医師派遣など、医師会長への協力要請もなんとか形にしなければ……。それらを全部、行動計画の中に組み入れていかなくては。新型ウイルスはすぐにでもやって来るかもしれない。動けるうちに一気にやっておくことだ。それは、同窓生との勉強会で痛感したことだった。

そこまで具体的に想像をめぐらすと、伊藤は、すぐに品川駅へと向かい、この気持ちが薄れないうちに市長や助役たちへのアポを取りつけようと、新幹線のホームから携帯電話をプッシュした。

2007年4月　インドネシア

インドネシアでは、H5N1型鳥インフルエンザウイルスの感染者が100名を数えている。世界各国で多発している新型インフルエンザの発生国の中でも、群を抜いて多く、世界最多のH5N1型ウイルスの感染報告数を出している国だ。しかも、その102名のうち死亡が確認されたのは2007年7月23日現在で81人。実に感染患者の8割が命を落としている。また、家族内発生など、人から人へと感染が拡がったと考えられる事例も少なからず確認されており、ウイルスがヒト型に変化しているのではないかと疑われていた。

しかし、インドネシアは、それまで香港や米国のWHO検査機関に対して行っていた患者検体の提供を、2007年1月以降全部中止してしまったのだ。その理由は、途上国がWHOに提供したウイルスが、ワクチンメーカーや外部の研究者に無断で分与されており、ワクチンメーカーの経済的利益や研究開発に利用されていること。しかも、こうして作られる高価なワクチンを途上国が購入することは不可能であり、新型インフルエンザの危機を前にして、このようなやり方は不公正であること。このような不公正を解消し、途上国にも入手可能なワクチンを公平に供給する体制の確立が約束されない限り、WHOにはウイルスを提供しないというものである。多くの途上国がこの声明に共鳴しており、また、『ニューヨークタイムズ』などの有力新聞や『ランセット』などの国際医学雑誌もその主張を支持している。しかし、ウイルス検体（人類の命）を人質とするような交渉のやり方に対しては批判も多い。

本来であるなら、ヒト―ヒト感染を起こす〝新型インフルエンザ〟へ刻一刻と変化していくウイルスへの対策をタイムリーにたてるため、その最新のウイルスの確認と分析に基づくリスク評価は、新型インフルエンザの疫病対策に欠かせないものである。ウイルスの突然変異で発生する新型インフルエンザには、世界中のほとんどの人が免疫を持っていない。そのため世界のどこか一国で発生した一例がやがて爆発的に感染を拡げ、世界同時多発的に発生する大流行の脅威ともなりうる地球レベルでの重大な問題である。予防のためのワクチンの開発や治療方法の検討のためにも、常に変容していくウイルス検体の迅速な入手は、新型インフルエンザに携わる専門家たちにとって、必要不可欠なのだ。

再三の国際的な要請と説得、WHO総会での協議を経て、インドネシアはWHOを中心とした先進国のワクチン開発供与支援などの合意を取り付け、円滑なる検体と情報の提供を約束する方向にあった。

*

インドネシアは、スカルノ大統領を初代大統領に1945年8月17日に独立宣言した国である。が、いまや日本人にも人気のリゾート、バリ島のある国といったほうが、なじみ深いかもしれない。約1万7500の島々からなる世界最大の島嶼(とうしょ)国家であり、その面積は約189万800平方キロメートル。なんと日本の約5倍だ。島々はちょうど、米国の東西両海岸間の距離に匹敵する東西約5110キロメートルと、南北約1888キロメートルに及ぶ、赤道をまたがる広い地域に点在する。バリ島のようなリゾートとして開発されている島や、歴史的建造物や遺跡も多いジャワ島などだけでなく、ジャングルなどの手つかずの自然やオランウータンやコモドオオトカゲ、サイ、ゾウなどの野生動物、美しいビーチや珊瑚礁が生息する海などさまざまな表情を見せるたくさんの島が、インドネシアの国を形づくっている。

しかし、人口は世界第4位を誇る2億4000万人もあり、その総人口の約6割が、全国土面積の約7%にすぎないジャワ島に集中しているのである。

*

インドネシアで最初のH5N1型鳥インフルエンザの発生が確認されたのは2003年後半のことだった。同時期の03～04年には近隣のアジア諸国の日本、韓国、ベトナム、タイ、カンボジア、ラオス、中国、マレーシアなどでも次々と発生が確認されていた。

インドネシアは米国、日本などの先進諸国から莫大な資金援助を受けて、感染した家禽類の処分、患者発生の疫学調査、治療、封じ込め政策などを行ってきた。近年の研究成果から、ヒトの新型インフルエンザは、鳥インフルエンザウイルスの突然変異による変容で起こることが明らかになり、鳥インフルエンザ発生の段階での早期封じ込めの重要さが認識されるようになってきたからである。さらに、次に出現する新型インフルエンザが、H5N1型という強毒性ウイルスによる可能性が高いと推定されたからでもある。しかし、さまざまな理由から有効な対策はまだまだ不十分な状況だ。

H5N1型ウイルスを根絶するためには、ウイルスの感染、および感染の疑いのある家禽を徹底的に殺処分することが必要となる。しかし、生育期間が短く、貴重なタンパク源となる家禽の飼育は、インドネシアをはじめ東南アジア諸国にとって生命線とも言える貴重な食材資源である。インドネシアの農村部での自給自足に近い生活環境では、家禽の徹底した殺処分は非常に難しい。また、処分に対する十分な経済補償を行うことは困難である。その結果、現実的には、感染家禽の処分は徹底せず、H5N1型ウイルスは家禽の間で蔓延を繰返していた。さらに鳥が人間の暮らす家の中にも直接出入りするなど、人々の生活に密着した形で、家禽の飼育が行われている現状であった。

同年10月下旬　ゲマイン共和国で新型インフルエンザ発生

人口密度が高く、家禽と人との接触頻度が高い、多くの島が点在するインドネシアに、地理的にも風土的にも非常に似た東南アジアの国、ゲマイン共和国。この国の小さな離島K島のC地区も、まさにそんなウイルスの発生しやすい状況にある村だった。

C地区は山間部の農業を中心とした自給自足の小さな集落である。この集落に数十家族が軒を並べ、山間の小さな畑を耕しながら、ニワトリとまるで共存しているかのように暮らしをたてている。

ここでも、数ヶ月来、既に高病原性鳥インフルエンザ（H5N1）が家禽の間で蔓延していた。ゲマイン共和国農務省は感染鳥の殺処分による制圧を強力に指導しているが、首都のあるシェ島から離れた小さな島のさらに奥地の集落までは、監視の目も行き届かない。また仮に行き届いたとしても、村人たちは大切なニワトリが死んだからといって、ほかまでおめおめと見殺しにしたりはしない。H5N1型鳥インフルエンザへの知識がない彼らにとって、そのニワトリから人が病気になるという危険性がわかるはずもないのだ。

しかも、毎日の生活に追われる中で、家禽の病死は不吉な前触れであっても、即座の全家禽の殺処分など思いも及ばないことである。彼らにとっては、いつかは自らの手を下して殺すはずだったニワトリが、予定より少し早く死んでしまった、というような感覚しかないのだろうし、病気でもない家禽を殺すことなど思いもよらないのだ。また、他のニワトリも処分をすれば補償金を払うと言われたところで、政府からのわずかな補償金では、実質的な経済的補償はないに等しい。貧しい農村にとって、家禽はひとつの財産でもあるのだ。

だから彼らは、鳥インフルエンザの発生を知った役人がやって来たら、家禽を殺されないようにそっと子供に隠させる。役人の来訪は、彼らを突然襲う、鳥の病気の来襲と変わることのない、災厄のようなものなのである。

これらの事情は、ほかの多くの離島、その僻地でも同じだ。ニワトリに異常が認められても、政府に通報などはしない。急いで病鳥を売ったり、家で羽をむしり調理して食べることさえ行われているのであった。

このような状況下で、鳥インフルエンザのウイルスは、封じ込められるどころか、鳥を大切に思う人々の手によって密かに温存され、知らぬ間にヒト型へと変容をとげていった。

その結果、ゲマイン共和国では、多くの離島で鳥から人への感染が相次いで報告されるようになっていた。10月上旬までに、患者数96名、死者63名がＷＨＯで確認されていた。しかし、その患者の報告でさえ、鳥の処分の対策が徹底していないのと同じように、氷山のほんの一角が数えられているにすぎなかった。水面下に隠された氷塊は、実は氷山をはるかにしのぐ莫大な大きさを持つ氷の固まりなのかもしれなかった。

自動車やバイク、自転車がひっきりなしに通りすぎると、道路から砂ぼこりが舞い上がり、じりじりと照りつける熱い日差しの中、喧噪に溢れる街は熱気の中で陽炎のようにゆれていた。ゲマイン共和国首都のシェ市。この国で最大の都市だ。点在する島々と異なり、近代的な都市化が進み、首都は日本のある地方都市とも姉妹都市の関係にある。

海岸に近い商業街と、そこから離れた新市街、周辺の農村地帯とに分かれるシェ島は、5つの市から成り、その市はさらに40の区に分けられて行政が執り行われていた。

A地区は、シェ市の中心部から数十キロ離れた比較的静かな農村地域だ。この村に住む26歳の男性が発熱、咳を訴えて、近所の医師を受診したのは10月15日のことだった。ひどく息苦しい様子の男性は、急速に呼吸困難の相を呈してきた。尋常ではない病状に、医師は男性を、高熱と咳、呼吸困難を主訴として、シェ市内にある国立病院の救急外来に送り込んだ。

男性はそのまま緊急入院となった。男性のX線写真からは、両肺に進行する炎症像が認められた。肺炎は急速に進行し、人工呼吸管理が施される。抗生剤治療も行われる。この間に、男性の咽頭拭い液と血液のサンプルが採取され、H5N1型ウイルスの検査のためにシェ市の郊外に最近改築された国立保健衛生研究所に送られた。PCR検査の結果、H5型インフルエンザウイルスの遺伝子が検出された。確認のために男性患者の検体が東京の国立感染症研究所にあるWHOインフルエンザ協力センターへ送付された。ここで、H5N1型インフルエンザであることがすぐに確認された。さらに患者検体からウイルスが分離され、その遺伝子解析の結果、ヒト－ヒト感染が起きやすくなる変異が幾つか認められた。この重要な結果は、ゲマイン国立保健衛生研究所とWHO本部、WHOインフルエンザ監視ネットワークに即刻報告され、全世界に緊張が走った。

患者が発症してから9日がたっていた。

この間、男性の夫人と3歳の長男も同様の症状を呈し、同病院に搬送、隔離されて、治療が開始された。一方、男性を最初に診療した近所の医師にも同様の肺炎症状が認められて、同じ病院に搬送されて来た。

10月23日、ゲマイン共和国政府はH5N1型インフルエンザウイルスのヒト―ヒト感染を疑い、WHOに専門家の派遣を要請した。この間にもA地区では同様の症状を呈する新型インフルエンザに感染した疑いのある患者が、わずか1週間で12名へと増加していた。

WHOは、ただちにウイルス学や疫学の専門家を中心とした12名の国際チームを組織して現地に派遣し、10月25日から3班に分かれて調査を開始した。これには、国立感染症研究所の大田の部下が2名参加している。A地区の男性家族の周辺の疫学調査の結果、肺炎症状を示す患者が、次々と増え続けていることがわかった。また、この地域では病気になったり、死亡した鳥は見つかっておらず、患者のほとんどは鳥との接触歴がなかった。これらの状況から、人から人への感染が拡がっている可能性が高いと判断された。

一方、多くの患者検体のPCR検査ではH5遺伝子が陽性であり、これらの検体も、即座に日本の国立感染症研究所に送られ、ここで解析されてH5N1型インフルエンザであることが確認された。

その頃、インターネットやラジオ、テレビを通じ、東南アジアのゲマイン共和国においてインフルエンザウイルス・H5N1のヒト―ヒト感染が起きている可能性が高いという非公式情報やさまざまな噂が世界を駆けめぐっていた。ゲマイン共和国に関連する企業の株価が大暴落し、経済への影響が出始めた。日本の報道機関も、詳細な情報を求めて厚生労働省に次々と問い合わせの電話を入れる。厚生労働省記者クラブも、情報提供を申し入れたが、この段階では厚生労働省にもまだ詳しい情報は入っておらず、新たな情報を待つしかなかった。

　各メディアはそれぞれ独自の情報源をたどり、最新の情報の輪郭だけでもつかもうとやっきになっていた。同時に、日本のメディアは、「鳥インフルエンザ、新型に変異か？」というニュースをいっせいに流し始めた。

　これまで日本では、鳥インフルエンザの新型への変異について、詳しい報道がされてこなかったため、ニュース番組のキャスターたちも、突然の出来事に困惑しながら、わかる範囲での情報を繰り返し放送するにとどまっている。シェ市A地区ではさらに患者数が増加し、数ヶ所の病院において医療従事者や入院患者数名の発症が起こっているとの外電が未確定情報として報道された。

　状況から推定した最悪のシナリオや状況の悪化が伝えられると、それを鎮めるため伝染性疾患情報提供センターの専門家や有名医療コメンテーターがテレビに登場し、心配することはない、一例患者が出たからといって、感染が爆発的に拡がることはない、と科学的な論拠を明示しないままに説明を繰り返していた。これまで正しい知識をきちんと把握する機会に恵まれなかった視聴者たちは、ただ不安な気持ちを抱いて、ニュースに耳を傾けるしかなかった。

＊

海外在留の、特にゲマイン共和国に駐在する日本人たちの間には、どんどん動揺が広がり始めていた。大手企業からの駐在員だけでなく、中小の企業の派遣社員たち、また旅行者など、噂を聞きつけた邦人たちからの問い合わせが、日本大使館へ殺到した。

大企業の駐在員だけでいえば、日本企業の多くが新型インフルエンザ対策として、さまざまな取り組みを行っていた。しかし、その取り組みにも企業によって対応の違いや、温度差がある。たとえば、数でいえば半数にも満たないかもしれないが、一部の企業では昨年の段階で、新型インフルエンザ発生の心配がある東南アジア地域に駐在する社員の家族を既に日本に帰国させている。また主要企業の半数程度は、従業員分のタミフルを既に備蓄しており、ひとたび発生が確認されたら、感染の危険性を考え、企業の現地責任者がタミフルを配布する手はずになっている。しかし、その一方で、なんの対策もとられていない企業もあり、そんな企業間の情報が飛び交うことで、さらに、ゲマイン共和国の狭い日本人社会の口コミ社会は、ある種のパニックに近い状態を呈していた。

正式な新型インフルエンザ発生の報を待たず、企業の行動計画に沿ってすぐにでも帰国ができるよう帰国の準備に取りかかる者もあれば、自主的に帰国手続きを始める者もあった。というのも、なんら対策計画をたてていなかった中小企業の駐在社員は、メールと電話で日本の本社に現地営業所の対応を問い合わせることになる。しかし、何事にも会議と稟議という上からの採決が必要な企業体制では、本社もすぐに即答ができるわけもない。また事態の意味を正確に理解していない本社の人間が、国やWHOの公式発表がないうちに行動を起こすのはまかりならん、と杓子定規な対応をするのは目に見えていた。だから、事態が悪化するのではないかと不安を抱く者は、ただ待つことをやめ、事後承諾でいいから家族だけでも先に帰したいと、個人で飛行機のチケットを購入しようとしていたのだ。

帰国の航空機の予約のために日本国内、ゲマイン共和国内の双方から航空会社に電話が殺到する。旅行会社にもひっきりなしの問い合わせが続き、電話回線がパンクし、全く電話が繋がらない状態となっていた。

10月31日　ジュネーブ・WHO本部

WHOは、緊急のタスクフォース最高決定会議を招集、電話会談にてデータを確認、ゲマイン共和国A地区において新型インフルエンザが発生していると判断し、パンデミック警戒フェイズを4に引き上げた。同時に、早期封じ込め作戦がスタートした。また、ゲマイン共和国への渡航自粛勧告が出された。この電話会議には、日本からは大田信之感染研ウイルス部長が出席した。
　こうして世界初のヒト―ヒト感染によるH5N1新型インフルエンザの発生は認定され、世界同時の強毒型ウイルスによる新型インフルエンザ大流行の火ぶたが切って落とされたのだった。

11月1日早朝　日本・首相官邸

早朝、東京・永田町の首相官邸に一本の電話が入った。WHOのパンデミック警戒フェイズ4の発表を受けて、新型インフルエンザの発生を報告する一報であった。時をまたず、その報告は厚生労働大臣からもすぐにもたらされ、首相官邸は慌ただしい空気に包まれた。

厚生労働省は、日本がWHOの分類する新型インフルエンザのフェイズ4A、つまり新型インフルエンザの海外での発生と、日本国内未発生の状態であることを表すフェイズにあたることを公表した。

報道メディアでも、新型インフルエンザ発生の事実報道がいよいよ始まった。街には新聞の号外が出る。我先に号外を受け取った人々は、一様に不安な色を隠せず、波紋は街にまで広がっていった。

内閣官房への情報提供が行われた。内閣官房では鳥インフルエンザなどに関する関係省庁対策会議を緊急招集し、発生の状況及び各省の対応について確認を行った。

11月1日　福岡空港検疫所

国内の空港ではただちに、検疫行動計画に従い、検疫の厳戒態勢をとり始めた。

溝腰のいる福岡空港の検疫所でも、検疫官が一堂に呼び集められ、検疫の厳戒態勢についての最終確認のブリーフィングが行われている。既に一度は学んだ内容だとはいえ、起こるかもしれない事態についての話を聞くのと、今から臨戦態勢で実践する手順を確認するのとでは、必然的に緊迫感は異なる。事態の重要さを認識するどの顔も真剣そのもので、緊張のためか表情が険しい。

「発生国であるゲマインからの航空機はすべて成田、関空、中部、福岡のいずれかに着陸させ、検疫をここに集結すること。全国からの検疫官は既に申し合わせてある通り、それぞれが担当部署への配置の準備にかかること。ゲマインからの航空機の乗客の中で、有症患者、さらにそれら有症者との濃厚接触が疑われた者については、機内にて咽頭拭い液のサンプルを採取し、そのＰＣＲ検査を行うこと。そして、検疫を素通りする可能性が極めて高い潜伏期などの搭乗者は、搭乗名簿による電話での追跡を徹底できるようにすること。さらに質問票、健康診断票などを配布、健康上の変化、または異常があった場合の連絡、外出等行動を一定期間自粛する要望の連絡を徹底すること。同様に市区町村長、自治体にも情報を連絡し、患者把握に努めること……」

溝腰も真剣に、手元に配られたパンデミック厳戒態勢時のマニュアルに目を落とし、係官の読み上げる文言を追いながら、手順を再確認する。

「以上。何か質問はないか？」

係官が全員の顔を眺める。一同は、黙って顔を上げる。内容についてはこれまでにも再三確認をしてきたのだ。今さら聞くことはない。あとはとにかく検疫業務に没頭し、何とか水際でくい止められるように頑張るしかない。溝腰はぎゅっと下唇をかんで、歯をくいしばった。

「では、これより検疫は全所員一丸（いちがん）となって、新型インフルエンザウイルスの水際防御作戦の臨戦態勢に入る。発生国からの第1便の到着は11月3日である。全員、自らの感染についても注意の上に注意を重ね、一例たりともウイルスを入国させないという強い意志をもって臨んでほしい」

険しい顔で言葉を続ける所長の檄（げき）を胸に、検疫官たちは、未曾有の事態へ対処すべく、それぞれの持ち場へと戻っていった。

11月1日　日本国内　ゲマイン渡航者

WHOの新型インフルエンザ発生、パンデミック警戒フェイズ4の発表を受けて、ゲマイン共和国の隣国P国は、ただちに国境を封鎖した。また、在ゲマインの各国大使館においては、ビザ申請を行う者たちに対する体温測定を開始した。

発生の報を待つまでもなく、混乱を呈し始めていた日本人社会では、駐在する社員及びその家族への派遣元企業から帰国の指示や検討などが始まった。2006年に在ゲマイン日本大使館から出された新型インフルエンザの注意喚起警告に従い、発生時に速やかに退去する手順をマニュアル化し、早くから行動計画を整備、徹底していた大手の流通メーカーや生産工場の現地法人では、既に行動計画にのっとった動きが本格化していた。これらの会社では、家族は前年帰国させ、シェに滞在しているのは本人のみであったため、円滑かつ迅速な対応が実行される。日本の本社では、マニュアル通りに彼らのための航空券を予約し、現地の発券の手はずを整え、社員らは発生国からの脱出のために郊外の国際空港へと向かった。

その頃、日本でもゲマイン共和国と関係する諸機関では混乱が始まっていた。秋の休日などを利用して海外旅行を予定していた人たちから、パスポートセンターへの問い合わせが相次いだのだ。また、旅行会社ではゲマインへの旅行が軒並みキャンセルされるなど、旅行業界を含む関連企業に大きな衝撃が走っていた。

「すみません。うちの家族が今ゲマインを中心に東南アジアを回る予定のツアーに参加しているんですけれど、どうなるんでしょう。旅行は早く切り上げて帰ってくるんでしょうか」

「息子がツアーでゲマインに行っているんですけれど、早く帰るように伝えたいので、連絡をしてください」

「現地の状況はどうなんですか。安否の確認はできていますか」

次々と殺到する、ゲマイン共和国や周辺地域への旅行者やツアーの早期繰り上げ帰国を要請する家族からの問い合わせ、本人への連絡の依頼など。

「ゲマインのリゾートのマル島に行く予約を入れているんですけど、マルは大丈夫なんですか。旅行は旅行会社の都合でとりやめになるんでしょうか。それともやめるとこちらがキャンセル料を負担しなければいけないんですか」

「社員旅行だけど、今度のツアー、ゲマインをやめて行き先を変えてほしいんだけどね」

ニュースの浸透に伴って、これから出かけようと思っていた者、現在出かけている家族を心配する者などからの問い合わせが増え、旅行会社の窓口はさらに混乱をきたしている。

しかし、どうすれば良いのか問い合わせたいのは、これら個人だけではなかった。対応に苦慮する旅行会社などをはじめ、多くの企業法人などからも、ゲマイン共和国渡航者への対応をどうするべきか、駐留している邦人の帰国問題など、多岐にわたる問い合わせが外務省に殺到し、その外務省も同様に混乱を極めていた。この混乱の内容はやがて、いや、わずか2日後には現地からのタミフル、医療、ワクチンの要求や配布に関する問い合わせの殺到に取って代わられるのだが、怒濤(どとう)のような対応に忙殺される政府関係者や企業の担当者たちは、まだそれを知るよしもなかった。

一方、日本国内のおおかたの国民は、新型インフルエンザのゲマイン共和国での発生に、不安を感じつつも、SARSの時のように日本には入って来ないで済むのではという楽観的な雰囲気がまだあった。仕事や旅行、家族の居住など、ゲマインに直接関わりを持つ人々以外の大半の国民には、まだこれから降りかかる新型インフルエンザ大流行へのさし迫った恐怖は起こってはいなかった。

11月1日　ゲマイン共和国・離島K島での感染そしてフェイズ5へ

日本で混乱が起こり始めている頃、東南アジアのゲマイン共和国のK島では、そんな騒ぎとはなんの縁もない、いつもと同じような平穏な一日が時を刻んでいるように見えた。

燦々と降り注ぐ太陽。アジア特有のブッシュが混在する砂浜の向こうにはヤシの木が群生し、ところどころに家屋が見える。内陸部に群居しているという集落は船から見ることができない。海の水はあくまで青く透き通り、まさに南国の楽園といっても過言ではないかのような平和な風景が広がっている。

海岸線をまわり込んで、港とは名ばかりの小さな桟橋を見つけて小型の船舶が着岸した。通常であれば週に何便かやって来る定期船が着岸した時だけでなく、どんな船が着いた時でもどこからか聞きつけた村人たちや子供たちが、ものの10分としないうちに、わらわらと駆け寄ってくるはずだ。しかし、目の前の建物からも近くに幾つかある小屋からも誰も出てはこない。

上空では海軍のヘリコプターがバリバリと音をたてて旋回し、時には高度を上げ、時には群生するヤシの梢をかすめそうな勢いで降下し、島の上から何かを探索している。船上の無線がピーッという甲高い音をたてながら、ガーガーと耳障りな音をあげた。

「上空からの目視では屋外に人の気配はなく、全滅の模様。村内への立ち入り検査を求める」

「了解」

上空のヘリコプターと、船上とに分かれて島へとアプローチをしていた保健省とWHOの調査チームの面々の表情には、「やはり……」という衝撃と動揺が走った。

＊

ゲマイン共和国では、11月1日に保健省やWHOの国際対策チームによる早期封じ込め作戦が開始されていた。コンピューター上のシミュレーションでは、新型インフルエンザウイルスが同定され、感染者が未だ30人以下の場合、感染者とその周囲で接触のあった2万人にタミフルを集中投与し、住民の移動を禁止するなどの措置をとれば、新型ウイルスを封じ込めることができるとされている。

この早期封じ込め作戦を展開するため、日本、米国などが資金を提供し、既にシンガポールに備蓄してあったタミフルが、患者発生地域・ゲマイン共和国シェ市内のA地区に特別機から投下され、住民への配布準備が進められた。一方では、警察と軍隊による住民の厳重な行動規制が敷かれていた。

この間、世界第一号の新型インフルエンザ患者となった男性Aと、その3歳の息子が死亡した。解剖の結果、重症の肺炎とともに多臓器不全の所見、脳、腎臓、腸管など多くの臓器にもウイルス感染の所見が認められた。

さらに衝撃的なことには、亡くなったA氏に関する疫学調査を実施し、その行動の追跡調査を行った結果、A氏とその家族は、A氏発症の前日に、離島K島の奥地のC地区から移住してきたことが、家族の周辺の証言で明らかとなった。

K島のC地区では、9月中旬から「風邪」様の患者が出ていたが、いつものことでもあり、誰も気にすることはなかったという。しかし、10月上旬からひどい咳をする病気で村人が何人も続けざまに犠牲となった。そこで、何かの祟りかと恐れ、まだ元気な村民たちの一部が、家や農地も捨てて首都のシェ市に移って来たことが判明したのだ。A氏家族の3名もその仲間だった。

C村では数十人が感染、死亡者も多数出ているという、この驚愕する証言にゲマイン保健省とWHOの調査チームはすぐさま離島Kの疫学調査に入った。

*

K島内にウイルスが蔓延していることを警戒し、防御服にマスクにゴーグル、手袋などで完全防備した調査チームのスタッフは、この離島のさらに奥に分け入り、C村に近づいた。熱帯地域の暑い日差しを浴びて、防御服を着用した作業は非常にきついものだ。高性能マスクを通しての呼吸は苦しく、手袋と長靴の中は汗ですぐにブヨブヨとなってしまった。これだけでも、調査団員の士気は挫けそうであった。

村とはいってもごく小規模なものだが、それにしてもあまりに静かすぎる。スタッフたちの歩くザクザクという音と、時々近くのジャングルの木々の梢がざわざわと鳴る音だけが耳に響く。

粗末な木造の家屋が見え、集落らしきものが姿を現した。しかし、調査チームたちが近づく物音に反応するものは何もない。スタッフはまず集落の端にある最初の家に入った。空っぽだ。あるいはここが、A氏が暮らしていた家でもあるのだろうか。ほんの数日前まで誰かが住んでいたような形跡はあるものの、慌ただしく逃げ出した後のような散らかった屋内には、生きている者の姿はなかった。主を失った家屋は、ただ静かにそこにたたずんでいるだけだ。裏庭には、2匹の犬の屍骸があった。2〜3日前に死んだものと思われる。

小規模の村は、すでにゴーストタウンのような静けさの中にあった。

「誰かいないか？　いたら返事をしてくれ！」

声をかけて入った2つ目の家の中の惨状に、スタッフは息をのんだ。寝床に横たわった死体、家族の死を村人に知らせようと最後の力をふりしぼり、そこで力つきたのか出入り口の手前で息絶えている死体など、幾つもの死体が腐臭を放っていた。死後既に何日もたっている。

最悪の事態を予測し、また新型インフルエンザの恐ろしさと猛威を知るはずのスタッフにとっても、これは頭をうち砕かれるような驚愕のシーンだった。しかし、ここでひるんではいられない。さらに感染は拡大していく。この集落のすべてをなぎ倒して通り過ぎた新型インフルエンザという嵐はさらに力を倍加してゲマイン共和国全域に、そして世界へとその牙をむき始めたのだから……。

自分たちに課された義務感と勇気をふるい起こし、調査員たちは一軒一軒の家をまわり始めた。幸いなことに、幾つかの家屋で、かろうじて息絶え絶えの患者を数名発見することができた。鼻血を出したり、痙攣などの神経症状を呈している患者もいる。もし彼らが助かれば、この疫病の始まりと拡大についてもさらに情報を得ることができる。スタッフは無線で連絡を行い、厳重な防疫態勢で患者を搬送するとともに、現地にとどまってさらに詳しい状況調査を始めた。

シェ市では、搬送された患者から採取されたウイルスの確定検査が急遽行われることだろう。日本から派遣された専門家も手伝っているはずだ。それを待たなければ、ウイルス学的な確認はできず、この島から新型インフルエンザが発生したと宣言することはできない。しかし、既にH5N1型新型ウイルスがこの地で発生し、その拡大がもう止めることができない事態へと移行していることは、専門家である調査チームにとって疑いようのない事実であった。それは、かろうじて救い出された患者たちからやっと聴取した証言、多くの村人が、A氏とその家族同様、手こぎ船で、首都やそれに近い他の島々に逃げ出しているという情報によって裏打ちされる、まぎれもない事実なのだ。暗澹たる思いを抱きながら、これらの情報は、即座にWHO、ゲマイン保健省に報告された。見えないこの疫病という敵から世界を守る作戦がようやく始まろうとしていた。

その頃、シェ市内の各地では、既にA氏のいたA地区のみならず、複数の地域で火の手が上がるように、肺炎患者が増加していた。たぶん、A氏と同様に離島から移動した潜伏期の患者たちが、ウイルスを拡散していき、火種が各地に散らばって、そこを起点に次々と感染が拡がったのだろう。

さらに、封鎖を行っているはずのA地区の隔離地域の周辺からも感染拡大が始まった。人口密度の高い首都シェ市の地域では、シミュレーションに基づいて行われたタミフル投与によるウイルスの封じ込めは失敗したのだ。

そして、フィリピンやベトナム、インドネシアにおいてもゲマインからの飛行機での帰国者を発端とした複数の感染者が確認され始めた。ゲマイン共和国で発生した新型インフルエンザは国境を越え、燎原(りょうげん)の火のように拡がり、感染が拡大していることが確認された。

さらに、航空機によってヨーロッパの都市、L市とM市にも疑いのもたれる患者が発生し、その周辺で二次感染患者が出たとの情報が飛び交い始めた。それぞれの国の保健担当省は、これらの患者の確認、隔離に追われる。このニュースは日本国にも流れ始めた。

11月5日夜、WHOは急遽、新型インフルエンザパンデミック警戒フェイズを5に上げるとともに、ゲマイン共和国のみならず、患者発生が報告された周辺諸国への渡航自粛勧告を出した。

小さな患者発生の集団ではない。大規模な流行拡大が起こっているゲマイン共和国の状況がマスコミにより報道され始めた。〝外国の病気〟の発生という遠い話題が、一気に身近な危険性と切迫感を伴って日本国民に印象づけられ始めた。

その間も、ゲマイン共和国における感染は急速に拡がり続いていた。ゲマイン共和国の各地の病院は人で溢れかえっており、適切な医療が受けられる状況ではなかった。さらに首都・シェ市の国際空港では、帰国を求める在留者が溢れ、ごった返し始めていた。なんとか感染を防ぎ、安全地帯に脱出したいと、防御のためのマスクをしている人、スカーフを口に巻く人々が、出国を求めていた。しかし、この密集した群衆の中に、既に感染の拡がっている市中からの潜伏期の患者が紛れ込んでいることは十分考えられた。ここでさらにウイルスが伝播し、待っている間にも感染する可能性があることを彼らは知らない。何しろ、インフルエンザの潜伏期は３日、そして発症する前日からもウイルスを排出するのだ。姿の見えないウイルスという敵が、いまや獲物を捕らえんと、この空気中を漂い、待ちかまえているのだ。

そしてまた、その事実を知らず、思ってもいない間に感染し、体内にウイルスを潜りこませてしまった人間が、密閉された空間の航空機内へと乗り込む。出国の段階では、咳やのどの痛み、倦怠感など、症状の出ている患者以外は、検疫でも引っかからない。さらに入国の際にも、症状が出る前ならば、ウイルスの入国をなんら阻止する方法はないのだ。そう、新型インフルエンザウイルスに国境はないのだ。

新型インフルエンザウイルスの日本国内への侵入は、まさに止めることのできない、暗黒のフェイズへと一歩前進してしまったのだった。

11月2日　日本・備蓄ワクチン接種準備開始

ＷＨＯによる新型インフルエンザ警戒レベル・フェイズ４の宣言の後を受け、日本でも備蓄ワクチンの優先順位による接種が検討され始めた。まず、新型インフルエンザ対策専門家会議が緊急招集された。すぐに参加できる在京メンバーだけでの開催であった。

この備蓄ワクチンは、プレパンデミック・ワクチンとも言う。

新型インフルエンザが発生してから、そのウイルスで作ったパンデミック・ワクチンが出来るまでには最短でも半年、厚生労働省が作成した「新型インフルエンザの行動計画」には１年近くを要するとなっている。新型ウイルスが発生すれば、１週間以内に日本にもウイルスが侵入してくることが、十分に予想される。ワクチンの準備がそれからでは間に合わない。そこで、現在流行している鳥インフルエンザの中で、パンデミック（大流行）の危険性が一番高いとされるＨ５Ｎ１型鳥型ウイルスを用いて、事前にワクチンを作って備蓄し、パンデミックの危険性が高まった時ただちに接種しようという計画である。

Ｈ５Ｎ１型ウイルスによるインフルエンザが大流行となった時、備蓄ワクチンのウイルスがＨ５型であれば、備蓄ワクチンのウイルス株と株そのものは全く同一でなかったとしても、これらは非常に抗原性の近いウイルスである。だから、備蓄ワクチンを打つことでＨ５型ウイルスに対する交差免疫が働き、発症を完全には抑えられなくとも、重症化を防ぐことが十分期待される。これは、動物実験や人での臨床試験のデータでも強く示唆され、備蓄ワクチンは医療や社会機能を維持する者に優先的に接種するものと行動計画には記載されているのだ。

このH5N1型備蓄ワクチンは、2007年6月現在、日本では備蓄場所は非公開だが、1000万人分を製造して国家備蓄している。とは言え、1000万人分では、国民全員に打つことは不可能だ。そのため、このワクチンの接種には、医療従事者や社会機能の維持に不可欠な職種に従事する人々、すなわちライフライン維持者、市区町村長、国会議員など、パンデミック時の必要に応じて、備蓄ワクチン接種の優先順位を国が決めているのだ。ちなみにスイスや英国などでは、この備蓄ワクチンの国民全員分を既にストックしているのであるが……。

「今から、ワクチンを打って、間に合うのでしょうか？」

研究所の医務室で、ワクチンの接種を受ける奥沢に、いま注射を終えたばかりの林が声をかけた。林は、県の衛生研究所の所長である奥沢の下で、ウイルスの解析を担当している。

奥沢は注射を終えた腕に消毒綿をあてながら、複雑な顔で林のほうを見返した。

いま2人が終えたのは、H5N1型の備蓄ワクチンの接種である。新型インフルエンザが発生した現在、国は、かねてよりの行動計画に基づいて、先の専門家会議の意見に従い備蓄ワクチンの接種にふみ切った。11月2日、厚労省は各ワクチンメーカーに対して、備蓄してあるワクチン原液から小分け製品を作り、ただちに分配するように指示した。各自治体は厚生労働省の指示により、接種準備に取りかかり、11月5日、まず指定病院の医師、救急搬送に関わる消防士、検疫官などから順にプレパンデミック・ワクチンの接種が始まったのだ。

その指示に従い、県の衛生研究所でも備蓄ワクチンの接種が行われ、奥沢も部下の林とともに、この5日午後に、備蓄ワクチンの1回目の接種を受けていたのだ。

なんともいえない表情を浮かべ、黙っている奥沢のほうを見て、林は再度、先ほどの質問を繰り返した。

「今からワクチンを打って、間に合うと思いますか？　本来だったら、2回の接種をして、抗体が十分に上がるためには、約1ヶ月がかかるわけですよね。いまさらただ1回接種しても、既に発生し、いつ日本に侵入するか知れない新型ウイルスの予防になるんでしょうか？」

まっすぐな目で見つめてくる林に、「一度でも打ってあれば、基礎免疫が出来ている分、効果はあるはずだ」と奥沢は、半分は部下を励まし、半分は自分に言い聞かせるように答えた。

「そうでしょうか……」

部下の執拗で的確な問いに少し苛立ちながら、奥沢自身にも釈然としない思いが広がっていた。奥沢の心の中にも林以上に、こんなことなら、1回目のプライミングだけでも、もう少し早い時期に接種してほしかったという国に対する恨みに近い思いもある。そうすれば、新型インフルエンザウイルスに感染するリスクを抱えながら診療を行わなければならない医療従事者たちの身を、少しでも高い確率で守ることができるではないか、と。しかし、もはやことは始まっていた。もう今更なのだ、すべてが今更なのだ。

とにかく、備蓄ワクチンが打てただけでも良しとして、新型インフルエンザと闘っていかなければならない。奥沢は黙って立ち上がると、これからますます増え続け、押しかけてくる山ほどある問題と格闘するため、自室に戻って行った。

＊

同じ頃、伊藤も保健所内でワクチンを接種、自らも部下に打っていた。奥沢が釈然としない思いでワクチンを打っていたのと同様、伊藤も同じ思いに浸っていた。

新型インフルエンザの流行が拡大すれば、地域の保健所は発熱センターを開き、まさに新型インフルエンザの前線となる。つまり、ウイルスに感染する高いリスクに身をさらさなければならなくなるのだ。だがその中で指揮を執らなければならない伊藤は、この1回のワクチン接種が万能ではないことを知りつつも、もはや一刻の猶予もないであろう状況を認識し、ならば免疫がワクチンで上がるまで、防御服やマスク、ゴーグルなどの感染防止策を部下に徹底させることに力を入れなければと思っていた。なんとか医療スタッフから、診療による感染者を出さないようにしたい。伊藤は祈るような気持ちで、部下たちにワクチンを打ち続けていた。

＊

感染症指定病院の沢田のところでも、備蓄ワクチンの配布は行われた。

広い会議室に次々と医師や看護師、救急救命士が集まっていっせいに互いにワクチンを接種する。ここでも皆一様に、医療従事者だからこそ理解できる事態の深刻さに言葉少なだ。なにしろ、備蓄ワクチンの配布を受け、接種をしたということはイコール、これから病院が感染の危険と隣り合わせの、新型インフルエンザ治療の最前線となることと同義だという現実を、そこにいるすべての人間が理解しているからだ。

「わかっていると思うが、備蓄ワクチンを打ったからといって、万全ではない。これまでも対策会議で、たびたび話し合ってきているように、病院には多くの患者が殺到し、混乱することが予想される。その中で我々医療従事者が倒れてしまっては、混乱に拍車をかけることになってしまう。一人ひとりが心して、感染しないよう十分な注意を払ってもらいたい。本当に大変なことだと思うが、君たちだけが頼りだ。よろしく頼む」

沢田は深々とお辞儀をした。集まったスタッフたちは、これまでも共に対策をたててきた同志である。沢田の気持ちが痛いほどわかる者ばかりだ。皆互いに頷きあい、ある者は沢田にお辞儀を返し、若い看護師はVサインを送り、沢田と共に闘う意思を表明するのだった。

奥沢や伊藤、沢田らが備蓄ワクチンを接種し、臨戦態勢に入った頃、同じように新型インフルエンザとの闘いに入ろうとしているクリニックの時田や吉川のもとへは、ワクチンはまだ届いていなかった。いや届くであろうあてさえ、現時点ではわからなかった。1000万人分しかない備蓄ワクチンだが、この国のすべての医療関係者やライフラインに従事する人々にすぐに行き渡らせることは到底不可能なのだ。

国勢調査によれば、医師と看護師のみでは約100万人だが、医療体制を支えるさまざまな人々を加えた医療関係者という大きな枠で数えると、その数だけで国内にゆうに1000

万人を超える人間がいるという。

日本の人口約1億3000万人に対して約1000万人。つまり約13人に1人しか打てないワクチンをめぐって、世論は大きな非難を国に浴びせていた。

医療従事者やライフライン担当者だけではない。国民の誰もが、ワクチンによって自分の身を新型インフルエンザから守りたいと願っていた。

「命の序列をつけるのか」

「ワクチンをよこせ。国民全員にワクチンを供給するのが、国の福祉ではなかったか」

そんな強い要望と非難が厚生労働省に殺到していた。

しかし、一般の住民に接種できるだけのワクチンは確保できていないし、まだ作られていない。ほとんどの国民は、1年後に出来る予定の新型インフルエンザのウイルス株で作られるパンデミック・ワクチンを待つより仕方がないのだ。

だが、ウイルスは確実に日本に上陸を果たす。こうしている合間にも、誰の目にも気づかれないうちにそっと、防備の間隙をぬってしのび込む。

そう、もはや、その侵入の糸口をウイルスは見つけ出していた。

第５章　上陸

11月3日午後　機内

「ご搭乗のお客様にお願い申し上げます。ゲマイン共和国にて新型インフルエンザ発生の報を受け、お急ぎの皆様には恐縮でございますが、直行便のお客様につきましては、福岡空港検疫所より、健康確認の検査を実施させていただきます。それに先立ちまして、健康に関する質問票をお配りいたしますので、ご記入をよろしくお願いいたします。また、ご搭乗のお客様で発熱やご体調不良など、ご気分のすぐれない方がいらっしゃいましたら、お近くの乗務員までお声をおかけくださいませ」

あと30分ほどで、福岡空港に着陸するという頃、ゲマインからの直行便ではフライトアテンダントによる機内アナウンスが繰り返し流されていた。

ゲマインのシェ革命記念国際空港で散々待たされながらも、長い旅の疲れからぐっすりと寝込んでいた柳正一もその声に目を覚ますと、ゆっくりと周りを見回した。空港を旅立つ前からその情報を耳にしていた乗客たちの不安そうなざわめきが聞こえる。そんな動揺を沈めるかのようにフライトアテンダントらがにこやかに、黄色い質問票の紙を配り始めた。汗ばんだワイシャツの襟を気にしつつ、柳も1枚を受け取ると、おもむろに胸ポケットから万年筆を取り出し、質問票に記入し始めた。

*

柳正一、55歳。輸入雑貨の卸売り会社を経営している。インドネシア、タイ、ベトナム、ゲマイン共和国などから、衣料品やアクセサリーを安く買い付け、それを日本国内の雑貨店に卸し、また福岡市内の中心街・天神に店も構えて大々的に販売している。もともとはゲマインへの輸出がメインだったのだが、現地で二束三文の値段で売られている雑貨を日本に持ち込んで売ってみたところ、折からのエスニックブームでまたたく間に売れ、いまや輸入雑貨の販売が業務のメインとなっている。安くてかわいいインテリア小物やファッショングッズ、着やすいのに日本ではあまり見かけないデザインの洋服がおしゃれで手頃だと、福岡のタウン誌でもしばしばとりあげられ、商売は上々だ。

この商売の勘所は、やはりなんといっても品揃えのセレクションにかかってくる。だから、誰がなんと言っても買い付けは社長の柳自身が、年に何回か現地に出向いて行う。アジアンブームでお客の目も肥えてきたので、安物を輸入しただけでは、もう若者の食指は動かない。少しでもいい商品を探し出し、安く買い叩いて、日本で付加価値を高めて売りさばくのが、この商売の鉄則だ。

他の業者がまだ目をつけていない商品を求め、出張に際してはいつも一度の滞在で１週間以上を現地で過ごし、買い付けを行う。だが、今回ばかりは様子が違った。何しろ２日前、柳がシェに着いた翌日に、〝新型インフルエンザ発生〟を伝える大ニュースを聞いたのだ。

柳の会社では、首都のシェ市にゲマイン語とインドネシア語、英語の３ヶ国語が出来る女性１名と営業職の男性１名の日本人従業員２名を駐在させている。柳の買い付けのサポートから税関手続きなど、片腕となって働いてくれるスタッフだ。いつもは彼らを慰労するために最終日には日本食レストランに誘って食事をするのだが、今回は予定を切り上げ、手早く最低限の買い付けだけを済ませると、社長である柳は、自分だけ慌てて日本へ帰国の途につくことにしたのだ。

２人の従業員には、ひとまずこの国の様子を見ながら、営業所の業務を続けるように言いつけた。一瞬、顔色の変わった２人の社員だが、ここで反論をしても意味がない。いつも通りワンマンの柳の指示に従い、航空券の手配をし、空港へと柳を送り出すために動いたのだった。

11月2日午後8時　シェ革命記念国際空港

ゲマイン共和国にあるシェ革命記念国際空港は人でごった返し始めていた。柳は、その人混みの中をかき分け航空会社のカウンターへと歩みを進めていた。

海外から観光や仕事でゲマインを訪れ、我先に帰国しようとする人々で飛行機は軒並み満席で、航空会社のカウンターは席を求める人々、予定の帰国便を直近のものに振り替えたいと交渉する人々などで混乱を極めている。どこで耳にしたのか「乗務員がストライキを起こして運行しない航空会社もあるらしい」としたり顔で言う男や、「とにかくこの国を出たいの」とヒステリックに叫ぶ女性などの間を、チケットをにぎりしめながら、柳はやっとの思いで搭乗口へ到達し、どうにか出国手続きを済ませ、航空会社のゴールドラウンジのソファにようやく腰をおろした。

殺気立った気持ちを落ち着かせようと、日本の新聞を手に取りつつ、目は宙を彷徨(さまよ)っているような客で騒然としていた。柳は日本茶を手に、しわくちゃになった昨日付けの新聞を開いてみた。そこには、「新型インフルエンザ発生、ゲマイン共和国・フェイズ4」の文字が大見出しにでかでかと一面を飾っている。他の面をめくっていっても新型インフルエンザ関連の記事ばかりで紙面が埋め尽くされていた。先ほどから隣に座り、しきりに横目で新聞を覗き見していた同年代の男に新聞を渡すと、柳は空港のラウンジから福岡の自宅で待つ妻の瑛子に電話を入れた。

「わしやけども。今日帰るったいね。ゲマインで変な病気が出とうてさ。咳が出てすぐに、なんか重か肺炎になっとるらしか。患者が増えとるらしいし、うつる病気やけんが、早うちに帰るに限るばいね。大丈夫」

搭乗前には全員、念入りな体温測定と体調に関するチェックが行われ、ここ1週間以内に患者との接触がなかったかどうかが調べられた。結果6人の搭乗予定者が認められず、その代わりにキャンセル待ちの長い列から6人が乗り込んだ。

飛行機の出発は定刻より6時間も遅れたものの、運航に支障はないようだ。すぐに飛行機に乗り込んだ柳は、ほっとひと息ついた。これで何が起こるかわからない危険地帯からは脱出できる。これから福岡まで約8時間。一眠りしようと柳は目をつぶった。

まもなく眠りに落ちたワンマン社長の柳の脳裏には、帰国を決定し従業員たちに後を託すと申し渡した時に、不安そうに目を潤ませた通訳の女性社員や、何か言いたそうな素振りを見せた男性社員のことなど、かけらもよみがえりはしなかった。

一方、同じ頃、柳が後にしたシェ革命記念国際空港のチェックインカウンターでは、国外脱出を求めてやっと航空券を入手した日本の駐在員や多くの外国人たちにとって、予想もしないことが待ち構えていた。欧米の大手航空会社が次々とシェ革命記念国際空港への到着便をキャンセルしたために、機材のやりくりがつかず、当面出発のメドがたたないという。客室乗務員組合が勤務拒否を決議したのだ。さらに、空港での航空燃料備蓄の不足を心配した政府による出発便の制限も開始された。そのため、予定されていた日本への帰国便の出発も、柳を乗せた直行便が飛び立った後は、難しい状況となっていく。近隣諸国への近距離便も、次々と相手国からの着陸拒否を受けて出発できずに待機している。

どこへでもいいから一刻も早く出国したい。そんな人々の要望を反映して、航空券の闇価格は天井知らずに上昇している。が、そんな思いをしてやっと航空券を入手できたとしても、それとて必ずしも出発するとは限らないのだ。

ＪＩＣＡの援助で建設された近代的な空港には人が溢れているが、レストランも売店もすべて閉店となった。あきらめて市内の宿舎に戻ろうにもタクシーもなくなり、怒りをぶつける相手もおらず、疲れ切ってフロアーに座り込む世界各国のエリート駐在員と家族たち。このままどうなるのか、どうすれば母国に帰れるのか、途方にくれて座り込む彼らの胸の中に、自分たちは母国から見放されたのかとの恨みが込み上げてくる。しかし、その思いは、どこにぶつけるわけにもいかない虚しい怒りとなって、彼らの心の中でうずまくだけだった。

11月3日午後　福岡空港検疫所

新型インフルエンザ発生の報を受けてから、福岡空港検疫所は大騒ぎだった。研修を受け、態勢を整えていたとはいえ、いよいよこれから、ここが前線の基地となるのだ。検疫官らには、プレパンデミック・ワクチンが最優先で接種された。

溝腰は、極度に緊張した面持ちで、防御用具の確認に余念がない。さらに発熱、咳などの有症者のＰＣＲ検査の準備も疎かにはしていない。症状がない患者にも、追跡調査の質問票などを配布する。検疫官たちは今朝から何度もそれらの作業分担や工程の確認を繰り返した。

これから、新型インフルエンザ発生国、ゲマイン共和国からの最初の直行便の検疫が始まる。命がけともなりかねない職務に、検疫所長の医師の訓示の声も震えている。溝腰の隣では若い新任女性検疫官が、目を赤くして唇をかんでいた。

いよいよ第1便が到着した。予定より3時間の遅れである。機内の乗務員からの連絡によると、発熱、咳などの有症者は認められないとのことであった。コックピットの機長からも症状のある乗客は現段階ではいないことが報告された。

担当検疫官らの間にほっとした空気が流れる。有症者、発熱や咳などをしている患者やその同伴者、濃厚接触者がいたら、H5ウイルスのPCR検査が行われることになっているのだ。該当者がいないとなると、福岡空港検疫所では、帰国者をサーモグラフィーにかけ、自己申告以外の発熱患者のチェックを行うことになる。

空港検疫所は到着ロビーと同じ1階にある。バッゲージクレームの手前のガラスで仕切られた小部屋のカウンターで、通常ならば感染症注意地域からの帰国者を中心に、下痢や発熱など体調の不良を感じた乗客が自主的に立ち寄るようになっている。けれども、今回は検疫所に全員が立ち寄ってもらい、質問票とともに健康状態や感染源との接触についての聴取をして、サーモグラフィー検査も行わなければならない。検疫所の周りに集まって順番を待つ不安そうな顔の乗客らに、健康状態に変調のある方は即刻申し出てくださいと係官が声をかけていく。なんら訴え出る人間はいなかった。

続けて溝腰らは、「少しでも体調が悪かったら外出は控え、すぐに検疫所か最寄りの保健所に連絡をすること」など、帰国後の注意事項を周到に伝えていく。

検疫所の係官らは万が一のため、予防のためのマスクと手袋、ゴーグルを着けた防御態勢で検査をしている。その様子に緊迫感を感じさせられるためか、帰国者らは、ひとときでも早くこの場から立ち去りたいというふうに、手続きを終えると、バス、地下鉄、タクシー、家族の出迎えの車で帰宅して行った。

その中には、ゲマイン共和国に雑貨の買い付けに行って急遽帰国した、柳正一の姿も含まれていた。彼もなんら健康状態に変調もなく、この日、福岡の自宅に帰宅したのだった。

柳らの乗った第1便の乗客の検疫が終わっても、空港にはアジアからの旅客機が何便も続いて到着して来る。増え続ける満席の乗客に対応するため、応援の検疫官も加わり、溝腰らは必死で検疫を続けて行った。

11月3日夜　福岡・柳正一の自宅

ゲマイン共和国からの出発が遅れ、さらに帰国の空港の検疫で時間がかかってしまった柳が家に帰りついたのは、もう夕食時だった。いつもは妻とふたりきりでの食事が多いが、今日は、普段は大学の研究室にこもりきりの大学院生の息子・聡も珍しく家にいて、一緒に食卓を囲んだ。

テレビでは、さかんにアジアでの新型インフルエンザ発生のニュースを流している。アナウンサーは、現地の映像を見せて説明し、インフルエンザの専門家が「ゲマイン共和国から帰国した人は、症状がなくても外出は控え、何か体に異常が出たら、検疫所での指示通りに保健所等に連絡するように」と何度も繰り返している。

シェ市への出張ではいつも安いホテルを選んで泊まるため、衛星放送などを見ていなかった柳にはテレビから流れる映像は新鮮であり、またつい昨日までいた彼の地の身近な情報に、一心になって画面を目で追った。だが、妻も息子も昨日から散々流れているニュースにはもう目新しさは感じていないようだ。

「テレビば見て、どげんしょんしゃろうかと思っとったばってんが、早う帰ってきてくれて良かったとよ。安心ばしたよ」

という妻の瑛子に重ねるように、聡が念を押す。

「オヤジも健康診断書とかもらってきたんだろう？　きちんと書いておかないと。あと注意事項とかもちゃんと読んだの」

「新型だかなんだか知らんばってん、病気なんていうもんは、精神力が足りん人間が罹るもんたい。風邪やろうがインフルエンザやろうが、気合いが入っとったら、罹らんもんね。あげに騒いでから『新型に罹る、罹る』言うとるもんが、罹るんばいね」

そう続ける柳に、「オヤジは本当に精神論だけどさ……」と言いかけて聡は途中で言葉を止め、後は黙って、瑛子の手作りの八宝菜の大皿に手をのばした。豪快に食事をたいらげる夫の嗜好に合わせ、サラダや中華の炒め物などの料理は皆、大皿に盛られ、それを各々が取り分けて食べるのが柳家流なのだ。

「ウチのもんはいっつも、せっかく取り箸があるとに使わんで、盛り皿に直接自分の箸ば突っ込むっちゃけん」

うまそうに大皿からじか箸で口へと料理を運ぶ聡を見ながら、妻の瑛子がとがめるように言葉をかける。

「取り箸とか、しろしかもんはいらんとばい。なっ、聡」

今にも唾の飛沫がとび出そうな勢いで、柳は黙ってしまった聡の機嫌をとるよう言葉をかけ、聡に倣うように自分もじか箸で皿を突き、食事を続けた。

11月4日　福岡・天神

柳は朝に強い。どんなに泥酔して帰ってきても、深夜に出張から帰った翌朝でも、寝坊をするということがない。多少、目覚めがすっきりとしないくらいの時はあっても、それも起き抜けの１杯のコーヒーで気持ちをさっと切り替えることができるのだ。元来、頑健に出来ている柳は、ほとんど病気で寝付いたこともないし、具合が悪いなどということもこれまでの経験にはほとんどないのだ。柳にとって具合が悪いなどということは、「精神がたるんでいる」怠け心の表れで、気持ちが「シャキッ」としていれば、病になど罹らないし、罹ったとしてもすぐに治るものだと信じているのだ。

しかしこの朝の目覚めは、柳にとって生まれて初めてといっていいようなけだるいものだった。いつものコーヒーと精神論ですぐに回復できると信じていても、いっこうに良くなる気配はなく、たとえようもない倦怠感とのどの痛みが感じられる。ダイニングの椅子に座り込んだものの、具合が悪いとき自分をこうして甘やかすこと自体が病を呼ぶのだと、無理して立ち上がる。両手を広げて深呼吸をしようとしたが、何となく息苦しく深く息を吸い込めない。はっはっはっと短く息を吸うことで、かえってのどに冷たい風がふれたのか、ゴホゴホと咳が出て、止まらない。

〈外出は控え、少しでも体調が悪かったら、すぐに最寄りの保健所に連絡をすること〉

昨日の空港の検疫所で、担当の溝腰という係官が言っていた注意事項が柳の脳裏をほんの少しよぎったが、すぐさまイヤイヤというように首を振る。今日は、店に顔を出さなければならないし、午後からは昨日帰ってすぐに連絡をした佐賀や大分、宮崎などから取引先の営業マンが来社し、商談をすることになっている。

体調が悪いということは、妻の瑛子にも言わず、柳は気力をふりしぼって服を着替え、自宅前から、バスで福岡の繁華街・天神の店に向かった。

外出する支度をしたことで気持ちがずいぶんと立ち直り、それに伴って体調も少しは良くなったかと思ったのも束の間、混雑したバスに乗るとまた、だるさは増し、ふくらはぎの筋肉に鈍痛を感じる。咳も朝よりひどくなったようだ。

手で口を押さえようともせず咳き込む柳に、隣に立った若いサラリーマンが、不愉快そうに顔をそむける。一瞬むっとした柳の頭が怒りでくらっとする。いや、もしかしたら、少し発熱し始めたのかもしれない。だが、柳は「気合いだ、気合いだ」と心の中で唱えながら、ぎゅっと口をむすび、無理を押して会社に向かった。

出勤するとデスクのパソコンを立ち上げ、留守の間の連絡を確認した後、柳は下の階にある店舗に降りた。出張で不在の時以外、毎日欠かさずに行う開店前の朝礼での挨拶のためだ。アジア特有の濃厚で甘ったるいお香が香る店には、ところ狭しとさまざまなエスニックな衣料、バッグ、小物、アクセサリーが並び、そこに4人の早番の従業員の女性が東南アジア風の民族衣装を着て、柳を出迎えた。一様にゲマイン共和国の事情を不安げに話してはいたが、普段と変わりなく出社した社長の姿に皆は安堵の表情を浮かべた。

朝礼で柳は、「今回、ゲマインで買い付けた品は、この新型ウイルス騒ぎで荷が遅れるかもしれないな。現地ですぐにちゃんと手配をやるように言っておいたが」と語り、現地で遭遇した新型インフルエンザの危険性などに関しては全くふれなかった。そのことについてはなんの意識もしていない様子だ。

それよりも今回の騒動で東南アジアのイメージが悪くなって売り上げに響いてはいけないから、それぞれ気を引き締めて臨むように、と売り上げ啓発のための檄をとばし、ときどき咳き込みながらも朝礼の挨拶を終えたのだった。

朝礼を終えてまもなくの11時過ぎからは、取引先の営業マンが次々と訪れ、店舗奥にある応接室での商談に余念がない。しかし、朝感じた体への不快な感覚はいやが上にも増してくる。相手の話も何となくうわの空で聞いている自分が自覚できた。さすがの柳も、従業員に「風邪のようだから、風邪薬を買って来てくれ」と頼んだ。熱がさらに上がっているらしい。背中にゾクゾクと寒気も襲ってきた。こんな経験は初めてだった。

それでも、柳は仕事を早めに切り上げることもせず、午後もいつも通り店舗へ出て、ひけ時のOLの接客対応などを手伝って過ごした。夕食は、既に以前から約束していた取引先の会社役員との料亭での会食に無理を押して出席、食事も酒の味もわからず、咳き込みながらも、営業用の笑みをつくってなんとか接待を終えた。この間にも下腹部がときどき重苦しくなり、中座してトイレに行った。下痢だった。ゲマインで食べた何かがあたったのだろう、インフルエンザとは違う。これで、一安心だ。

中洲のクラブに二次会の予約もしてあったが、さすがに相手の会社役員も「帰国後でお疲れのようだから」と遠慮してそのまま帰っていった。その後、どこで乗ったのかも覚えていないが、タクシーで自宅に帰りつくと時刻はもう午後9時を過ぎていた。

11月4日午後9時18分　柳の自宅

「ちょっとお父さん、どうしたんね？」

タクシーを降り、玄関にたどり着いたとたん、柳はがっくりとあがり框（かまち）に倒れ込んだ。朝からの体調の悪さを持ち前の精神力で抑え込んでいた柳だが、家に帰り着いた安堵感で、さしもの鋼（はがね）の精神力もゆるんでしまったものとみえる。

物音にかけつけた妻の瑛子は、夫を支え、なんとか寝室まで連れて行ったが、その体のあまりの熱さに不安を感じた。急いで救急箱から体温計を取り出して測る。39度の発熱。横たわった柳の咳はますます激しくなり、ゼイゼイ、ヒューヒューと呼吸は苦しそうだ。

「いやっ、お父さん、鼻血が出とるけん」

慌てて妻はそばにあったタオルを夫の鼻に押しあてる。いつもだったら何かしら文句のひとつも言いそうな柳だが、今日はぐったりとしてなされるままだ。

あまりにいつもと異なる柳の様子に妻は、慌てて救急車を呼んだ。すぐに駆けつけた救急車に瑛子も同乗し、柳はそのまま、福岡市指定の救急病院に搬送された。

11月5日午前0時過ぎ　救急病院

病院に運ばれるとすぐに瑛子は、大学の研究室にこもっている聡に電話を入れた。今までにない夫の様子に気ばかりが動転し、どうしてよいかわからなかったのだ。

母親から連絡を受け、大学の研究室から急遽病院に駆けつけた聡は、医師たちに父親がゲマイン共和国から帰国したばかりであることを説明し、また母親に帰宅後の父の様子を確認しながらこれまでの病状を説明した。

救急病院の処置室では、医師と看護師の間に波紋が広がった。風邪をこじらせたのかくらいに思っていた患者が、思ってもみなかった新型インフルエンザの可能性がある重病人だったとは……。

病院からの緊急連絡を受けた福岡市中央区保健所では、柳を要観察例と判断し、家族に説明し任意での入院の同意を得た。すぐに柳は、福岡市の感染症指定医療機関である病院に移送・転院させられた。

それからの対応は迅速だった。柳から咽頭拭い液、血液サンプルが採取され、検体は福岡県衛生研究センターに送付された。緊急に研究員が招集され、２名がただちにサンプルをそれぞれＰＣＲにかける。約２時間後、結果が出た。

咽頭拭い液、血液サンプルともに、Ｈ５陽性。Ｈ５ウイルスの遺伝子が検出されたのだ。しかし、この段階ではまだ新型インフルエンザであると確定することはできない。柳は、新型インフルエンザ擬似症と診断され、彼のサンプルは、さらに東京の国立感染症研究所へ自衛隊のヘリコプターでただちに空輸された。

５日未明、柳から検出されたウイルスは、Ｈ５Ｎ１型と確認された。それを受けて、福岡市はただちに厚生労働省に報告。５日早朝、緊急で首相官邸に関係閣僚が招集された。

11月5日午前9時　「フェイズ4B　国内発生」宣言

厚生労働省が、緊急の記者会見を開くという情報を聞きつけ、会見場の前にはテレビ、新聞などの記者やカメラマンなど、報道陣が多数集まり、会見前から周囲は騒然とした空気に包まれていた。定時よりやや遅れて厚生労働省の担当者が現れ、会見が始まると、会場は異様なほどの熱気と緊迫感に包まれた。

「本日、我が国で第一号のH5N1型新型インフルエンザ患者が発生した。しかし、既に患者は隔離されており、周囲へ拡大する心配はない」

担当者の口から大ニュースが発表されると、いっせいにカメラのフラッシュがたかれ、記者たちが矢継ぎ早にこれからの事態の推移と対策について質問をなげかけ始めた。

福岡では会見を待たずして、早朝から、中央区保健所の疫学調査チームが、柳とその家族、輸入雑貨店の従業員などに任意の疫学調査を開始していた。柳の行動を追跡調査し、接触した可能性のある人間を洗い出さなければならない。

昨日店に出ていたのは早番の女性4人に加え、午後から出勤した女性5人のあわせて9名である。一刻を争うと判断した職員は、朝一番から彼女らの家を一軒一軒、手分けして回った。この9名に、保健所の職員が、柳が新型インフルエンザに感染している事実を伝え、接触者に対し、出来る限りマスクなどを装着し、外出を控えることをお願いしたいと説明を行う。パニックを起こさないように、事態を正確に把握し、的確な行動をとってもらいたいと、それぞれの家を訪問し、面接していくのだ。

何軒目だっただろうか。中野という年若い従業員の家で、感染の可能性を説明する保健所の職員に、彼女がくってかかった。

「感染したかもしれないって言うけど、私が社長と顔を合わせたのなんて、朝礼の時と、午前中の取引先へのお茶だしの時の2回だけです。その時だって社長の隣にまでは行きましたけれど、別に体に触れたり、接触したりなんかしていません。それでも私たちまで外出をしちゃいけないだとか、ヒドイじゃないですかっ。なんで、そんな行動の制限を受けなきゃいけないんですかっ！」

早朝から保健所職員の訪問を受け、しかも突然の思ってもみない事態に、やり場のない怒りを職員にぶつけたいのだろう。そばで面接を見守る両親たちも顔を見合わせて頷いている。家族の無言の応援に力を得たのか、まだ20歳そこそこだと思われるその中野ゆかりという店員は強気になって言い立てた。

「あの日、私たちはお店にいて、社長は奥の応接間と売り場を行き来していたけど、そんなに近づくことなんてないんです。そりゃ、確かに同じ空気は吸ってましたけど」

ほおをふくらませやや甲高い声で言う中野に、保健所の職員が声をかけた。

「中野さん。心配をさせて本当にすみません。でも新型インフルエンザは空気感染もするんです。だから……」

「えっ!?」

絶句するゆかりたちに、職員たちは、忍耐強く、新型インフルエンザは潜伏期間が短く、患者の2メートル以内にいるだけで飛沫感染の可能性があること、さらに空気感染もするのだということを懇切丁寧に説明した。第一症例だからこそ、なんとか感染を最小限にくい止めなければ……、そんな必死の思いの保健所の職員をサポートするように、絶妙のタイミングで社長の息子である柳聡からも、お詫びとお願いの電話が入った。

「オヤジのせいで、思いがけない迷惑をかけてしまって本当に申し訳ありません。でも、ここは保健所の職員の方々の言うことに従ってほしいんです」。そう懇願をする聡自身、母親と共に要観察者として既に自宅で待機し、一歩も外出をすることができないでいるのだった。

電話での聡の真摯な態度と職員の丁寧な説明に、中野も頑なな態度をやわらげ指示に従うことを表明した。他の8名の従業員たちもそれぞれに事態の深刻さを理解し、訪問した保健所職員の指示に従い、自宅待機とタミフル投与を開始した。

聡は、中野だけにではなく、すべての従業員たちに、しばらく店を臨時休業すること、また中野に詫びたのと同じように「思いがけない迷惑をかけてしまって本当に申し訳ありません」と繰り返し、すべての関係者に対し、受話器の向こうから、深々と頭を下げたのだった。

今の聡は、指定病院で隔離され、近づき見舞うこともできない父親の病状とその父親の発病によって影響を受ける関係者のことで頭がいっぱいだった。しかし、その聡自身が、これから数十時間後には、自らも同じウイルスに侵され、病の床に倒れることになるとは、思いもよらないことなのであった。

11月6日　福岡・接触者の追跡

保健所の疫学調査チームは必死の調査を重ね、柳が帰国してから乗ったタクシーの運転手たち、さらに柳が体調不調を訴えた4日に商談、会食をした取引先の営業マンや会社役員らにもやっとの思いでたどり着いた。

取引先関係者は福岡に在住しているわけではなく、佐賀、大分、宮崎各県から福岡市に仕事に来た彼ら全員が、その日のうちに地元へと帰っていたから、追跡は容易ではなかったのだ。疫学調査チームのスタッフは、すぐにそれぞれに連絡をとり、マスク装着、外出の差し控えを要請した。さらに各県の保健局に対しては事後の対応についても依頼を行った。

これで柳が発症してからコンタクトをとった従業員、取引先などの仕事関係、一緒に時を過ごした家族などへの対応は完了した。

しかし、疫学調査チームはまだ大きな課題を抱えていた。追跡調査でわかった柳の帰国翌日の行動は、自宅から仕事場へとバスを利用して移動、店では従業員と接触、接客。その後、混み合った福岡市営地下鉄でさらに移動し、顧客と食事をして、タクシーで帰宅というものだった。

つまり、移動の地下鉄やバス、店で接客を受けた客、会食に使った料亭でたまたま居合わせた客など、不特定多数の、または特定しにくい多くの人間が介在している、ということだ。彼らにも感染の危険性を伝えなくてはならない。

柳の帰国から、倒れた日までの2日間に利用したバス、地下鉄のそれぞれの路線と乗車区間と乗車時刻が公表され、各テレビ局からも全国ニュースのたびに繰り返された。同じ時刻に乗り合わせた可能性のある住民に、最寄りの保健所に相談するように呼びかけるとともに、周辺の住民に、不要不急の集会を自粛するよう要請が行われた。さらに、柳と同便でゲマインから帰国した人々の搭乗名簿からの追跡調査も行われ始めた。

11月5日の公表直後から、福岡ばかりか九州各地、全国の保健所に相談の電話が殺到した。多くは、柳の乗ったバスや地下鉄に同じ時間に乗ったという客や、同じタクシー会社の車に乗ったという客からの緊迫した問い合わせだった。しかし、中にはただ不安を鎮めるためだけに、電話をかけて詳細を問い合わせているかのようなものもあり、保健所の電話回線はパンク寸前で混乱を極めた。

保健所側では、接触が疑われる者に対しては、その都度、外出の差し控えとマスクなどの装着を指導、その後電話での連絡確認を行うよう態勢を組んでいった。しかし、保健所の職員たちを驚かせたのは、九州とは遠く離れた本州や北海道などの地方の保健所にも、旅行先や出張先の福岡で同じ地下鉄に乗り合わせた可能性があるという問い合わせがいくつも寄せられたことであった。

新型インフルエンザの暗い影はじわじわと、しかし確実に日本全国に拡がりつつあった。

11月7日早朝　福岡空港検疫所

「緊急回覧：5日発症が確認された新型インフルエンザ第一号患者・柳正一氏の濃厚な接触者として、タミフルの予防内服および健康観察の処置がとられていた同氏の妻・瑛子さん52歳と長男・聡氏24歳に、6日午後、発熱、咳等のかぜ様症状が見られた。両者の咽頭拭い液でH5を確認。数時間後の6日夜、H5N1型ウイルス感染であることが報告され、国内での患者は3名となった。さらに7日未明、経過観察中の、柳氏の会社の従業員1名が発熱、全身倦怠感、目の充血や腹痛等の自覚症状があることが報告され、接触者の咽頭拭い液からもH5亜型が検出された。引き続き……」

日夜、なんとか水際で新型インフルエンザの発生をくい止めようと苦闘している溝腰は、フライトとフライトの間のわずかな空き時間に、職員の厳重秘扱いでまわってきた回覧に目を通すと、唇をかみ締め、その紙を思わずぎゅっと握りしめた。

福岡で国内一例目が発生したとの報告を聞いた時にも頭を殴られたような衝撃を受け、崩れるように座り込んだ溝腰だったが、事態の想像通りの急展開に呆然とする以外なかった。

疲労と緊張でふらつく。回覧を手にした同僚が寄って来て溝腰に声をかけた。

「俺たちが検査した中に、この柳さんっていう一号患者もいたってわけだな」

「そうだ、俺の前を通り過ぎた人間が発症したんだ。潜伏期の患者を俺たちは、見つけられない。ここを通った時、その人はウイルスを持って堂々と通り過ぎてしまったんだ」

「でも仕方ないだろう。俺たちだって、最大限の努力をしているんだ。俺たちの責任じゃないさ」

「責任がどうこうじゃない。とうとう二号目、三号目の患者が出てしまったんだ。もう感染の拡大は避けられないかもしれないんだぞ。俺たちが……、俺たちがくい止められさえすれば……」

疲れからか感情のコントロールがきかない。思った以上に強い言葉となって出た返答に、溝腰自身がたじろぎながらも、ふたりはにらみあうような形になった。そこに上司からの怒号が飛んだ。

「おい何やってる！　溝腰、次の機内には有症者がいる。所長が機内で、診察と検体採取をする。準備だ」

検疫所現場は次々とやって来る航空機の対応に追われた。常以上の緊張感を持って行う検査に、検査官の疲労が蓄積されていく。そして、ひとつのフライトの乗客の検査が終わると、次のフライトまでのわずかな時間、緊張感に緩みが出て来る。しかし極度の緊張による疲労と、いったん緩んだ緊張感をまた張りつめさせることの繰り返しは検疫官をさらに疲れさせるのだった。そしてその色濃い疲労による体力の衰えが、防疫の備えを施した検疫官であっても感染の隙(すき)をつくる元とならないとは限らないのだった。

＊

9日になると、保健所で経過観察を行っていた接触者の中からも発症する者が報告されるようになった。9日夜には佐賀、10日には宮崎で各1名ずつ、第一号患者・柳正一と会食を共にした会社役員などの接触者が発熱症状を呈し始め、検査、任意の入院をしたとの報が入ることになる。佐賀県、宮崎県の地域保健所は、福岡と同様に疫学調査と要観察体制をとって経過を見守り続けることとなった。

第6章　拡大

11月4日　香港―成田国際空港　木田純一

福岡の柳が新型インフルエンザの発生国から脱出し、やっと日本にたどり着いた11月3日、香港の空港では、成田行きイースト・アジアン・エア便に乗り換えたひとりの若いビジネスマンが、機内で安堵の息をもらしていた。

名前は木田純一、28歳。大手の総合商社である大商物産に勤務するエリート商社マンだ。ビジネスクラスのシートに腰を下ろすと、木田はほっとひと息ついた。全身の緊張が少しほぐれ、やっとこれで帰国できるという安堵感がじわじわと木田の心に込み上げる。

新型インフルエンザ発生騒動のゲマイン共和国への出張から、これで無事に帰国できるのだ。

木田の所属する部署は東南アジアから海産物を輸入する部門である。そのため近年、世界でも有数の海老消費国として名高い日本への、ブラックタイガー海老の大量買い付けのため、商用でインドネシアやゲマイン共和国へ出張することは、しばしばだった。木田にとってアジア商圏への出張は、言ってみれば、国内出張のような気軽なものであり、日本人が海外に出て陥りがちな緊張感ともおよそ無縁であった。

そんな木田のゲマイン共和国への出張はいつも定期作業のように決まっていた。もともと几帳面な性格だし、そう旅好きというわけでもない木田にとって、しばしば訪れるシェ市で市内観光をする気など起こらない。だから、出張滞在中の行動は、いつも判で押したように同じパターンだった。

たいていの場合、10日間の予定で渡航する。滞在は、いつもの定宿である5つ星ホテルだ。このホテルは一流中の一流だけに宿泊客以外の人間がふらりと入って来にくい造りになっている。また、ベルボーイやレセプションのスタッフとも顔なじみになっているので、何事もスムーズに行く。朝起きるとホテルと支社との間を支社の社用車で行き来して、商談をこなし、夜にはホテルに戻って食事をする。もっと偉い役職であれば、これに接待の食事や取引先とのつきあいなども入るのだろうが、木田にはまだあまり縁のないことであった。

予定の滞在を終えるとすぐに空港に向かい、東京で待つ婚約者のために、ホテルのブランドブティックで購入した土産と着替えや書類の入ったカバンを携えて搭乗する。大きな荷物がないのも理由のひとつではあるが、荷物を預けるとその分、帰宅が遅くなる。旅慣れた木田にとって、慣れずに空港を右往左往する旅行者を後目に、スムーズに東南アジアと日本を往復するのが自分に合ったスタイルだ。

しかし、今回は事情が違った。木田の滞在5日目の11月1日、ゲマイン共和国で新型インフルエンザが発生したという発表がなされ、ゲマインは、新型ウイルスに街中、いや国中がパニックとなり治安も悪化していた。木田自身は6日にゲマイン共和国の首都にあるシェ革命記念国際空港を発って帰国の予定だったが、日本の本社からは最も早いフライトをおさえ、即座に帰国するようにという要請があった。木田は出張日程を切り上げて帰国することを余儀なくされたのである。

すぐに支社の社員に、日系の旅行代理店を通してチケットの手配を頼んだものの、出国を求める人々が殺到し、なかなか手続きは進まなかった。会社がさまざまに手を回したのか、なんとか手に入ったチケットは、3日にゲマイン共和国を出国し、香港を経由して4日に成田に到着する乗り継ぎ便のものであった。

どうしても直行便が入手できず、これしか手に入らなかったのだ、と申し訳なさそうに謝る現地の女子社員に、木田は笑って礼を言った。慣れない旅行者であれば、香港でのトランジットを不安に感じるのかもしれないが、旅慣れた木田にとっては何でもないことだった。

いや、それ以上に、どんな経路でもよいから一刻も早くこの国を離れたいという思いのほうが強かったのが、正直なところかもしれない。

シェ空港に到着すると、既にそこには出国を求める人々が殺到し、殺気だった空気が蔓延し、大混乱が生じていた。

ロビーには、ゲマイン共和国のリゾート島を訪れていたとおぼしき観光客や駐在の外国人たちなど、母国に帰国を求める老若男女の姿はもちろん、海外の知己を頼って国外へ脱出しようとするゲマインのお金持ちたちなどで溢れかえっている。

なんとかチケットを手に入れたい、と粘り強く交渉を続ける人、自分の持つエアチケットをどうにか早い便に変えてほしいと頼む者、自分が搭乗予定のフライト便が飛ぶのかをしりと確認する人など、一人ひとりが自分の求める詳しい情報の答えを得るため、なかなかその場を離れようとしない。そのため、どこの航空会社のカウンターにも長蛇の列ができ、十重二十重にそれを囲む人垣で、エアチケットを持っている人間も、どこでチェックインができるのか探し出せないほどだ。

それでもビジネス・ファーストクラスのカウンターは溢れかえる人の輪が少し小さく、木田はとにかく忍耐強く待つしかない、とひとまず列に並んだ。空港内のエアコンもこれだけの人間が発する体熱と人いきれには対応しきれないのか、よどんだ空気がむっと体にまとわりつくようで、木田は顔をしかめた。支社からはウイルスを防御するマスクが渡されている。空港に入る前からきちんと着けていた木田ではあったが、もう一度指で自分のほおのあたりを触り、そこに隙間がないかどうかを確認する。大丈夫だ。

一体どれくらいの時間を待ったことだろうか。やっと木田の番がやって来た。さすがに混乱した現場で対応を続ける航空会社のグランドホステスの顔には笑顔がない。いや、もしかしたらどんな時にも営業スマイルを機械的に出せる彼女たちのことだから、こんな時でさえ、笑顔のひとつも出していたのかもしれない。しかし、目元にしっかり、日本の花粉の飛来時期に見かけるようなゴーグルをし、口元には木田と同じようなマスクをかけた顔で笑顔を浮かべられても、誰にもわからなかったことだろう。

パスポートとチケットを渡すと、それを受け取る手にも、医師が手術で使うような手袋がはめられているのを見て、木田はふと不安になった。返されたパスポートやボーディングチケットは、もしかしたら見えないウイルスに汚染されているかもしれない。一瞬それを素手で受け取ることを躊躇した木田だったが、そんな不安を意識の向こうに追いやると、急いでそれをポケットに押し込む。そして、溢れかえるロビーの混雑の中の押しあいへしあいの人垣を、木田は人をかき分けるように歩き、出国の手続きに向かった。しかし、その前にも厳しい健康調査があった。幸い問題はなく、スムーズに通過できたので、そのまま急いでボーディングゲートへと向かった。

　ゲートでも一体どれくらい待たされただろうか。フライトスケジュールの表示板には軒並み遅延を表す〈ディレイ〉の文字が並ぶ。木田の搭乗するフライトの表示が、やっとディレイのランプからオンボード（搭乗中）に変わった頃、ゲート前のソファに座っていた木田は、目の前の家族連れの姿に目を留めた。この国に駐在していたのだろうか、日本人の家族だ。心配そうな表情をした母親の腕の中で子供がしきりとむずかっている。その子を優しくなだめる父親は、やはり不安な表情をしている。木田は、その一家の姿に、日本に緊急帰国するのだろう、あんな小さい子がいたら心配で仕方ないだろうな、と同情をしたのだった。

　いよいよ搭乗開始だ。これでおぞましいウイルスの誕生したこの国ともおさらばだ。木田は、最初の経由地に向かう香港行きフライトのボーディングゲートを抜けると機内へと乗り込んだ。

＊

　木田は商社マンだから、海外の事情にも一般人よりは長じている。日本国内にいる時も、仕事に関連する分野に関しても、別のことに関しても、常に海外に興味を向けているし、海外ニュースはインターネットで必ず毎日こまめにチェックする。

今回の騒動の原因となった、H5N1型鳥インフルエンザについても、数年前から彼の興味の範疇にある〝嫌なニュース〟の中に入っていた。情報を詳細に知っているわけではないが、「絶対に遭遇したくない」という本音もあって、最低限の情報、たとえばどうやって新型ウイルスが発生し、病気が起こるのか、薬などについてもチェックし、知識は蓄えてあった。その新型ウイルスが、目前で発生したのだ。香港でもどこでもいい、とにかく発生国から一刻も早く逃れ出たい。そんな気持ちが、いつになく木田に極度の緊張を招いていたようだ。香港を経由して、日本行きの飛行機に搭乗できたことが木田をほっとさせたのは、当然のことだった。

＊

飛行機は順調に空の旅を続け、目の前のディスプレイには飛行経路の地図と共に、成田にあと1時間で到着するというメッセージが英語で表示された。

「やれやれ、あと1時間の辛抱だ」。木田は耳につけたオーディオのイヤホンをはずした。

何やら、後方のエコノミークラスが騒がしい。フライトアテンダントの女性も慌てて、機内を走って後方に向かっている。病人が出たらしいということは、すぐにわかった。胸騒ぎがして、立ち上がって後方を見ると、ビジネスクラスとエコノミークラスの境目のカーテンの隙間から、先ほどの女性がマスクをし、患者とおぼしき客にもマスクをさせ、周囲の乗客を乗務員の休憩用の席に移動させているのが見える。明らかに乗客を患者から離し、周囲の乗客にもマスクをさせているようだ。

誰がどうしたのだろう？　木田が体をのばすと、フライトアテンダントの女性がちょうどマスクをつけた患者を立たせ、座席に横たわらせようとしているところで、その患者と木田の目が合った。悲しそうな、だが熱にうかされたようなうつろな眼差しの顔。

「あ、昨日ゲマインの空港で見たあの家族の……」

木田は、はっとした。その患者には見覚えがあったのだ。シェ革命記念国際空港で、香港行きの便に乗り込む直前にゲートの前で木田が遭遇し、目を留めたあの家族連れの父親とおぼしき人であった。ゲマインの空港の混乱の中で、不安そうな妻を励まし、優しく子供をあやしていた男の姿が木田の瞼（まぶた）に浮かんだ。

「まさかあの父親が、新型ウイルスに感染した？」

嫌な思いが木田の頭をよぎる。が、それをうち消すようにして木田は目をつぶった。

「そういえば、今日は機長の挨拶がなかったな」

到着前のアナウンスの声は普段よりも上ずっているようだ。免税品の販売を中止したことを詫びている。しかし、入国の説明も、乗り換え便の案内もない。黄色い健康調査用紙が乗客全員に渡され、詳しく記入することが言い渡された。

成田空港には、いつものように着陸した。大型ジャンボ機はゆっくりと誘導路を進み、直接ターミナルに横付けすることなく、広い駐機場の真ん中で停止した。

上の荷物入れからアタッシェケースを取り出そうと立ち上がった木田は、フライトアテンダントに強く制止された。何の説明もないままに30分以上待たされた挙げ句、ようやく機長が英語で説明を始めた。「当機には新型インフルエンザが疑われる患者が乗っていることがわかったので、検疫所の命令で全員が検査を受けることになった」と言う。これをフライトアテンダントたちがぎこちない日本語で反復すると、あちこちからため息ともつかない声がいっせいにあがった。そのうち、白い救急車が1台、遠くから近づいてくるのが見えた。

やがて、機内に何人かの検疫官が、全身防御服で包んだ出で立ちで現れた。ゴーグル、マスクをしているために、表情はうかがい知れない。機内のゲマイン共和国からの乗り継ぎの乗客の中から、発熱などの症状を出した人がいることが乗客に知らされた。そのため、検疫が強化して行われることが説明される。いつの間にかフライトアテンダントたちも見慣れないマスクとゴーグルを着けている。これを見て、小さな男の子が急に泣き出した。木田は不思議と落ち着いていた。

出国時にも経由地の香港でも、木田の体調に変調はない。ゲマインから成田への空路には直行便だけでなく、香港経由の利用者も少なくない。具合の悪くなったあの父親だけでなく、問題のゲマインから同便に乗り合わせ、さらに香港経由の同便で成田に到着した者を何人も見かけた。確かに十分な検査をしないと、日本国内に感染源をみすみす入国させてしまうことになるのだな、と木田は自分自身を納得させようとしていた。

インフルエンザ対策に関する検疫のマニュアルでは、入国の際、発熱、咳などの有症者は申し出ることとされ、それ以外の、症状がなく、さらに現地の人間と密な接触がなかった者は、飛行機から順に降ろされ、指定された経路を通って、検疫が行われることになっている。

一方、有症者は、機内で咽頭拭い液のサンプル採取が行われ、そのサンプルは即座に成田の検疫所内でPCR検査にかけられる。その有症者の同行者など、有症者と密な接触を持った人々にも同様に検査が行われ、検疫所の所定の場所で待機して結果を聞くことになる。

木田が偶然同便に乗り合わせた有症者の男性は、職員に連れられて機内の一隅でぐったりしていた。まだ若い母親が泣く子を抱いて、心配そうな目で見つめている。3人ともマスクをして、他の乗客からは離されて座っており、しーんと静まりかえった機内に、子供の泣く声だけがせつなく響く。同乗の乗客たちは、同情とも、自分たちにもいつ降りかかるかしれない災厄への恨みともつかない目で、不安げに家族の姿を見つめていた。木田は、ゲマイン空港を発ってから、まだ12時間もたっていないのにと思うとゾッとするものを感じた。

2時間後、父親の男性から採取されたウイルスのPCR検査の結果、H5が陽性であることが判明し、この男性はすぐに指定病院へと搬送され、治療が始まった。同行の母と子らはPCRの結果は陰性であったが、要観察とされ、外出の制限が要請されて、タミフル1日1錠の予防内服が施された。

その頃、木田ら同便の帰国者は機内から順に降り、控え室で検疫の順番を待っていた。ゲマイン共和国から出国した有症者の搭乗機とあって、検疫での注意事項や指示が厳格に行われていたのだ。一人ひとりに対応する検疫の面談はどんなに急いでも時間がかかる。木田もだんだん苛立ってきた。

いつもならもう入国手続きを終えた頃だ、荷物を受け取って税関を通る頃だ、タクシー乗り場に向かっている頃だ……と、数分おきに何度も時計に目をやりながら、木田はここから立ち去ることばかりを考えていた。

「一刻も早く、こんな〝危険な場所〟から離れたい」

木田の苛立ちは増した。香港で搭乗した時には、ほっとする安心感さえ起こさせる場であったはずのこの飛行機も、そして安堵の思いに包まれるはずの成田空港も、いつの間にか彼の思考の中では、危険で嫌な場所に変わっていたのだ。

やっと木田に順番が回ってきた。指定された経路を通って検疫の場所へと移動する。検疫が始まった。しかし、高まった苛立ちの感情を抑えることが出来ず、つい木田の検疫官への応答は乱暴になってしまう。宇宙服のような防御服、マスクとゴーグルで表情も全くわからない人間と、まともな対話をすることなど考えられない。それは周囲の人も同様だった。精神的な動揺と不安、恐怖とが人々の神経を逆なでし、パニック寸前にさせていたのだ。だが、一触即発しかねない空気の中で、検疫官は自らの分を守り、怒りに怒りを返すことはせず、よく持ちこたえ冷静に対応していた。

「木田さんですね、健康状態に異常はありますか？」

淡々と連発する検疫官の質問に、木田は無愛想に「ない」と答える。ウソではない。確かに彼に自覚症状は全く現れていなかった。

幾つかの質問に答え、注意事項を聞くと、ようやく検疫は終わった。

やっと帰れる……。そう思った木田が、ふと振り返ってみると、そこには順番待ちの長い列やごった返す人波が続く。合間に子連れの母親が泣く子を抱いて待つ姿が見える。一瞬、連鎖的に航空機内からマスクをして隔離されて行ったゲマインからの親子の姿がよみがえると、急に言いようのない恐怖が腹の底からわき上がってきた。

「アアァァッ……」悲鳴とも泣き叫び声ともつかぬ声を上げながら、彼は走り出した。人を押しのけ、人混みをかき分けながら、走って、走って、走りまくった。一刻も早くこのおぞましい地から逃げ出したかった。

11月5日　東京都国立市・木田の自宅

出張から帰って一夜が明けた。

昨日、木田は、自宅のある国立まで成田からタクシーで戻っていた。彼の会社では、海外出張からの帰宅時には成田からのタクシーチケットを支給している。思いがけず時間をくった検疫で精神的にくたくたになった木田は、帰りのタクシーでもぐったりとシートに身を沈めていたのだった。

だが、自宅で両親と顔を合わせ、風呂に入って、母親の心のこもった夕食を食べ終わると、いつの間にか普段の日常が戻って来た。木田は、婚約者の桂子に電話を入れ、明日の夜のデートの約束をした。

「ようやくゲマインから帰ってきたよ。明日、いつものカフェで。7時過ぎには行けるから」

木田の母は、一人息子の海外出張からの帰宅時には必ず手の込んだ和食を用意して待つような、良妻賢母型の女性だ。父親は、木田も卒業した家の近くにある大学の法学部の教授である。ふたりとも落ち着いた性格の、どこにでもいるような平穏な家族だ。そんな両親と顔を合わせ、一言二言言葉を交わすうちに、木田は、自分でも普段の冷静さを取り戻してきていることが感じられた。

父親は海外のニュース報道で、今回の騒動の経緯を詳しく追っていただけに、さすがに心配をしていたらしく、息子が無事に、新型インフルエンザ発生国から帰ってきたことに安堵の色を隠せなかった。その安堵感が彼を一段と饒舌にさせ、食事する息子の顔を見ながら、「そもそも検疫と個人の法権利とは、だ」と法学者らしい弁論を始めようとするのを、母親が「今日は純一も大変だったんだから」と押し止める。平和な家族の風景に、木田も久しぶりに両親に優しく守られている安心感に浸っていた。

朝、木田は起きた時に軽い倦怠感を覚えた。航空機内の患者や出入国の人波をトラウマのように思い出し、不快な感覚が込み上げたが、それも時差ぼけの一種だろうと彼は自分の〝疑心暗鬼〟を打ち消した。それでも検疫官の指示通り、体温測定を行い、平熱であることを確認すると、安心した。そして、昨日検疫で渡された健康管理票に記録する。

出張明けの木田は、今日、出張報告の会議に出なければならない。上司にも報告し、今回の出張で話をつけた商談の手筈を迅速に整えるのが、商社マンのイロハだ。

木田は洗面を済ませると、ダイニングのテーブルを前にして座った。ニュースでは、新型インフルエンザ国内患者発生という報道と、福岡空港の映像が何度も映し出されている。患者は木田の便とは異なるゲマイン共和国からの直行便での帰国者だった。さらに、木田と同便の有症者についてもＨ５Ｎ１型陽性の患者が発生と、報道されていた。

昨日のあの家族の悲しそうな、うつろな目を思い出した。やっぱり彼は新型インフルエンザに感染していたんだ……。かわいそうに、という気持ちが芽生える前に、大丈夫だろうか、と木田は青ざめる。しかし、その不安に負けまいと、「同乗といっても、彼らはエコノミークラスで、僕の席からは離れていたし」と自分で自分に言い聞かせる。

テレビでは、成田空港で検疫官から言われたのと同様に、〝外出の差し控え〟を海外、それも発生国から帰国した人に呼びかけている。が、会社には新型インフルエンザに対する出欠勤の規定は何もない。不要不急の外出は避けてください、というが、会社に行くことこそ必要な急ぎの外出であろう。帰国の報告はしなければならない。木田はいつものパリッとしたスーツを着こなして、いつも通りの時間に、いつものように通勤の乗客で混雑する満員電車で出勤した。

国立駅から、中央線で東京駅へ。街は、新型インフルエンザ発生前と何も変わらない出勤風景を見せている。同じ電車に約束して乗っているのだろうか、何人かの高校生たちが一緒に電車に乗り込むとペチャクチャとおしゃべりが始まって、にぎやかだ。

電車はまもなく、母校の大学の前を通り過ぎた。体育会の連中が朝トレをする様子が見える。何年か前には、木田自身もあそこであやって走り込んでいたのだ。そんなのどかともいえる平和な風景を見ていると、ついさっきまで胸の中に黒いしみとなって広がりかけていた不安も薄らぎ、「なんでもない。大したことではない」という気持ちになってくる。代わって木田の心の中には、「世界一安全で、衛生も医療もきちんとしている日本に帰ってきたんだから」という安心感が広がっていく。

終点の東京駅からは山手線に乗り継ぎ浜松町駅へ、この時間の山手線は外回りも内回りもすし詰めの混雑だ。これもいつもの出勤となんら変わらない日常の風景だ。またひとつ木田の中で安心感が「上書き」される。

本社ビルの自分の席に着くと、10時からの会議の報告書を急いで確認した。不安を抱えながらも、報告書は、いつもと同じように飛行機の中に持ち込んだパソコンでほぼ作成済みだったので、大した作業は必要でない。

10時。会議が始まる。木田はゲマインでの新しい商談の内容を説明する。午前中に会議は終了するが、この日は会議続きの予定だ。午後からのミーティングではかねてから懸案の別件について、上司の許諾をもらい、最終確認を取り付けたい。昼食のため社員食堂に入った木田は、カフェテリア方式で選んだ食事をのせたお盆を抱えて、空いた席を探した。この時間は混雑のピークだ。ほとんどの席が埋まっている。どこか早食いのオヤジでも席を立たないかと見回した木田に声がかかった。

「おぉ、木田、ここに座らないか？」。同期入社の小林だった。

「渦中のゲマイン共和国に出張だったんだって？　大変だったろう」

小林は国内の某飲食産業の冷凍食品の担当をしているため、仕事上でも接点があり、木田の行動もパソコン上のアジェンダでチェックすることができる立場にあるのだ。

「いやぁ、さすがに参ったな、家に着いた時には正直ほっとしたよ」

木田は、昨日のゲマインからの帰国の様子を淡々と話して聞かせる。

「ほぉ、すごいことになってるんだなぁ。だけど、体調は大丈夫なの？　なんか目がうるんでるぞ。熱があるわけじゃないんだろうな？」

「え？　いや、今朝、測ったけど平熱だったよ。検疫官に健康記録の用紙を渡されてさ、そこに体温を測るという項目があるんだ。これで熱でもあれば今日は仕事を休めたんだけどさ。

あ、きっと発病した同乗客に同情したせいかな」

「くだらない冗談はよせよ」

小林は木田の肩を軽くこづく。木田も他愛もない会話に笑みを浮かべ、ランチタイムは心地よく終わった。

小林と別れると、木田は食器を片づけてデスクへ戻った。資料を持って会議室のある15階へ向かう。途中トイレに寄って鏡をのぞいてみる。確かに小林に言われたように、ちょっと目がうるんでいるようだ。水道をひねって水を出し流水に手をかざすと、水道水が冷たくて心地いい。心なしか体も熱いような気がする。さすがに緊張感と旅の疲れが出てきたのだろうか。木田はついでに顔を洗い、ペーパータオルをびりっと破り、ごしごしと拭きとると、会議室へと向かった。午後からは懸案の商談の承認を得なければならない。

＊

しかし、午後からのミーティングで木田は、懸案の商談の承認を得ることはできなかった。なぜなら、会議の後半、議題が木田の商談の話に入る前にその席上で、木田は急に高熱を出して倒れ、呼吸困難のため救急車で近くの一般病院に緊急搬送されてしまったからだ。

＊

病院に搬送された木田は、付き添いの社員によって、ゲマイン共和国からの帰国者であることが告げられ、病院側はただちにみなと保健所に連絡をとった。木田は港区の指定病院に移送された。

連絡を受けていた指定病院では、完全防御した感染症の専門医、看護師らのスタッフが待ち受け、速やかに陰圧病床に搬送した。

木田の咽頭拭い液のサンプルはすぐさま、東京都衛生研究センターに送られ、そこでＨ５を確認。同日、国立感染症研究所ウイルス部でＨ５Ｎ１型の確認がなされた。

木田は急速に呼吸困難が進み、急遽、人工呼吸器を装着され、既に気管に挿管がなされていた。港区の指定病院では、厳重な感染防御施設の病室で、専門スタッフがマスク、ゴーグル、ガウンの防御服を着込んで、木田の治療に当たった。しかし、最先端の感染症の知識を持つ医師らの懸命の治療によっても、木田の命を取り留めることは出来なかった。あまりに急速に肺炎と肺水腫が進行し、Ｘ線写真の映像では、両肺に炎症像を示す影が急激に拡大した。

11月６日未明、ＷＨＯによるパンデミック警戒レベル５への格上げに伴って、厚生労働省でもただちに国内のフェイズを5に引き上げた。国内での感染拡大はいまだ大きくはないものの、全国各地へ拡がっていく傾向はもはや否定し得ないものとなっていた。

11月6日午後　疫学チーム調査開始

みなと保健所の疫学チームによる木田とその家族、職場同僚に対する疫学調査が開始された。母親の証言と会社に提出されていた届け出から、木田の移動した通勤経路は、国立から東京までのJR中央線、そして東京をターミナル駅として、そこから浜松町までの山手線であることが確認された。だが、ラッシュ時の混雑した状況下での移動による接触者の割り出しは、非現実的なことであり、事実上、不可能であった。

しかし、かといって行動経路の発表がなければ、感染の可能性を知らない人間によるさらなる感染の拡大が起こることは間違いない。発表したからといってどれほどの患者の発症をくい止めることが出来るのかわからないながらも、警告を発さないわけにはいかない。木田の行動経路は、国民に報道された。

想定した通り、それによって大きなパニックを起こすこととなった。だが、同時に誰もが、既に新型ウイルスがすぐ身近にあることを実感する最初の報道となったのだった。

「自分も接触したのではないか。どうしたら、感染しているかいないかがわかるのか」
いきなり我が身に降りかかる新型ウイルスの恐怖から、問い合わせの電話が保健所、区役所、厚労省に殺到した。

疫学チームの調査は、さらに感染源についても特定を試みる。もし木田がゲマイン滞在中に既に感染していたのであれば、木田の7日間の滞在中に過ごした支社、ホテル、空港の3ヶ所が感染場所ではないかと推定できる。しかし、不特定多数の人間が雑多にいる空港は別として、来訪者が特定できる支社も、あまり一般人の出入りしないホテルも感染の可能性が高いとは言い切れない。逆に新型インフルエンザの潜伏期間の短さを考えると、航空機内で同乗者より空気感染した可能性も強く疑われる。密閉されて空調でコントロールされた飛行機の中は、ふくらませたひとつの風船の空気を皆で吸ってはふくらまし、吸ってはふくらましたりするようなものだ。航空機には、ウイルスなどを除去するHEPAフィルターが設置されているが、乗客が呼吸する前に、空中のウイルスを完全に排除できるものではない。そして、航空機に同乗した客からの追跡調査では、熱を出したり、咳を発したりした患者が多発しているという報告もあがり始めていた。

地方自治体、保健局がその患者の確認を急ぎ、感染症指定医療機関への移送に奔走を始めていた。さらに、先のゲマインから帰国した家族の妻と子も、1日をおいてH5N1型と確認、指定病院での治療を受けていた。子供は重症で人工呼吸器管理をされている。首都圏下での新型インフルエンザ上陸はまぎれもない現実で、ウイルスの伝播拡大の危険性が高まっていった。

11月6〜7日　東京、首都圏

商社マン・木田の発症が明らかになり、その5日の〝東京での新型インフルエンザ患者発生〟の報を受け、6日、東京23区の保健所は、24時間体制の電話相談窓口を開設した。だが区民からの殺到する電話にとても回線が足りず、回線はパンク状態となった。

不安と未知への恐怖から、誰よりも早く、少しでもより確かな情報をと、人々は右往左往を繰り返していた。テレビから流される報道は必ずしも一定ではなく、さまざまな情報が乱れとぶ。インターネットにも流言飛語に近い情報が混在している。感染の可能性や危険性についての情報はもちろん、いま何をしたらよいかという予防や対策を誰もが求めていた。だから、そのためには確度の高い情報が得られる公共機関の窓口に問い合わせをしようと、電話が殺到して当然なのだった。

7日、品川区をはじめとした首都圏の地方自治体は、感染した患者が病院に殺到して一般患者やその他の来院者たちに感染が拡大し、医療機関がその機能を失うことをおそれ、かねてよりの行動計画にのっとって、新型インフルエンザの初診対応の医療機関として〝発熱外来〟〝発熱センター〟の設置を、他の従来の医療機関と分立して開始した。

病院などの医療機関への新型ウイルスの侵入を防ぐため、まず、通常の患者と分離することをめざしたのだ。

発熱センターでは、地方自治体の関係部署が公園や体育館などにテントを設置し、その中で、感染の疑いのある患者の診療を受ける態勢を組んでいる。ここでは、まずトリアージをするのだ。つまり、新型インフルエンザに感染しているか否か、またその重症度によって、医療機関の入院、受診が必要かどうか患者を振り分けるのだ。

11月8日　東京都文京区　主婦・牧子

牧子は、東京都の文京区内のマンションに大手電機メーカーに勤務する夫と一人息子の真一と3人で暮らしている。父親が3年前に亡くなって以来、郷里にひとりで住んでいる高齢の実母をここへ呼び寄せたいと何度か母に持ちかけたが、住み慣れた青森の町から離れたくないと、断られ続けていた。

そして、彼女のもうひとつの大きな不安は、息子真一の中学受験であった。東京都文京区は有名私立、国立の中高一貫校が軒を並べている。そんな環境もあってか、中学受験は盛んで、牧子は真一の中学受験を早々に決め、小学4年から中学受験専門の塾に通わせて、母子で頑張ってきた。真一は現在小学6年で、その大事な受験の始まりを2ヶ月後に控えているのである。そこに新型インフルエンザの騒ぎが発生したのだ。

新型インフルエンザの国内、首都圏での発生の報が入ると、文部科学省は、すぐに学校の休校を指導し、真一の小学校も休みになった。「新型インフルエンザの流行が起こっています。特別な事情がない限り外出はしないようにしましょう。また人混みを避け、自宅で家庭学習をしながら過ごしましょう」などと大きな文字で書かれたお知らせの紙をもらって帰ってきた。

「ラストスパートの大事な時期に……肝心の塾はどうしよう。ここで塾を休ませて、合否の明暗を分けたとしたら、真一の人生にとって一大事だわ」という牧子の考えは、中学受験の子を持つ母親としては、決して例外ではないだろう。子供の中学受験は、ややもすると、母親の判断基準の中心を、ひととき受験一色にまでする影響力を持っているものだ。塾に電話すると、さすが有名中学に多くの合格者を出す名門塾だ。授業は通常通りで、学校が休みの間は自習室も開放し、講師が個別指導にも当たるという。牧子は安堵の胸をなで下ろした。

担当の塾講師からは「ここで、差をつけることができますよ。かえってチャンスです。病気は気の緩みで感染するものです。気合いを入れて、子供に勉強に当たらせるよう指導を徹底するつもりです」との力強い返事が返ってきた。ただ、塾の行き帰りにはマスクを着用するようにとの注意をされた。

「そうね、こういうところで合否が決まるのよ」。牧子は何の疑いもなく、頷いた。

真一は、いつもは地下鉄で塾まで通っていたが、今回、さすがに牧子はマイカーで送迎をすることにした。受験生に病気は禁物、まして新型インフルエンザに罹られたのではたまらない。人混みは避けさせよう。

車で塾までは30分程度。牧子は、真一が揃いの塾のリュックを背負って、塾の入り口に入っていくのを確認した。塾が終わる3時間後にまた迎えに来ないといけない。

夫が「新型インフルエンザが発生すると物流が途絶えるから、普段から食料を買いだめしておくように」と言っていたのを思い出した。彼は一流の電機メーカーに勤めており、新型インフルエンザの対策について、会社で説明された趣旨を私に伝えたのだ。「新型インフルエンザが来たら、自分は在宅勤務になりコンピューターで会社と連絡をとりながら仕事をする」とも、その時言っていた。

今年初めのテレビのニュース番組の中で、国立感染症研究所の女性研究員が、新型インフルエンザの大流行に備えて、食料品や日用品の備蓄をすすめていたのを思い出す。当時は「まさか?」と思っていたのだが、とりあえず、食料品と日用品を買い込まなければ。牧子は、今までも何回か利用したことのある、塾の近くにある中堅のスーパーマーケットへの角を曲がったとたんギョッとした。店内に入れない人が列をつくっているのだ。おそるおそる店を覗くと、ショーケースは空になっているところもあり、レジには、大きなカートに買い物品を山盛りにした人々が幾人も順番を待っている。店内は夕食時を過ぎたこの時間とは思えないほど混雑しており、商品に近づくのさえ、一苦労のようだ。今から並んでも商品はないんじゃないかしら、そんな不安が頭をよぎった。

案の定、店の中では皆こわばった表情で手近なものをどんどんつかんでカートに投げ込んでいた。牧子も気後れしている場合ではない。カートが見つからなかったので、手持ちの籠をとりあえず持ち、争奪戦の中に入り込んだ。物を選んでいる余裕はない、何でもかんでも籠に放り込みしっかりと体に引きよせる。もう少しのところで、米の5キロ袋を隣の主婦に取られた。悔しい思いをしたが、すぐに別の食料品を手に入れるしかない。既にレジを済ませた人は、牧子の欲しかったパンやサラダオイル、ジャムや缶詰などを袋に詰め込んでいる。出遅れたという後悔が襲ってくる。

店員が倉庫から、新しく大きな段ボールを運んで来て、棚に並べようとするのを見つけるといっせいに客が周囲を取り囲んで、商品を並べる前に箱は空になった。入手できなかった客が、もっとないのかと店員に詰め寄っている。在庫はないのかと問いただす客もいるが、店長とおぼしき人が飛んで来て、前倒しでどんどん品物を出しているが、仕入れが間に合っていない状況を懸命に説明していた。客の誰もがギスギスし、イライラし、こわばった表情で物色している。牧子がレジの列に並んで、ふと振り返ると、順番を待つ人々の半分以上がしっかりとマスクをしている。

牧子の順番がやっと来た頃、もう店内にはほとんど商品は残っておらず、店内外では、品薄のため平常より早く閉店すること、夜に品物が補充されるはずなので、明朝ご来店くださいという趣旨の放送がなされていた。買えなかった人間の中には、店員にくってかかっている者もいる。怒号が飛び交い、混乱状態になった店が怖くなった牧子は、そそくさと離れて駐車場に戻った。時計を見ると、もう真一を迎えに塾に戻らなければならない時間だ。たったこれだけの買い物に3時間弱を要したのかと愕然とする。

11月8日　福岡空港検疫所　溝腰健治

成田、関西、中部、福岡空港では、旅客機の検疫が集中して行われていることから、連日たくさんの海外からの到着便が、予定を変更して着陸してきていた。全国からの応援の検疫官らと共に、溝腰らは日々、検疫の業務に駆り出されていた。しかし、溝腰は肉体的な疲労はもとより、それを上回る精神的な〝憤り〟に苛まれていた。連日の東南アジアやその他の諸国からの便でも、有症者の中にはH5がPCRで陽性になる者が見つかっており、その周囲で暴露された、まだ無症状の者は、地域に散って行った。市中では、新型インフルエンザの患者の発生が報道され、この福岡でも患者が増え続けている。

ゲマイン共和国をはじめ、その周辺地域からの航空機の入港を止めなければ、新型インフルエンザに罹患（りかん）した人間が、どんどん入国してくることになる。それどころか、ゲマインから出国した人によって、ヨーロッパや東南アジアなどの他の国々に新型インフルエンザが飛び火し、新たなる発生国が増えるばかりであった。年間20億人が利用すると推定される航空機社会は、一国で発生した感染症をほんの数日のうちに国際感染症にまで押し上げる、恐ろしい〝輸送力〟を持ち合わせていたのだ。昔ならば地域に限局した風土病で済んだ感染症が、瞬く間に大陸を跨がり大流行するパンデミックに変身するのが、現代の高速大量輸送なのだ。もう、地球は感染症の伝播という意味では、一国でしかない。

さらに、それらの発生国からさまざまな都市をトランジットで経由した乗客が降り立ってくる。母国の日本に帰ろうと、ありとあらゆる手でトランジットした人々が、ゲマインなどの国々から帰ってくる。

　既に海外の航空会社には、従業員組合の勤務拒否によって、運航が止まったところもある。

国土交通省は、なぜ航空機の着陸を止めないのか？　溝腰は検疫官として、新型インフルエンザを入国させないためには、飛行機を入れないことしかないのではあるまいか？　という強い疑問を持っていた。海外にいる邦人が帰国したい気持ちも十分に理解できる。しかし、感染症を国内に持ち込まないという検疫本来の目的に沿って考えたならば、航空機の着陸拒否は、仕方ない処置ではなかったか？　既に、海外では、そのような措置を国がとっているところもある。こうした疑問を抱える一方で、職務を忠実に遂行している溝腰には、ゲマインや他の東南アジアの国々から到着した夥しい数の乗客が、目の前を通り過ぎていくのを非常につらい思いで見守っていた。この中にも、必ず患者はいるはずなのだと。

　既に福岡の検疫所でも、東南アジア各地からの到着便に有症者が報告されることが稀ではなく、H5陽性の患者が次々と発見されていた。保健所では指定病院に搬送したいのだが、どこも満床となっており、協力病院に連絡をとっていた。

　飛行機の運航の制御は、国土交通省が決めるのか？　航空機会社が、自主的に決めるのか？　それとも両者の話し合いなのか？　航空会社は一企業であるから、やはり国土交通省が命令を出すのか？　検疫官は厚生労働省所属なので、溝腰には、航空機の運航の決定が、どこでどう決められるのかさえ、はっきりわからない。上司の所長は、厚生労働省を通じて、国土交通省に問い合わせをしたそうだ。しかし、「航空機を止める権限の法的な整備がない」。つまり、国土交通省では、航空機を止めることはできないし、しない、との答えがあったと聞いた。

そうこうする間にも、飛行機は次々と着陸して来る。

「なぜ、飛行機を止められないんだ。法律がどうのと言うなら、もっと早くになぜ、法整備をしておかなかったんだ。新型インフルエンザ問題が取り沙汰され始めてから、何年もたっているじゃないか」

今、こうやって患者を乗せた航空機は、一機、また一機と福岡の地に着陸し、患者と患者予備軍の潜伏期の乗客が、降りて来る。患者予備軍は、九州の地に散っていくのだ。

溝腰は、「検疫ってなんだ！　飛行機、この飛行機に誰が責任を持つんだ」と怒りに体を震わせながらタラップを昇っていた。

11月9～13日　九州地方での患者発生と拡がり

宮崎、大分、佐賀などの九州各地からも、新型インフルエンザを疑う患者が出始めていた。

9日未明、佐賀県では第一号のH5N1型患者が確認され、その「新型インフルエンザ感染の佐賀県第一号患者」となったのは、柳と接触した取引先の52歳の男性であった。

聞き取り調査の際、柳と面談をしていた時間は1時間だけだったから、としきりに感染の可能性を否定したがっていた本人と家族は、危惧していた事態が現実のものとなってしまったことに言葉もない様子だった。また、この男性を観察状況下においていた保健所の職員たちも、このウイルスの伝播力の強さには、一様に驚きを隠せなかった。

やがて、「県内での新型インフルエンザ発生」の報が、佐賀の山間の村や漁村の防災無線からもなされ、佐賀県全域で新型インフルエンザへの警戒感が高まった。

1名の患者発生を受けて佐賀県では、対応する医療機関の窓口についての論議がなされたが、ひとまず県内で患者が10名を超えるまでは感染症指定機関で対応するものとし、当初の行動計画にある全医療機関での対応は次の段階でということを決定した。しかし、4日後の11月13日には、患者はまたたく間に10名を超え、さらにその4日後には40名となった。

ここで佐賀県対策本部は13日より、新型インフルエンザの疑いのある患者の診察はすべての医療機関で対応するものとし、外来治療を中心として行うこととした。また、入院治療ではなく、自宅療養を基本とし、入院するのは、重症ケースにしぼることを決定した。

また感染の拡大を防ぐため、全県の学校は休校の措置をとった。

大規模施設など不特定多数の人々の集まる活動の全面自粛も要請された。地方都市は首都圏や大都市圏に比べて地下鉄、ＪＲ、私鉄等の交通機関の普及率が低く、公共交通機関よりもマイカーでの移動を多用する。したがって、これらの感染源となりうる、大人数が集合する場を閉鎖していくことだけで、感染拡大はかなり防げるはずだ。

そのおかげか、新型インフルエンザは、地方都市は首都圏エリアに比べゆっくりとしたスピードで拡がっていったが、だがそれでも確実にその魔手をのばしていくことに変わりはなかった。佐賀県では、今後増え続けるであろう自宅療養が不可能な重症患者に対応するため、大規模施設での患者収容を視野に入れ、その準備が始められていた。

11月5日　大阪・関西空港

ゲマイン共和国・シェ革命記念国際空港からの直行便が、滑走路に滑り込んだ。関西空港には、ゲマインの首都・シェ市からの直行便が以前から毎日数便運航していた。ＷＨＯがゲマインへの渡航自粛勧告を出して以来、出かける乗客はほとんどいなくなり、帰国便は１００％の乗客率である。しかし国内航空会社の乗員組合では、会社に対して定期便の欠航を申し入れることが検討されていた。

11月1日のゲマインでの新型インフルエンザ発生、フェイズ4Aを受け、関西空港ではいつ感染患者が入国してくるのか、空港、そして所轄の自治体、保健所、指定病院、救急を受け持つ消防も臨戦態勢に入っている。5日未明にもたらされた福岡空港から入国した患者の国内発生一例目の報を受け、緊張状態はますます高まっていた。さらに、ゲマイン共和国での感染拡大から航空機の着陸を禁止しない限り、感染者の侵入阻止はもはや不可能であろうと。

一例目こそ福岡ではあったが、関空でも、5日到着便から複数の新型インフルエンザ擬似患者が発生、検査の結果、そのすべてが真性患者として、指定病院に隔離される事態となっていた。

＊

5日朝、ゲマイン共和国からガーダ・ゲマイン・アジア航空の満席のジャンボ旅客機が到着した。関西空港の検疫所は慌ただしい空気に包まれていた。着陸2時間前に機内からの連絡で、ゲマイン出発時には発症者はいなかったものの、既に複数の有症の乗客が搭乗しているとの一報が入ったからだ。その数、3名。その有症者の周囲、さらに同行者などの濃厚接触者を加えると、このフライト1便だけで乗客60名分のサンプルのPCR検査を行わなければならない。

到着と同時に有症者のサンプルを採取、すぐに検査を行う。結果、3名の有症者のうち、H5陽性者は2名であることが判明した。だが、一回目のPCR検査で陰性であった1名も観察中の1日を経過した翌日に採取されたサンプルでは陽性となった。ウイルスに暴露されてからPCRでH5陽性となるまでには、2～3日くらいの時間が必要であることが推察された。つまり、この検査にも感染＝陽性とはできない空白のタイムラグが存在するのだ。

しかも狭い密閉空間で、空気も乾燥した機内で3名ものH5型ウイルス感染患者が発生したということは、この3名が機内で咳をしたりすることで、飛沫感染だけでなく空気感染の可能性を高くしていることはほぼ確実だ。つまり現実には、同乗した乗客全員に感染の可能性を与えたことになる。しかし、現段階ではこれら潜伏期間にあるであろう患者らは無症状で、検査を行ったとしてもPCRは陰性と出るに違いない。潜伏期にもウイルスは発症の前日から排出される。知らずに感染している乗客たちは、たとえ注意を呼びかけたとしても、結果的には空港から大阪市内の街へと通常通り戻って行くことであろう。

実際、ある者は近隣市町村へ帰り、さらに、飛行機や電車を乗り継いで地方へ帰っていく者もあった。検疫チームは、彼らの住所や連絡先を入手して、それを自治体へ報告してはいるが、それ自体はウイルスの伝播そのものの後追い調査をする際に役立つだけで、先回りした防疫の役には立たない。こうして、各地に感染を拡げるかもしれない感染源は、広く日本全国に散って行くのだった。

同様の感染源を乗せた、ガーダ・ゲマイン・アジア航空の便が5日、6日、7日、8日の連日、続々と関西空港に到着して来た。本社から帰還の指示を受けたゲマイン在留の邦人たちも、次々と帰国を続けている。

ゲマインという異国で、しかも外国人である邦人が、疫病流行時に十分な医療が受けられるわけがないのは自明のことだ。だからこそ、出来うる限り早くに帰国したい、その一念で多くの邦人が取るものも取りあえず帰国していた。その便の半数はこの関空に降り立つのだ。直行便でなくとも、経由地を経て乗り継いで来る帰国者もいる。関空には、恐ろしい火種を持った帰国者が続々と舞い降りる。

外国で新型インフルエンザが出現した場合は、ただちに国境を閉鎖し、たとえ自国民であろうと国内に入れないことを、国の新型インフルエンザ準備計画に書いている国もある。そうすれば、新型インフルエンザの侵入は阻止できるか、少なくとも遅らせることはできるかもしれない。でも、外国に取り残された国民を見捨てることなどできないではないか。少なくとも日本は、この時点で航空機の入国を止めることはなかった。

７日夕、帰国時の要観察者の中から、高熱を出した者がいると、伊藤が所長を務める保健所へ連絡が入った。検査の結果、この患者もＨ５陽性となり、沢田のいる指定医療機関に搬送された。これをはじめとして、同様の濃厚接触者の発症が続く。さらに帰宅した同乗者の中からも、患者発生の報が入り始めた。

第７章　連鎖

11月7日　大阪府R市立S病院

「沢田先生、保健所よりＨ５陽性患者、30歳男性の受け入れ要請が来ました。これから搬送されて来ます。咳がひどく、発熱しています。今、救急車でこちらに向かっております」

感染症内科部長の大野から沢田のもとに緊急連絡が入った。

「とうとう、やって来たな。これからうちの病院は、戦時下に突入する。いよいよ本番だ。俺が医者になった意義もこれを乗り切れるかどうかにかかっている」

沢田は自らも陣頭指揮に立って、患者を診る決意を新たにしていた。

国内での新型インフルエンザの発生の報に、東京のそこここの医療機関や行政で対策がとられ始めたのと時を同じくして、大阪でも具体的な対策への準備は始まっていた。それに伴い、感染症指定病院としての対策をたて、万全の態勢で準備を行ってきた沢田のＲ市立Ｓ病院でも、いよいよ本格的な受け入れが始まろうとしていた。

この市立病院は感染症指定医療機関となっている。だから、ひとたび新型インフルエンザが発生すれば、いの一番に受け入れを開始することになる。そのことはすべての職員にとって自明のことであったため、まもなく否応なしに搬送されてくるであろう新型インフルエンザの患者の受け入れへ向けて、職員全員の緊張感は極限にまで高まっていた。

沢田は医師や看護師、薬剤師、事務方にまで行動計画の再確認を指示し、自らも病院内の現場を回って檄を飛ばした。想定し、準備を進めているのと、いざ患者が運ばれてくるのとでは緊迫感には雲泥の差がある。

感染症の隔離病棟はいっせいに動き出した。専門の看護師が、小走りにキビキビと準備をする。医師、看護師も防御服を装着して、待機する。

やがて連絡の通り、陰圧機能で特殊防御をほどこした搬送機で、新型インフルエンザの第一号患者が運ばれてきた。

新型ウイルス用に設営された入り口から、特別の搬送経路を通り、陰圧病床まで速やかに患者を搬送する。これで一例目の患者を受け入れたのだ。

主治医は感染症内科部長、大野が受け持った。しかし、それだけでは終わらなかった。さらに2時間後、二例目の患者が運び込まれた。専門スタッフを総動員して治療に当たっているが、このペースで患者が次々と運び込まれて来ては、数少ない陰圧病床がすぐに満床になるのは目に見えていた。

「やはり想定していた通りか……」

新型インフルエンザがひとたび発生したら、患者は間歇的にゆっくりとやって来るのではなく、連鎖的に次々と運び込まれて来るに違いない。沢田たちが想定していた通りの状況になりつつあった。

沢田が主催した例の同窓会後の集まり以来、メンバーたちは、時には沢田の病院の会議室で、時には奥沢の研究所、さらに時田のクリニック兼実家で……と忙しい仕事の合間をぬって、皆が必ず出席し、情報交換や対策についての相談を続け、忌憚のない意見を述べあってきた。その「新型インフルエンザ対策の勉強会」では、このような「次々に運び込まれて来る患者発生」の事態を予測し、何度もさまざまなディスカッションを行ってきたのだった。

患者が増えても対処ができるように、沢田はすぐさま、病院前の駐車場に、大きな臨時外来の仮設テントを用意するよう、施設課の職員に指示した。

数日内には、もっとたくさんの新型インフルエンザの患者が押し寄せてくるだろう。病院の施設内にウイルスを持ち込まないためにも、まず、一般病棟とは分離した施設で、それらの患者を診る必要がある。沢田は、すべて準備してきた行動計画にのっとって、次また次と、着々と手を打ち始めていた。

11月10日　大阪府

感染経路の同定ができない、H5陽性患者が大阪市中で6名報告された。このことはすぐに国、厚生労働省にも緊急に連絡された。さらに、大阪府は、保健所での新型インフルエンザ対応業務を強化、近隣自治体にも報告する。

この情報は、大阪の隣のO県衛生研究所長奥沢のもとにも入った。そして、奥沢の研究所にも新型ウイルス感染が疑われる患者の咽頭拭い液のサンプルが、次々と送られてきた。奥沢の研究所では、ウイルス部の研究員に加え、普段は寄生虫や細菌などを担当する職員にも総動員をかけて、交代の24時間体制でPCR検査にあたることとした。感染事故防止はもちろん、PCRはわずかな気の緩みからコンタミ（ウイルス汚染）を起こす危険性もある。緊張を強いられ、さらに長時間の労働に堪えている部下に奥沢は頭の下がる思いだった。

その奥沢にH5陽性の結果が次々と報告された。そして、それは翌日、またその翌日と、うなぎ上りに増えて行ったのだ。

「また……、またか……」奥沢は、絶望的な思いに打ちのめされていた。奥沢がイメージしていたよりも、さらに速いスピードでＨ５陽性の患者が増えている。これはもうパンデミックが近づいているということだ……」

覚悟していたことであるはずなのに、奥沢の足がガクガクと震え出した。

だが情け容赦なく、県内の関係各所から感染者の報告が次々と奥沢のもとにあがってくる。もう沢田の市立病院をはじめ、大阪府の指定病院の陰圧病床は既に満床となったという。新型インフルエンザの大流行が近づいている。奥沢の目にははっきりと大流行の兆候が見え始めていた。

奥沢は、研究所の全館放送のスイッチを押した。そして、はっきりとした声で職員に語り始めた。

「所長の奥沢です。皆さん、ご苦労さまです。今、このＨ５Ｎ１型新型インフルエンザの流行を乗り切らなければ、この研究所の存在意義はありません。どうぞ、行動計画にのっとり、どうか気を引き締め、よろしくお願いいたします。これから、新型インフルエンザに関し、私のところに入っている情報をお伝えします」

所長室から、スピーカーの向こうにいる見えない部下の一人ひとりに向かい、奥沢は懸命に状況報告を始めたのだ。それは状況を知らせることで、奥沢と同じように絶望の淵に立って闘う部下の不安やストレスを少しでも軽減させようとする、所長としての部下への配慮から出た行動であった。

11月9日　東京・木田の症例検討

ゲマインから成田に帰国した商社マンの木田は、発症直後から重症肺炎を併発し、４日後の9日、急性多臓器不全を発して死亡。剖検所見ではＨ５Ｎ１型ウイルスの全身性感染が強く疑われ、脳、腎臓、肺、脾臓、腸などでもウイルスが増殖。ＡＲＤＳ肺炎が急速に進行していた。この症例に、担当した感染症専門医らは戦慄（せんりつ）していた。

「木田純一、28歳、男性。同患者からは、Ｈ５のウイルスが分離されている。Ｈ５Ｎ１、新型ウイルスで、重要な点は患者が全身感染を起こしていることだ。さらに急速に重症化した肺炎。インフルエンザが全身感染、多臓器不全を併発しているのは、我々にとって初めてのケースだ」

木田の主治医である感染症内科の部長は、彼の30年近いインフルエンザの臨床経験からは想定できなかったインフルエンザの新しい全身感染に驚いていた。

普段私語もなく、静かに進行するカンファレンスルームでの症例検討会だが、今日の専門スタッフたちは、その病態の異常さと重篤さに思わず声をあげずにはいられず、室内にはどよめきが起こっていた。

「こんなに早く、肺炎が進行してしまうとは」

「全身感染が起こるなんて、インフルエンザの範疇を超えています」

「H5N1型は恐ろしい疾患だ……」

飛び交わされる驚愕の言葉を受けて、弟子の医長が口をはさむ。

「部長、やはりWHOの報告やH5N1型ウイルスの症例報告は本当でした。感染研の大田部長の報告に間違いはなかったということですね」

「ああ、まさに講演の通りだ。我々も頭では理解はしていたが……。大事なのは、これからこの疾患をどう治療するかだ。治療の方針、方向をこの患者の症例をもとに至急考えねばなるまい。さらに、出来る限り早くこの疾患の症例を全国の医師に報告することだ。インフルエンザの疾患常識をはるかに超えた全身疾患であることを知らせ、治療方針を確立しなければならない」

そうだ、恐怖におののいてはいられない。前線で闘う医師らは、この新しい重症な急性感染症の治療方法をすぐにでも考えねばならないのだ。緊迫した空気の中で、激しい討論が繰り返されていった。

木田の発病以降、二次感染の可能性もあって自宅待機とされ、病院へ木田を見舞うこともできずに保健所職員から事情聴取を受けた木田の母親は、「出張から帰った日はもちろん、翌日出かけて行く時も、元気でいつもと変わらなかったのに」と泣きながら繰り返すばかりだった。父親は、がっくり肩を落として書斎に引きこもった。

そして、特別に仕切られた霊安室で、婚約者の女性は、厳重なウイルス防御の装備を着け、出張前以来初めて木田と対面することができた。しかし、木田に触れることもそばに寄ることも出来ず、遠巻きに見つめることしか出来ない。木田が倒れた日、婚約者は約束したいつものカフェで何も知らずに長い間木田を待ち続けていた。あまりに早い発症と死亡。そのうえ新しいウイルスに感染した恋人には触れることも出来ないのだ。彼女は、現状を整理できず、受け止められもせずに、ただ呆然と立ちすくんでいた。

11月12日　福岡・柳の長男聡死亡

11月4日に発症し、第一号患者となった柳正一の妻・瑛子と、息子の聡も、密な接触をもった関係者としてタミフルを予防投与され、自宅で要観察下に置かれていたが、両者ともに6日になって発熱。聡は高熱に加え、鼻血や咳、下痢もひどくなり、救急でそれぞれ入院という事態に陥っていた。

父親の発症後、すぐに聡は保健所の疫学チームに全面的に協力し、父親の経営する店舗の従業員たちに理解を求めたり、店舗の閉鎖を決定し、そのための手続きを行ってきたりした。自宅待機の身では人と接触をするわけにはいかない。会って話をすれば早いこともすべて自宅からの電話やメールで行うので、よけいに時間がかかり手間取ってしまう。さらに、ゲマイン共和国に駐在している従業員へも電話で説明をし、何社もの旅行会社と交渉し、父親が残してきた2人の従業員とその家族の帰国の手配を自ら行うなど、休む間もなく精力的に活動をしていた。

11月12日、柳の24歳の長男・聡が激烈な全身感染症状を呈し、重症肺炎で死亡。東京の木田と同様、柳聡の死亡も発症からわずか数日後のことだった。

聡は、急速に進行する肺炎で、既に人工呼吸器管理となり、ステロイド使用のパルス療法を開始されていた。しかし、今までもステロイド療法がH5N1型ウイルスの肺炎では効果がないとの報告論文は多く出されており、2007年のWHO勧告では、ステロイド療法はかえって病態を悪化させるとして注意を促していた。その論文の指摘通り、聡の容態は急性化が進んでしまったのだった。

多くの専門家たちが指摘してきた通り、老人と子供の層で死亡率が高くなる通常のインフルエンザとは異なり、H5N1型新型インフルエンザは若い世代では激烈に進行し、患者を死に至らし始めた。

新型インフルエンザに変化する前の、H5N1型鳥インフルエンザによる患者の例でも、10代〜20代の若い世代の死亡率、重症化率は有意に高かった。H5N1型ウイルスが鳥インフルエンザであった当時から、国内の著名な科学者らは、サイトカインストームによる若い世代の重症化の危険性を強く訴え、その世代への備蓄ワクチンの優先接種さえも呼びかけていた。事実、米国でのパンデミック・ワクチンの優先順位には若い世代の保護が議論の的となっていた。しかし、日本では十分なワクチン対策もなされないまま、新型インフルエンザH5N1型が国内発生したため、その対策もなされているわけもなかった。

柳聡、木田だけでなく、新型インフルエンザの若い世代での重症化は、科学者の警告通り、次々と進行していた。そして、この間にも患者はどんどん増え続けていた。

なぜなら、新型ウイルスはほとんど免疫を持たない人々の間で、感染から感染を繰り返し、拡大していったからだ。

木田も搬送4日後に死亡した。しかし木田の例だけを見てみたとしても、木田たったひとりを感染源として発生したウイルスは絶え間なく拡がっていったと考えられる。

これはあくまで推定値ではあるが、木田ひとりから感染した首都圏での患者数は5日後の

11月10日で150人、7日後の11月12日で3000人、そして9日後の11月14日には3万3000人、10日目の11月15日では12万人へと拡大していったと考えられる。これは木田ひとりから拡がっただけだと計算した場合の概算数字である。木田以外の人々の場合も試算していったら何倍になるのか。

しかし、この時点でこんな事態になっていくことを、この混乱の中で冷静に計算できる余裕のある人間など、ひとりもいはしなかった。

11月12日夜　フェイズ5Bの通知

6日、厚生労働省は、WHOの宣言を受けて、警戒レベルをフェイズ5に引き上げていた。しかし、福岡での第一例発生以来、各地で次々と患者発生の報告がなされている。そこで、12日、首都圏内全域へウイルスが拡大していく現状を鑑み、新型インフルエンザの流行は避けられないものとして、フェイズ5Bを宣言した。日本国内で新型インフルエンザの流行拡大が起きていることを宣言。国民に不要不急の外出をしないよう、強く求めたのだ。

人口が密集し、人々の移動が広範囲にわたり、また激しい首都圏での新型インフルエンザ拡大の速さは想像を絶していた。フェイズ6（大流行期）へと移行するのは時間の問題であるとさえ思われた。

11月10日　大阪・発熱センター設置準備

大阪府知事は、大阪府民に対して新型インフルエンザ発生を知らせ、市中流行の恐れから「不要不急の外出を避けてほしい」とテレビ、ラジオ、新聞、防災無線などのメディアを駆使してお願いを繰り返していた。

だが大阪府での新型ウイルス感染患者の拡大は、東京都心をしのぐ勢いで一気に拡がっていた。既に14日には、大阪市内で新たに感染をした患者は100人を超えていると思われた。そのすべての患者でH5を確定できているわけではない。しかし、発熱し、咳を訴え、医療機関を受診する者が、一般病院やクリニックでも増え始めていた。そして、その数は、日に日に増していく。ただの風邪ではない、重症の肺炎、下痢、さらに全身症状を訴える重症患者も増多の一途をたどっていた。

これに先がけて、10日、行動計画での予定通り大阪でも〝発熱センター〟を設置する準備が始まっていた。だが実は、大阪の中心部は、東京都心部より空き地が少ない。大阪は東京よりも緑が少ない街だという一般的な印象の通り、大阪の街には公園も少なく、ごみごみとしたビルの密集地が多い。人口密度も高く、人の流動も激しい。

大阪の中心地で発熱センターが設置できる適切な場所は少なく、実は設営が可能なのは、大阪城公園と鶴見緑地、阿倍野公園などの他は、学校のグラウンドぐらいであった。利用できるところを可能な限り指定して、これらの発熱センターで患者をまず診察し、トリアージをするために、とにかく一刻も早い対応が必要だ。行動計画にのっとり、発熱外来の設置が始まった。

13日、保健所長の伊藤も、現場で発熱センターのテントの設営に加わっていた。

ここ府立大門高校は伊藤の母校である。このグラウンドは、かつて伊藤が走り回った思い出の場所でもある。これから、この場所で伊藤はウイルス防御服を着て、新型インフルエンザの患者のトリアージを自ら行うようになるのだ。

「この小さなグラウンドに設置された発熱センターで、患者をいつまで診きれるのだろう。患者が溢れ出し、収容できなくなったら……」

陰圧テントが設置され、あとは、センターでの診療の開始を待つだけとなった校庭にたたずみながら、伊藤は、そんな不安と緊張感で押しつぶされそうになっていた。

だが、ここでくじけるわけにはいかない。まだ闘いはこれから始まるのだ。気弱になりそうな伊藤に、懐かしい母校のグラウンドと大木となった卒業記念樹が勇気を与えてくれた。

11月13〜16日　大阪・発熱センターの惨状

大門高校のグラウンドに保健所職員らの手で、陰圧テントの設置作業が行われた。骨格となるパイプを組み、テントを張るとそれは大きく膨らむ。内部は12畳程度の広さだろうか。これが仮設の診療室になる。ここにベッド、診察の椅子と机、医療機材を2組ずつ設置。2人の医師と2人の看護師が内部で診察に当たる。陰圧にセットされているので、内部の空気は外には出ない。排気は、HEPAフィルターというウイルス除去膜を通過して、クリーンな状況で出される。これ一式で、約350万円、高価な備品だ。本当は何棟も欲しいところだが、予算の中では限られる。テントの入り口には、テーブルを設え、そこで訪れた患者の事務手続きが行われる。患者の名前、住所、健康調査票の受け渡しも行われる。内部で診療する医師や看護師などの医療スタッフは、マスク、ゴーグル、フェイスシールド、ガウン、ズボン、長靴に二重の手袋の装備となる。事務職員も、ウイルス防御服を着用して臨む。

医師は保健所の医師だけでなく、医師会からの協力で、地元の開業医の先生が決められた当番表に従って診察の応援に来てくれる手はずになっている。数ヶ月前、伊藤はこの当番表を市の医師会長から受け取った時のことを鮮明に思い出していた。当番表のトップのペアは、医師会長と副会長組。そして、医師会の重鎮らから名を連ねて、若手会員は、後のほうに割り当てられていた。それを見た伊藤が大きく目を見張ると医師会長は、「一番、危険で怖い仕事ですよ、このセンターのトリアージは。最初はまだ疾患の症例定義や治療方法も、手探りでしょ。だから、ここは、僕ら年寄りが手本を見せなきゃ、全員の協力をまとめ上げられませんからね」と笑顔で答えてくれたのだった。しかし、その眼差しは、鋭さと凄(すご)みをおびて、悲壮な決意を表していたのを思い出す。今、その会長が、このセンターにいる。

翌14日に開設した発熱センターでは、保健所から紹介された人々が受診を始めた。伊藤は急ぎ保健所に戻り、職員から管内の発熱センターの受診人数と重症の入院者の人数とその症状、トラブルや運営状況等を確認し指揮を執った。

発熱センターで診察する医師は、慣れない重装備のPPT防御服のため思いのほか疲れ、どんなに頑張っても連続した診察は2時間が限界だという。そのうえ作業効率が悪く、一人の患者に時間がかかっている。二重にしてある手袋はよく破れるし、触診には向かないそうだ。

16日には、患者が時間を経るに従い、さらにどんどん増えて、発熱センターの周りを取り巻き始めた。至急、さばかなければならない。待ち時間が長ければ、患者の体力が低下するし、センターそのものがウイルス一大伝播場所になりかねない。1ヶ所のセンターに医師2人では、どうにもならないセンターが多発している。医師を増員せねばなるまい。

伊藤が現場に急行すると、高校のグラウンドには、診察を待つ人が座り込み、寝転び、または互いにもたれ合って待っている。高熱にふらふらして歩行も十分ではない人もいる。さらに、患者の多くが下痢をしているという報告が保健師から入った。設置した公衆トイレにはまた人が並び始めている。伊藤を見つけると、乳児検診で顔見知りだった母親が、すがるように寄って来て、その赤ん坊のおむつを見せた。「先生、うちの子、診てやってください。どうか、下痢、血が混じってるんです。こんなに熱もあって。ミルクも飲みません」

「ああっ、血便だ」

伊藤は、同窓会の勉強会で読んだ感染研の大田信之ウイルス部長による本の記述を思い出した。H5N1型ウイルスのベトナムでの患者は70％が下痢をし、血便もある、腸管でウイルスが増殖しているとあった。

「ああ、やはりこのウイルスは呼吸器以外でも増えている」

衝撃を受けた伊藤であったが、この赤ん坊をすぐにも受診させたい。しかし、その赤ん坊の順番の前には、まだ50人はゆうにいるのだ。この赤ん坊の順番がやって来るのに何時間かかることだろう。

それだけではない、周囲には吐いている人もたくさんいる。その汚物にも血液が混じって、どす黒い。吐血も、大田の説明にあった症状だ。伊藤はすぐさま保健師に、吐瀉物（としゃぶつ）、下痢の排泄物はウイルスの感染源になるので、準備した消毒液での処理をするように指示をした。

待っている患者の中には、汚物で自身の服を汚し、列の順番の移動のために手をついて、四つん這いでノロノロと進む者もいる。脇の家族にもたれかかった中学生が、痙攣症状を呈し始めていた。

「ああ、神経症状が出始めている」

どこもかしこも、重症患者ばかりではないか。早く、早くに患者を診なければ。

「先生、伊藤です。大変なことになっていますね。私も診ます」と装備して飛び込んだテントの中では、医師会長が言う。

「ありがたい。ちょっと数分だけ休憩をもらいます。ゴーグルに曇り止めをスプレーしたい。今朝から既に何十人も診ているが、全身状態が悪い重症者が多い。特に嘔吐と下痢。点滴をこの学校の体育館でできないでしょうか。トリアージだけというわけにはいかない患者が多いのですよ。さらに重症者の受け入れ病院も、キャパシティーを超えるのは目に見えています」

「陰圧テントと言っても、その外の患者のほとんどが新型ウイルス感染者です。外にはウイルスがたくさんいるわけです。この狭いテントでなく、体育館などの施設を考えていただきたい」

と副会長がそばから言葉を継いだ。

「それに、当番を繰り上げて医師と看護師に応援を頼み、人員を増やしましょう。私が医師会にすぐに連絡をとりますから」

確かに、もう発熱センターの拡充が必要だ。陰圧テントの余分はない。この現場では、テントなしの体育館での診療をしなければ、患者はさばけない。伊藤の頭の中でさまざまなアイディアが瞬時にめぐった。伊藤は、既に休校になっているこの学校の体育館や教室の借り入れのお願いの手配を職員に指示した。行動計画では陰圧テントでのトリアージとなっている。しかし、現場に見合えば、陰圧テント内だけの診療など、もう既にナンセンスだ。まず、医師を増やし、発熱センターの機能を拡充して、より多くの患者を診ることが命を救う道だ。行動計画そのものが甘いのだ。

伊藤はそう腹を決めると、自らもすぐさま患者の診察に当たり始めた。

多くの患者を必死になって診ているうちに、夕闇が迫り始めた。グラウンドには野外照明が照らし出されてきた。まだ、待っている人がいる。遅くなったから、帰ってほしいとは言えない。もう、何時間も待っている人たちだ。伊藤は、会長、副会長とともに、診療を続けていた。

11月16日　WHO本部地下感染症アウトブレークコントロールセンター

周囲には世界各地を示す地図が大きなスクリーンに映し出され、世界各地からのさまざまな情報をリアルタイムに伝えるテレビモニターが刻々と変化を伝えている。ＮＡＳＡのスペースシャトル司令室を小型にしたイメージである。

先ほどから担当職員が30名ほど集まり、新型インフルエンザ・タクスフォースの専門家会議のテレビ会議が始まった。予定外ではあったが、誰も欠席することなど考えてはいない。緊急連絡網で連絡のとれた14名が、海外から参加している。日本からは、国立感染症研究所、ＷＨＯインフルエンザ協力センター長の大田が参加。

ＷＨＯの担当者から、Ｈ５Ｎ１の流行に関する経過が説明され、幾つかの補足説明がほかの部署の職員によって行われた。続いて、参加者からの質問と返答が繰り返された。

ゲマイン共和国での新型インフルエンザの第一例確認から既に３週間。現在フェイズ５。その後、ゲマイン共和国での感染拡大はどんどん拡がり、アジア諸国のみならず、ヨーロッパ、北米、アフリカからも、二次感染、三次感染など患者の発生報告が次々となされている。患者数は既に２０００名を超えている。

１時間後、フェイズ６（世界的大流行期）への移行宣言を、事務局長に勧告することが全員一致で決定した。事務局長マーガレット・チャンが、世界に向けてＨ５Ｎ１新型インフルエンザの大流行を宣言したのは、さらにその1時間後であった。

11月16日　大阪近郊

大阪での11月6日の第一例発生から10日を経た16日には、大阪市内で感染の急速な拡大があり、大阪はまぎれもない新型インフルエンザの大流行期に突入し始め、パンデミック前日の様相を呈し始めていた。

人口が多く密集した都市圏の大阪市内で、新型インフルエンザウイルスが拡がるに伴い、近隣の地域にも感染は拡大して行くばかりだった。

11月16日　内科開業医・吉川

大阪では市中の患者発生が増大し始め、新型インフルエンザは拡大の一途をたどっていた。約2週間前、新型インフルエンザ発生を告げるテレビ報道から次第に増えてきた電話での問い合わせが、今日は一段と増えた。最近昼夜を問わずに鳴り響いている吉川の医院の電話は、今日も早朝から鳴り続けていた。

感染症内科での勤務歴が長く、感染指定病院の副院長である沢田からも意見を求められている吉川は、地元の新型インフルエンザ対策についての啓蒙活動にも力を貸してきた。しかし、いよいよ新型患者発生の事態に至ると、それは、これまで頭の中で何度もシミュレーションを重ね、想定し、考えていた最悪の状況がいかに甘いものであったかを痛感せざるを得なかった。

吉川のクリニックは小児科も併設する内科医院で、近隣の住民に頼りにされる存在だ。冬の風邪やインフルエンザの時期はもちろん、年間を通していつも患者でにぎわっている。とはいえ、医院で働く医師は吉川と、週に1回やって来る大学病院に勤める息子、そして看護師が2名。窓口はアルバイトの女性と妻が担当しているだけの小さな医療機関である。同窓会のメンバーらとの新型インフルエンザの勉強会を通じて、自らの医院でも新型対策は行ってきたつもりだった。

消毒薬に加えてマスクも3000枚を購入、従業員や自身の予防用のタミフルの用意もしている。自らの医院で対応可能な限り、さまざまな医薬品を外来患者のために準備もしていた。しかし、それには限界がある。患者の殺到が始まってからの吉川は、その限界を常に目の前に突きつけられる思いであった。しかし、今は、溢れかえる患者を前にして、ただ診療を続けるしかなかった。

医院には、保健所の発熱センターの開始時間や順番を待てない人たちが、早朝から続々と押し寄せてくる。通常の開院時間より早く診察を始める吉川の元に、次々と患者がやって来るのだ。吉川は、アルバイトの女性を帰し、妻にゴーグルとマスク、手袋とガウンを装着させて危険な受付業務をまかせた。

「もう、新型インフルエンザが収まるまで、自宅で待機してください。その間の給与は払いますから、心配しないでください。ここはもう危険ですから、あとは僕らでなんとかします」

そう言って送り出した吉川に、アルバイトの女性は一礼すると、そそくさと医院を離れた。まず、待合室に患者が溢れた。そして彼らは医院の前でうずくまった。道ばたでゲホゲホと咳をし、くしゃみをする。高熱でだるい体を付き添いの家族に寄りかからせ、隣家の塀にもたれかけ座り込んで待つ。待合室のトイレも下痢便や吐瀉物で汚染されており、妻がしばしば消毒と清掃をしなければならなかった。このような状況が、その患者と付き添いの家族に目に見えない感染を拡大していた。熱が高く、一刻も早く治療を開始したいという患者の列は、入り口前に伸び始めていた。

吉川はまず、クリニックの冷凍庫に用意してあるありったけの保冷剤を出して、待っている患者に配らせた。妻は、「これで頭や脇の下など、大きな血管の近くを冷やしながら待ってください」と言いながら、次々と渡して歩いた。妻は、医療従事者の資格は持っていない。

しかし今、かねてから夫が語って聞かせてくれていた新型インフルエンザが来襲したのだ。夫とクリニックの患者のために、夫の指示通りに協力する意志を固めていた。吉川も防御服に身を固め、自ら作った計画に沿って準備を万端にした。さあ、患者が待っているのだ。吉川は必死になって、診療を始めた。

しかし、どの患者も重症だ。高熱の上に咳がひどい。呼吸困難を呈して、はあ、はあ、と肩を上下させてやっと息をしているような者もいる。激しい下痢をしている患者も多く、家庭看護には限界がある。ただ診察するだけでなく、治療を施してやりたい。そのためには、どこかの入院施設に送り込みたい。

看護師に病院への電話を取り次がせる。しかし、何度電話しても繋がらないという。

「馬鹿な！　この患者は入院させなければ、うちでは施設がないんだ」

吉川はまた苛立つ。重症の患者をひとまず奥のベッドに寝かせ、点滴をしながら、転院先を探す電話をかけ続けさせる。ベッドが満杯になってしまったので、床に自宅から布団を妻に運ばせて、そこに患者を寝かせる。

次々に患者を診て、軽症の患者には処方箋を書いて、なるべく早く家に帰す。押し寄せる患者を前に、吉川はとにかく処方箋を書き続けるしかない。もう朝から軽く50枚は超えているだろうか。

家庭看護を指示する軽症の患者には、タミフル一人10錠を処方しているが、この近隣の薬局のタミフルの備蓄量はどれくらいだったろうかと、その心配が彼の頭をかすめる。言いようのない不安が襲ってくる。しかし、発熱外来や発熱センターでの診察を待ちきれない患者は、この事態になって最寄りの開業医に殺到したのだった。

その頃、実際にタミフルに関する吉川の不安は形となって現れていた。処方箋を手に近隣の薬局へ薬をもらいに行く人が殺到したため、薬局では薬の在庫が枯渇したのだ。しかも、困った薬剤師たちが薬剤センターやメーカーに電話をしても電話は繋がらず、やっと繋がった電話に出た相手にも、ただもう薬の物流が止まってしまったことを告げるしか手がないのだった。

為す術のない薬剤師たちは、それでもどこかに薬はないかと端から電話をかけ続けるが、もう、どこに問い合わせても薬の補給は物流が止まり不可能となっていた。どこの薬局も医院からやっと処方箋をもらってかけつけた患者たちに、「薬がない」と断らざるを得ない状況となってしまっているのだ。

最初は、薬がないからこそとマスクや消毒薬などの関連グッズを紹介し、販売していたもののの、それらもあっという間に売り切れてしまう。中には、薬がないことに怒り罵倒する人も現れ、その対応に苦慮した薬局の中には、「本薬局のタミフルの在庫はなくなりました」

と張り紙をしてシャッターを閉め、営業を終わるところもあった。

11月16日夜　吉川クリニック

溢れかえる待合室に、引きも切らずに訪れる患者を診察しても診察しても、待合室の患者はいっこうに減らなかった。さすがに疲労困憊した院長を見かねて、看護師の一人が患者たちを自宅に帰すことを進言し、待合室で待つ患者たちに頭を下げて帰宅をうながし、外来の仕事を終えたのは、夜の11時のことだった。

吉川は、気になっていたクリニック奥の部屋の薬剤の残数を確認した。今日だけでも、相当の医薬品を使っている。薬の補給を発注はしたが、明日以降、本当に入荷するのだろうか。外来治療用の点滴の輸液、抗生物質、アセトアミノフェンの解熱剤、下痢止めなどの錠剤、消毒液などの在庫は、吉川がこの時のために多く用意していたのが効を奏し、まだ残っている。しかし、既にタミフルは吉川の手元にはほとんどなくなっていた。同じく抗インフルエンザ薬の吸入式のリレンザは、まだ大丈夫だ。しかし、あと何日間この薬剤で持ち堪えられるだろうか。言いようのない不安が襲ってくる。今日一日で、自分はクタクタになって、備蓄薬もかなり使ってしまっている。あとどれくらい患者の発生が続くのだろうか。

吉川は不安に引きずられるように、電話の受話器を取り上げた。電話の相手は大阪N市で吉川と同様に地域の医師としてクリニックを開業する、大学時代の友人の時田である。時田も早い時期から新型インフルエンザ対策に力を注いでいたことを知っていた。

「時田、おまえのところのクリニックはどうなってる。俺のところはもう1日で限界だ」

吉川の悲痛な叫びが響く。時田のクリニックは、市ぐるみで新型インフルエンザに取り組んだ地域にあるだけ、吉川の周辺より混乱は少ないようだ。

というのも、時田の開業する地元のN市医師会は、時田の先導により、先駆的に新型インフルエンザ対策に取り組み、市長の全面的な支援のもと、たてられた対策が曲がりなりにも機能していたからだ。

＊

N市は、大阪空港に近接した人口10万の市である。小児科医であり、市内でクリニックを開業している時田は、このN市医師会の感染症部会の責任者である。彼は、大阪府の保険医協会の「危機管理としての新型インフルエンザ対策」の講演で、H５N１型ウイルスに特化した勉強会に参加。そこで学んだ知識を地域医療を守る仲間たちに伝えるため、何回も市医師会の勉強会を開催した。

そして回を重ねるたびに、高まる医師会での新型インフルエンザへの意識を後ろ盾に、医師会メンバーに声をかけ、新型インフルエンザの本や海外論文なども読んで、独自に対策を市医師会で進めてきたのだ。

これらの活動を見て市長も、新型インフルエンザの危機に敏感になった。市民の命を守ることが行政の神髄であると考えた市長は、市医師会をバックアップし連携を組んで、市独自で新型インフルエンザ対策を推進することに決めた。その結果、市民への啓発活動も行うようになったのだった。

啓発講座の開会の挨拶で市長が述べた「市は新型インフルエンザと全力で闘います。医師会とも連携し、市民を全力で私どもは守ります。新型インフルエンザ発生の時には、即座に皆さんへ、外出の差し控えをお願いいたします。それをどうか守っていただきたい。なぜ、お願いするのか、それを今日の勉強会で、私どもと共に市民の方々も学んでほしいのです」という趣旨は、この新型インフルエンザ発生の事態で、市民の行動の中で花開いていたのだ。

N市では、他の市区町村に比べ、市長の公告に従って外出を控える人が多く、また、感染が疑わしいからとみだりに医療機関に押しかけるといった行動も少なかった。結果、N市では感染の拡大が低く抑えられていたのだ。

さらに、タミフルについてもN市では万全の態勢を組んでいた。

N市医師会の約100名の会員の医師が、新型インフルエンザのために個人で100人分から200人分のタミフルを購入、またマスクなどの防御用品も2000枚程度を各クリニックで用意する計画を遂行していたのだ。そしてそれらは、新型インフルエンザ発生の緊急時には、市長の採決で市が買い上げ、流行が拡大した時には医師会で全医療窓口を開けて、市民の治療を全力で行おうと計画されていたのだ。

これは、時田らがN市医師会として、新型インフルエンザ流行時に出来る対策としてひねり出した苦肉の策である。しかし、この対策も、さまざまな困難を克服しながら進められたのだった。時田の計画が進められている最中に、薬卸の会社が大阪府に、N市医師会の医師らにタミフルを売ることについての意見の〝お伺い〟を立ててしまったのだ。N市の取り組みを府に相談した薬卸会社には、担当者から「タミフルは2006年秋に厚生労働省から、特定の医療機関に貯め込むのを防ぐという通達があった。国で一元的にタミフルを管理したいという意向であろう。現段階でのN市の治療用としてのタミフルの大量の購入は、よくない」との指導があったという。結果的に時田ら医師会は、タミフルの購入が困難な結果となってしまった。薬卸会社は協力できないというのだ。

時田は、「市の医師会が皆で分担して、新型インフルエンザの治療を確保しようとしている矢先に！　それならどうするんだ」と言い放った。市の医師会の緊急の対策会議がもたれた時に、「我々の市だけでなく、多くの地域で新型インフルエンザに対する意識が医師会を基軸に高まったなら、それ自体でも多くの命を救い、医療現場を保持できると思う。行政が、タミフルの購入をダメと言うのなら、流行が始まった時に、速やかに円滑に備蓄タミフルが地域の医療窓口まで配布されなければならないはずだ」と語気を強めた。

行政にいちいち伺いを立てた薬卸会社にも憤りはある。国の通達を盾に、指導をした府の役人にも困ったものだ。日本では、役所、役人、国の権限は強い。ならば、本当に国は、新型インフルエンザ流行の緊急時に、地域医療を守ってくれるのだろうか。

俺たちは本気で、N市の医療に責任を持とうとしたのだ。そのために医師会が結束した。それに市長が理解を示し、市民の命は自分の責任だと言い切ったのだ。

医師会の仲間と時田はさらに次の対策を練り始めた。まず、H5N1型ウイルスの臨床像を大田の講演資料や論文から想定し、最悪の病原性を念頭におきながら対症療法に使うタミフル以外の薬や医薬品の準備から手がけることにした。それを拡充しながら、各クリニックで少量ずつでもタミフルを治療用に用意しよう。出来ることから始めるのだ。意志を持って動けば、必ず道は開かれる。そして、この運動を近隣の市町村に広げていこう。N市だけでなく、広げるのだ。より強い結束をもって、医師会と市長の取り組みが、動き出した。そして、時田らの取り組みは、いつしか隣接のM市の医師会までも巻き込み、新型インフルエンザ対策の地域への啓発活動に発展していったのだった。

そしてその着々と積み上げられてきた計画は、今のこの混乱のただ中にもかかわらず、N市では、その計画通りに進み始めようとしていたのだった。

＊

電話口で時田は、吉川の全力を尽くしてもどうしようもできないという悲痛な声を聞きながら、吉川のためになにもしてやりようもない状況が歯がゆかった。だが友を気の毒とは思いながらも、時田は「市民の命は、市医師会で守るしかない」という医師会の仲間たちと語り合った言葉と、市長の仰木がたびたび語っていた「市民の命の責任は、市長の自分にある。出来る限りのことはやる」という言葉を胸の中で反芻し、自分たちの取り組みが間違っていなかったことを再確認せざるを得なかった。

＊

電話を切った吉川の部屋に、いきなり看護師が飛び込んで来た。

「先生、患者さんが大変です。呼吸が苦しいと言って、容態が……。診てください」

家に帰すのはしのびなく、医院の奥の部屋で預かっていた受け入れ先の見つからなかった重症の患者だ。吉川は、診療室の奥に飛び込んで行く。

ゼイゼイと荒く呼吸を繰り返す幼稚園児の男の子は、息をするのが非常に苦しそうだ。熱も40度を軽く超えているのだろう。顔も赤く、目もうつろに開かれているだけだ。母親が泣きながら、その子を抱きしめて「先生、先生、お願いです。この子を助けて」とつぶやいている。聴診器をあてながら、吉川は看護師に「どこか病院へ」と叫んでいた。

「先生、でもどこも受け入れてくれないんです」

看護師も悲痛な顔で答える。

そうだ、沢田の市立病院へ、やつの病院に受け入れてもらおう。吉川は携帯電話をつかむと、沢田のもとに何度もリダイヤルを試みた。

「沢田、うちの患者を頼みたい。とにかく頼む」

と何回目かでやっと通じた携帯電話に、吉川は連呼していた。

しかし、沢田の病院で受け入れてもらえたものの、今度は搬送の救急車がなかなか手配できない。ならば自分がこの子を連れて、自分の車で沢田の市立病院まで搬送しようと吉川はコートをつかんで廊下を走りだしていた。だが、その背中に看護師が悲痛な声で訴えた。

「先生、行かないでください。ここにはまだ患者さんがいらっしゃいます。私では無理です。だから……」

奥にはまだ、何人かの重症の患者が残っているのだった。

第8章　混迷

11月17日　大阪・保健所

伊藤は、今日も朝一番で保健所に出向き、報告を受けたが、新型インフルエンザの医療機関受診の問い合わせで電話が途切れることがないと言う。24時間体制で電話を受け続ける職員も、疲労の表情を浮かべている。今日からは、発熱センターの人員が3倍に増員されるはずだ。伊藤は発熱センターに運び込む、ＰＰＴの備品の増員分のチェックに余念がない。そこへ保健師の林紀子が血相を変えて飛び込んで来た。

「伊藤所長！　近隣の薬局には既にタミフルや抗生物質の在庫がなくなっています。薬卸に問い合わせても、在庫確保が出来ません。うちの管内の発熱センターの近くの薬局では同じ状況のようです。患者さんが、薬がないと言ってきています。どうにか手を……」

「薬がない」と聞いて、伊藤は目の前が真っ暗になった。今から6人体制のセンターを確保しても、肝心の薬がなかったら、治療は立ち行かないではないか。ここでトリアージをして自宅療養してもらうのに、薬を渡さずに帰せるか。

「発熱センターには、昨日、薬局で薬をもらえなかったと、患者さんが戻って来て、待っているそうです。今、センターの職員から電話が入りました」

林自身が狼狽し、取り乱している。伊藤は林の肩を抱き、「待って、今、連絡をとるから」と携帯電話を取り上げた。

大阪府の保健担当者に電話をかけた。府と国には、タミフルの国家備蓄があるはずだ。うちの管内分を速やかに本日、受け取りたい。ここには薬を必要としている患者が待っているのだ。国や府の備蓄タミフルは、まだ1錠たりとも、この現場には届いていない。あのタミフルは治療用に備蓄されたと聞いている。今、この患者の治療に必要なのだ。しかもタミフルは、ウイルスを殺す特効薬ではなく、ウイルスを体内で増えにくくする薬なのだ。だから、基本的に熱が出るなど発症した時から48時間以内に服用することとなっている。早く、早く薬を与えたい。

一時期、日本国内でタミフル服用による異常行動が取り上げられ、若年層で使用が出来なくなった時期があった。母親らには、未だにタミフルへの不信感もあろう。しかし、それは致死率も低く、ほとんどの場合は軽症で済む、ある程度の免疫のある季節のインフルエンザでの話だ。今、ここにいる患者は、新型インフルエンザの患者だ。免疫がない分、重症化しやすい。さらにH5N1型インフルエンザは全身感染の強毒型だ。まさに重症の患者がここに溢れて、さらに押し寄せている現場に薬が欲しい。十分な医療が受けられる平時ではない。新型インフルエンザは、まさに死ぬか生きるかの次元の話だ。是が非にもタミフルが欲しい。伊藤は、府に電話をし、繋がらないので国の感染症課の担当者にもかけてみた。全く、繋がらない。

次にかけた国の感染症情報提供センターでやっと電話が繋がった。大阪にも何度か講演に来て面識のあった職員からは、「タミフル提供は行政判断なので、ここではわからない。状況に応じて対処されるんじゃないだろうか」という淡々とした答えしか得られず、あっさり切られた。

伊藤は国の感染症課に何度もかけ続ける。やっと繋がった電話で、嘆願した。

「大阪市の保健所長の伊藤です。どうか国と府の備蓄タミフルの放出を発熱センターにお願いいたします。さらに地域の薬局にも薬の在庫が不足しています。地域の現場に一刻も早く出してください」

「これから会議で話し合われてから、お答えすることになりますので……」

相手の担当者からは、事務的な淡々とした答えが返ってきた。必死の思いで伊藤は、さらに叫ぶように続けた。

「ならば、その会議で、現場の発熱センターには、患者が押し寄せて来ています、重症例が多いとお伝えください。それから、全身感染だと。ですから、なるべく早期にタミフルを飲ませて、その重症化を防ぎたいと、そう保健所長として強く要望します。どうか、それを会議に報告してください」

「会議の結果はいつわかりますか。もう、既に待っている患者がいるんですから」

電話の向こうの担当者は、明らかに電話を切りたげな返事を返す。

「今の段階ではわかりませんね。委員を招集している段階ですし、開催がいつになるかも、はっきりしませんので、答えられません。対策は状況を見て、その都度適切に判断し、検討対応していきます」

伊藤は、それでもくい下がる。

「お願いします。現場の発熱センターにはもう今朝から人が溢れてきています。家に帰って安静にしてもらうにも、タミフルを渡したいのです。一刻も早く、どうか」

「ですからね、状況を会議で随時判断するんですよ、わからない人だな」

「現場には小児もいます。小児は急変しやすいんです。母親も同時に罹患しています。そうした家族は薬がないと、戻ってまた翌日にやって来る。そんな状況になっているんです。国民の惨状をわかってください。早く薬の放出を。いつ、いつ届きますか。いつ頃届くというメドがたたなければ、患者さんに私は説明が出来ないんです。何時間も待ってる患者さんに説明が出来ない」

電話に向かって叫ぶ伊藤の脳裏に、国家が備蓄しているタミフルは、非常時の国民の治療のためのものではなかったか？　一刻も早く、今すぐに国も府も県も、地域に届けるべきであろう。住民の声を伝えなければ、保健所長としての職務を果たせるものではない、という思いが渦巻く。伊藤はせつない声で、しかし、毅然とした意志をもって、何度も何度も、国の担当官に向かって嘆願し、決して電話を切ろうとはしなかった。

「お願いします。全国の保健所長がそう願っています。どうぞ、どうぞ、現場に放出してください。お願いします」

11月17日　大阪・吉川クリニック

吉川は、この日も診察を続けていた。診察室で処方箋をひたすら書き続けた吉川にも、現在のタミフルの枯渇の状況は目に見えていた。また、一医院の設備や人員では、新型インフルエンザを発症した患者たちにできる治療法もほとんど尽きていることにも気づいていた。

タミフルはどこにある？　国や府の備蓄タミフルは、いつ回ってくるのだ？　俺が個人でクリニックに用意した薬は、昨日で使い尽くしてしまった……。

吉川の胸に薬を求める切実な思い、さまざまな疑問、そして絶望感が押し寄せてくる。

同時に、新型インフルエンザを発症した患者たちに付き添って来る家族たちが、次なる新型インフルエンザの犠牲者となることも十分に予測がついた。

彼は今できることならば、新型ウイルスに感染した疑いのある症例の受け入れをやめ、一刻も早く新型インフルエンザに効く備蓄ワクチンを入手し、まだ発症していない患者予備軍の人々に予防接種を行いたいと思っていた。

吉川にはむろん、ワクチンの備蓄量が限られていること、またその入手が困難なこと、そしてまた最新の、この新型ウイルス株に合致したパンデミック・ワクチンの製造はまだ先になることもわかっていた。だが、まだ放出されていない備蓄ワクチンがあるはずなのだ。医療従事者は、ワクチンの接種順位のトップに位置するはずだ。しかし、開業医の吉川自身にすら、まだその備蓄ワクチンは回ってきていないのだ。

国の備蓄ワクチンはどこにあるのか、どうなっているのか。

情報が欲しい、居ても立ってもいられない気持ちに苛まれる。このまま手をこまねいていることは、医師として地域医療を支えてきた吉川には耐え難い苦痛だったのだ。

「救える命は救いたい」。医師としてのプライドと尊厳が頭をもたげる。

吉川は、昨日から何度も奥沢にメールを入れ、行政の対応やワクチンの動向と、国家備蓄のタミフルの放出の時期を問いただしていた。だが奥沢からの連絡はいっこうに戻ってこない。ウイルスの同定をしなければいけない専門機関で働く彼が吉川以上の混乱の窮みにあるであろうことを頭では理解しつつも、吉川の焦燥感はつのるばかりだった。

深夜、やっと吉川のもとに、待ちかねていた奥沢から返事のメールが入った。

「まだ、自分のところにも詳しい情報がない、検討準備中とのことだ」とあった。見ると多くのアドレスが〈CC〉となっている。皆が伝手を頼って奥沢に同じことを問い合わせているのだろう。

そして、この奥沢からのメールを見た瞬間、全国の多くの医師仲間が患者の命を背負ったその現場で、落胆したのだった。

＊

感染が拡大する中、果敢に診療を続ける医療機関から次々と押し寄せる要望を受け、各地の保健所長は、国に対し備蓄タミフルの供給要請を悲鳴のようにあげ続ける。しかし、タミフル備蓄の担当官からの必死の対応もむなしく、物流が混乱をきたしている非常時では、それらの供給ルートを担う人員も病欠で確保しきれず、どうにも身動きがとれない状況となっていた。

11月18日早朝　伊藤保健所長の絶望

伊藤由起子は、保健所の部屋から、同級生の時田に電話をかけていた。緊急時の指揮官として国や府へタミフルや薬の嘆願を続けたり、発熱センターでの診療に当たったり、連日緊張を強いられる伊藤は、疲れきっていた。

「時田君、おはよう。私、伊藤です。そっちはどう？　うちの発熱センターは、たくさんの市民の方々がやって来てて、でもね、薬がないの、在庫が。国や府にももちろんお願いしている。でもね、国も混乱しているから。患者が一気に増えて、どこもかしこもキャパシティーを超えている。時田君とこは、医師会と市とで、皆でやってるもんね。私の発熱センターは、もうパンク状態よ。数日内に国も新型インフルエンザを指定感染症からはずすと思う。そうなったら、全医療窓口で対応することに国が決めると思う。もう、私の保健所では対応しきれないの。やれるだけやってきたけれど、こんなに患者さんが一度に出て、考えていた以上に……」

伊藤の声はいつしか涙声になっていた。時田は、昔からおとなしかった伊藤の学生時代の姿を思い出した。おとなしかったけれど、人一倍、まじめで健気（けなげ）だった伊藤。

「頑張ってはきたけど、もう発熱センターでは対応しきれないの。時田君、お願い、頑張って患者さんを診てあげて。私、ごめんなさい。ごめんなさい。そう、吉川君にも頑張って、ごめんってそう伝えて」

「伊藤、少し、眠れ。何か食べて眠るんだ。俺も吉川もやれるから、大丈夫だ。沢田だってやってるよ。奥沢だって闘ってる。菊地の病院だって大変なんだ。やつはそれをしのいでる。そうだ、皆でやってる。伊藤のことも皆心配してる。だから、大丈夫だ。少し、眠るんだ。そうだ、少し眠って、休め、休んでくれ」

時田は、いたわるように何度も何度も伊藤に語りかけていた。

11月20日　国立感染症研究所村山庁舎

大阪の吉川が奥沢にワクチンについてのメールを送りつけていた頃、東京都武蔵村山市にある国立感染症研究所村山庁舎では、ゲマイン株の新型インフルエンザワクチンの種ウイルスが作り上げられていた。

この種ウイルスを製造する元となった新型インフルエンザウイルスは、発生後まもなく、10月末にゲマイン共和国のWHO国内インフルエンザセンターから国立感染症研究所のWHOインフルエンザ協力センターに診断確認検査のために送られてきた患者検体から分離されたウイルスである。国立感染症研究所ですぐに弱毒化のための遺伝子組み換え作業が行われ、ワクチン製造用の種ウイルスの作製に着手されたものだった。部長の大田らが、この10年間、心血を注いで確立してきたシステムである。

国立感染症研究所では同時に、このパンデミック・ウイルスの解析を行い、これまで起ったトリ―ヒト感染などのウイルス株から作られたベトナム株、インドネシア株、中国株などの数種あるH5N1型備蓄ワクチン（プレパンデミック・ワクチン）のうち、どのワクチンの抗原性がゲマインのウイルスに最も近いかを見極め、使用するワクチン候補ウイルスを決める作業に取りかかった。この作業も1週間程度で完了し、各ワクチンメーカーに対して新型インフルエンザ・パンデミック・ワクチンが指示された。

一方、11月8日に作製された種ウイルスの株は、世界各国に送られ、各国でのパンデミック・ワクチン製造用に配布されている。この間に感染研では、フェレットやニワトリに対して弱毒化の確認試験が行われる。しかし、日本でこの種ウイルス株から作られるワクチンが市場に出回るのは、安全確認やその他の過程を経て、早くとも半年後、2007年3月の厚生労働省の新型インフルエンザ対策のガイドラインでは1年後からとされている。しかもその供給量は、国民全員分などあり得ない状況なのだ。

＊

日本には2007年6月の時点ではパンデミック・ワクチンの製造、供給の詳細な計画は存在しない。

これに対して、米国では財務省のホームページにあるように、半年後に全米国民にパンデミック・ワクチンを接種できるように、全速力でワクチンプラントが稼働し始めていた。さらにカナダでは、4ヶ月で国民全員分のワクチン製造を完了する計画が実施に移された。

国民の一人ひとりにワクチンが行き渡るまで、いかにして国民の罹患を防ぐか。米国では2005年のブッシュ大統領による対策宣言以来慎重に作り上げられてきた行動計画にもとづき、国民に対して日本以上に厳しい行動制限、規制が軍の出動を仰いで行われていた。

米国の行動計画には半年後には全米国民分のパンデミック・ワクチンが供給されるという、新型インフルエンザのエンドポイントがある。新型インフルエンザは、罹患するかワクチンを打つかして、国民のほとんどが新型ウイルスに免疫を持たない限り、終結を迎えることができないのだ。

　だから、パンデミック・ワクチンが出て来るまでの半年間を籠城して過ごす。また、一気に感染者を出して医療や社会が崩壊することを防ぐためにも行動規制をかける。これが米国の籠城の目的であり、そのための食糧備蓄やこの間の企業の事業継続計画の策定を米国民に呼びかけてきたのだ。半年後のワクチンへの希望があれば、指折り数えながら、堪えしのぐこともできよう。

　しかし、日本では詳しいパンデミック・ワクチンの情報は公表されていない。だから感染しないように籠城を続けるように呼びかけられても、実はいつまでその籠城を続ければいいのか国民にはなんの手がかりも与えられてはいないのだ。そんなメドの立たない不安に日本の国民は苛まれることだろう。

11月23日　大阪・吉川クリニック休診

　そして、全国各地の、疲弊の始まった医療現場では、医師や看護師の間で、新型ウイルスの感染が始まろうとしていた。新型インフルエンザの伝播速度は凄まじく、全国同時流行の様相を見せ始め、医療従事者に接種されるはずの備蓄ワクチンも全医療機関には到底配布が間に合わなかった。流通を担うトラックの運転手も次々と倒れて不足している。

巷（ちまた）では多くの患者が発生していた。しかしどこでも、最初に罹患した者の多くは、医師と看護師だったのだ。医療機関の窓口業務を担う者たちもしかりである。

患者に最初に接する彼らは、感染、発症のリスクが極めて高い。

大阪の沢田弘が副院長を務める市立病院のような、早くから新型インフルエンザ対策をたてて、マスク、ゴーグルなど、出来る限りの防備を揃えた指定医療機関や、感染を防ぐ陰圧テントの中の医師だけに、患者は殺到するのではない。多くは、普通の一般病院や医院の外来患者としてやって来るのだ。

一心不乱に患者を診る吉川の鼻腔にも、新型ウイルスはマスクのほんの少しの隙間から入り込んでいた。彼の使っていたマスクは、ウイルス防御用のN95であった。吉川は、沢田の指定病院に倣い、その装備を整えて、患者に向かっていた。確かにN95は息苦しくて、過酷な診療には向かないが、自分が罹患したら患者を診られなくなる、そう思って用意した。しかし、海外の報告にもあるように、マスクは完全にウイルスを防御しうるものではない。装着の仕方によっては、わずかな隙間からウイルス侵入の余地を作る。

そしてもうひとつ、新型インフルエンザ患者の殺到した過酷な現場にはつらい防御用具があった。ゴーグルだ。

「ゴーグルをすると曇って、よく見えん」

吉川は次々と患者を診る作業に没頭するうちに、ついに感染防止のゴーグルをはずしてしまったのだ。自分の眼鏡の上にフェイスシールドをして、診察を始めた。多くの患者を短時間で診るためには、このほうが効率は良い。

しかし、ゴーグルをはずした目の粘膜からも、ウイルスは吉川の体内にしのび込み、感染を始めていた。

こうして、朝から深夜まで、何百人もの患者を診た吉川は、莫大なウイルスに感染していた。新型インフルエンザH5N1型ウイルスは、些細(ささい)な隙間を狙って、吉川の体内に侵入すると、まず上気道で増え、血液の中に入って、彼の体の中を循環し出した。

23日深夜、吉川クリニックでは、しばらくの休診を決定した。タミフルはない、ワクチンもない。この状況で診療を続けて感染の拡大をさせることはあっても、患者にメリットは何もないという結論に達したからだ。さらに何より、自らの身に、けだるさと微熱、のどの腫れなどの新型インフルエンザの兆候が感じられたからである。その夜、吉川は高熱を出した。その後、激しい咳が出て、だんだんと呼吸困難を呈し始め、まさに典型的な新型インフルエンザの初期症状から、病態は悪化していった。息をするのも苦しく、肩を大きく上下させながらなんとか呼吸をしようとしている。

吉川は、吐き気をもよおして、ふらつく足取りで、やっとトイレに向かった。そして、オウッと戻した便器内の自分の吐瀉物にはっきり出血を確認してつぶやいた。

「ああ、俺も感染したな。結構な量の出血だ。奥の患者の診療を確保せねばならん。正を呼ばんといかんな」

立ち上がって振り向いた吉川の姿を追って来た妻は絶句して見据えた。真っ青な顔、診察着のガウンには赤黒い吐瀉物の飛沫のシミが、生々しく付いている。

「大学病院も大変だろうが……正を呼んでくれ。ここの診療をまかせたい……俺も感染したようだ……」

吉川は、途切れ途切れに妻にそう言うと、がっくりと廊下に腰を落とした。

診るべき自分が発症したのを、彼は自嘲しながら、診療室の床に敷かれた布団に身を横たえた。そこはつい先日まで、沢田の病院に運んだ子供が寝かされていた場所だった。

「こうなると思っていたよ」と苦しい息の下で語る吉川の額に、妻は心配そうに手を当てる。ひどい熱だ。だが、その妻も先ほどから感じる体の不調を気のせいだとうち消しながら働いていたのだった。

多数の医師や看護師の罹患は、医療レベルを想定していた限界値以下にした。さらに物流に関わる人間、トラック運転手の罹患、病欠は、物資、特に医薬品や医療機材の補充と、食糧の補給を滞らせた。

病院では、新型インフルエンザ以外の患者も多数入院している。この患者らの給食が滞り始めた。また、予定されていた手術や治療は軒並み延期となり、メドがたつ様相は全くない。それだけではない。大病院に押し寄せた新型インフルエンザの患者から、病院内の一般の患者へと院内感染が拡がり始めていた。

＊

沢田弘が懸念していた通り、彼の市立病院でも一般病棟に新型インフルエンザの院内感染が起こっていた。対応に先駆的な品川区などでは、協力病院や指定の病院を病棟ごと既病の病患用に、別棟を新型インフルエンザの患者用にとあて、建物そのものを全く別々にしてべッドを確保していた。しかし、このようなケースは稀であった。

多くの病院では、あらかじめ分離した患者搬送などのルートを試行錯誤で作ってあった。しかし、そのルートで新型ウイルスを完全に遮断することが不可能であったところも多かった。そのために、一般病棟に新型ウイルスの患者が出始めたのだった。そして、それは、乾いたワラに火の手が点くように、いっせいに拡がった。

一人二人の患者が、病棟の一つのフロアーで報告されたかと思うと、数日後にはその病棟のほとんどの患者が、高熱や咳をし、新型インフルエンザを発症しだしたのだ。

最初の数例の新型患者からの院内感染は、沢田を筆頭とした院内感染対策チームのおかげで防ぐことができた。しかし、流行時期が5Bから6へと移行した大阪市中での流行拡大に、さしもの市立病院の院内感染対策はもろくも崩れさっていたのだ。

院内に新型ウイルスの拡大が始まった。基礎疾患のある入院患者が発症、もともとの病気が増悪しながら、重症な病態を呈し、犠牲者が次々と続出したのだった。

2003年の海外のSARSの流行時には、大きな近代的な病院の先進的な設備でも院内感染はなかなか防止しきれなかった。逆に、前近代的な病棟であっても、それ一つを丸ごとSARS病棟とし、窓を開けて治療した病院のほうが院内感染を抑えることができた事例が既にあったのだ。しかし、その教訓が生かされる機会がほとんどないまま、日本における新型インフルエンザウイルスは、ＳＡＲＳ以上の伝播力をもって院内感染を起こし始めたのだった。

そして、新型ウイルスが拡がる病院では、看護する側にも感染者が次々と発生していた。医師や看護師は、直接患者と接しているために、発症者が後を絶たなかった。大流行期を迎えた時、沢田の市立病院では、３割の医療従事者が病欠していたが、それは近隣の病院から比べればまだ良いほうだった。

ある大学病院では、一つの医局の全員の医師が罹患して、同時期に寝込む事態に陥ったところもあった。夥しい患者発生と医師の罹患、看護師の発症、それは医療現場の機能の崩壊をもたらす悪循環となった。

沢田の病院でも、感染症内科の責任者の大野医師が新型ウイルスに感染、高熱を出し、意識障害の中で朦朧(もうろう)としていた。部長である彼も、夥しい数の患者とともに、市立病院の簡易ベッドで治療を受けていたのだ。タミフルを投与されてはいたが、タミフルはウイルスの増殖を抑える薬であって、決して特効薬ではない。彼には、糖尿病の基礎疾患があり、腎臓にも慢性の病気を抱えており、インフルエンザにはハイリスクな人間だった。インフルエンザは、季節性のインフルエンザであっても、もともと心臓や腎臓に疾患を持つ者や糖尿病などの代謝疾患の患者、免疫機能の低下した者などは、特に重症化しやすくハイリスクとされていた。大野も備蓄ワクチンの接種は受けてはいたが、その後、すぐに押し寄せたたくさんの患者を診察せねばならなかった。

その頃、沢田は、大野の代わりに、市立病院の駐車場に設置した仮の診察室で、自ら先頭に立って押し寄せる患者を懸命にさばいていたのだった。大野は、翌日、パンデミックの終結を待つこともなく、新型ウイルスによって一命を落とし、以降、沢田は、副院長の責任と共に、現場の責任者としての二重の重責を負うことになった。

沢田の市立病院では、〝診察してもらえる〟〝薬がまだあるらしい〟などの噂がたって、他の医療機関から市民が流れ込み始め、ますます患者が押し寄せていた。

その中で、沢田も不眠不休の激務が続いている。緊迫した現場の臨場感は、彼に緊張感を与え、強靭な精神力がそれを保たせていたが、55歳の身に過労が積み重なってきた。沢田は高血圧の持病を持ち、毎日薬の服用を欠かせない。そんな沢田にストレスと不眠、過労が加わり、新型インフルエンザが大阪で発生してから、帰宅できていない。沢田自身が、過労の限界にまで追い込まれていた。

第9章　破綻

11月16日　首都圏・地下鉄、ＪＲ、私鉄各線

東京の都心には、都営地下鉄、東京メトロなどの地下鉄が張りめぐらされている。平時の地下鉄は、地上の車の渋滞に比べ、短時間で正確に都内を移動できる非常に便利な乗り物だ。新型インフルエンザの流行が始まり、ガソリンの入手が困難になると、地下鉄やＪＲ、私鉄各線も含め、公共の交通手段が人々の足そのものになりつつあった。

もちろん、国も自治体も、新型インフルエンザ蔓延の阻止のために不要不急の外出の自粛を再三再四にわたって呼びかけていた。しかし、不要不急の外出をしないことを強く国民に求めても、多くの日本人にとって、仕事は、行かねばならない、やらねばならない不要不急の外出の内に入るものと受け取られているのだ。

大手の電機メーカー・Ｈ社などは、家のパソコンと会社のパソコンを繋ぎ、非常時にも在

宅勤務が出来るシステムを構築し、新型インフルエンザ発生時には家での勤務を可能にする態勢を作り上げていた。しかし、これは特別な例だった。それどころか、いざ新型インフルエンザが発生したらどうすればいいのか、という何の指針さえもない会社も多かったのだ。

金融関係では、多くの個人情報を扱うことから、在宅勤務は非常に困難であったし、製造業などは工場へ行かなければ全く仕事にはならない。さらに経営者にあっては、支払い日がやって来る。これに遅れて不渡りを出せば倒産に追い込まれかねない。だから、仕事は事前に経営権を持った人間が、新型インフルエンザの行動計画を策定して、従業員に周知徹底させていない限り、ほとんどの者が無理をして出社しようという姿勢を崩さなかったのだ。

さらに日本人の間には、病気を押して仕事をすることを美徳とする感覚が残っている。実際には、職場にウイルスをまき散らし、仲間に感染を拡げることになるので、非常に迷惑な行為なのだが、普段のインフルエンザの流行時にどこの会社でもよく見られるように、感染患者は動ければ仕事にやって来ようとするのだ。

＊

国が感染拡大を止めるために、不要不急の外出はやめるよう強く求めている中、ＪＲ、私鉄や地下鉄に多くの利用客がやって来ていた。都心の地下鉄は、網の目のように張りめぐらされ、そのまま半蔵門線や有楽町線、日比谷線、千代田線、東西線などは、近県の私鉄が乗り入れているし、多くの駅はＪＲに乗り継ぎが可能となっている。このようにリンクし、整備されているということは、いったん、新型インフルエンザの緊急事態となれば、各社が新型インフルエンザ対策を共有して、同じスタンスで足並み揃えて対策をとらねば大混乱となる。

新型インフルエンザが国内で発生した時、流行の前期、後期、大流行期など、その状況下に合わせて、その節目節目の警戒宣言で、運行の縮小や停止などがはかられることとなっていた。しかし、その判断については、各社の思惑も意図も異なる。さらに都営地下鉄などは、東京都新型インフルエンザ対策行動計画にのっとって対応することが考えられるが、他の事業主は東京都の所轄ではないので、統一的な対策がとられるのは、非常に困難だった。乗り入れ各社は、鉄道事業者連絡会議を急遽招集して対策を練ろうとしたが、それを待ってくれるほど、新型インフルエンザの伝播力は甘くはなかった。

丸ノ内線には、この日も通勤客などの利用者が乗り込んでいた。さすがに、普段のラッシュ時ほどのすし詰めの状態ではない。各社が社員の感染を避けるためにフレックス制を導入したり、家で仕事をする者、休暇を取っている者、新型インフルエンザに倒れ仕事どころではない人々なども多いことがある。

　集まってくる乗客が皆、一様にマスクをしているところをみると、やはり新型ウイルスの感染には注意をしているのだろう。しかし、マスクの感染予防効果は、欧米ではあまり高い評価を受けてはいない。マスクをすることはリスクを下げるという意味で非常に大切だが、これで万全といったものではないのだ。

　一方、マスクをしていない患者から、くしゃみで吹き飛ばされたウイルスは、最速時速120キロで飛散する。一回のくしゃみで車両1両を端から端まで、ウイルスは高速で移動するのだ。ウイルスを他者にうつしにくくする効果も、マスクに期待される。

　この路線は、池袋から大手町、東京、銀座、霞ケ関、国会議事堂前、赤坂見附と主要な地域を結んでいる。ここに乗り込んで来た人間は、この主要な駅から地上に上がり、主要各社、国の行政府に出勤して行く。一方、東京駅では多くの人々が下車をして、ＪＲ山手線や横須賀線、各新幹線などに乗り換えて行く。

　新型インフルエンザの感染拡大の抑止のために、不特定多数の人の集まる場所や集会の自粛などの社会的な抑制がされ始めた。しかし、不特定多数が集まり、密集する機会を効率よく作るのは、地下鉄や電車などの交通機関でもあったのだ。これは、新型インフルエンザが発生した際に、満員電車を運行し続けた時、2週間後の市内でのウイルス感染率は60％を超えるとの試算が報告されていることからもわかる。

地下鉄各社などの運行現場では、大きなジレンマを抱えることになる。電車を止めれば、社会に与える影響は大きい。企業の社会機能の低下に繋がりかねない。さらにライフラインなどの従事者が出勤できない事態になったら、その影響は計り知れない。彼らの交通手段は、確保されているのか。

交通機関は一事業者ではあっても、運行そのものは公共性が高く、一企業が決めることのできる問題ではないのだ。東京メトロや私鉄各社は、所轄する国土交通省や新型インフルエンザ対策の中心となっている厚生労働省の対策本部に伺いをたてた。

しかし、国土交通省では、鉄道、地下鉄の運行停止や駅の封鎖などの法的な根拠がないために、指示を出すことは難しい。さらに新型インフルエンザ問題そのものは、厚生労働省の範疇にあるため、命令を下すことは縦割りの行政の中では困難である、という。

ならば、各事業主がその判断をするのか。各企業の担当には、国に協力してやっていきたいという思いが強くある。それもそのはずだ、判断しかねるこの重大事項を、この場で結論しうる担当者などいないのだ。そもそも鉄道マンは、電車を可能な限り、時間通りに運行することを信念としている。業務の運行をするということ自体が、人々へのウイルス感染を拡げる機会を作るという、マイナス面に発展しかねない事実と事業継続をどう天秤にかけたらいいのか。新型インフルエンザといううつる病気で、しかも飛沫感染、空気感染をする伝染病への対応の前例が、この国には存在しない。

そうこうしている間にも、多くの不安を抱えたまま、電車は運行を継続している。密閉された車両、駅そのものも閉鎖的空間であり、換気の限界のある地下鉄が、多くの人々を乗せて、東京の地下をくまなく動き回る。そして、主要な駅から、主要な産業や行政の実働に中心的な役割を持つ人々に新型インフルエンザウイルスが入り込み、企業内、役所内でのウイルスの猖獗が始まる原因のひとつとなった。

照明も節電のために平時よりは暗くした駅内に、立って電車を待つ人々の中にぽつりぽつりとうずくまっている人々の姿が見受けられる。熱でもあるのだろうか。地下鉄から、階段を上がると、明るい外の光りに照らされる。その入り口を少し行ったところで、若いサラリーマンが足を投げ出し、宙を向いて前後に体をゆすりながら、懸命に呼吸を繰り返している。ゼイゼイと湿った咳が聞こえると、人々は、逃げ去るように彼から離れた。スーツの社員章から、近くの本社まで連絡に行った通行人もいたが、その会社には受付の女性もおらず、受付の電話の内線では誰も出ず、それ以上のフロアーには社員カードがなければ通行できない。救急車を呼んでも、いつ来るのかは誰にもわからない。

＊

「キャーッ」

まもなく神保町に着くという東京メトロ・半蔵門線の車内に、鋭い女性の悲鳴が響き渡った。マスクをかけた乗客たちはいっせいに声の方向を振り返る。

ドアの近くにいたサラリーマンらしい男性が、バタッと倒れ込んだようだ。周囲にいた数人の人間が近づいて、男性を助け起こそうとしたとき、彼らの目に男性の赤く染まったマスクがとび込んできた。今にも手を貸そうとしていた人々も、思わず手を引っこめ、サッと身を引くように同心円状の空間が出来た。倒れ込んだ男性は起きあがることもままならないのだろうか、咳き込みながら、這いずっている。人々は気味悪そうに遠巻きに眺めるばかりだ。

だが、車内で異常を訴えているのは彼だけではなかった。数メートル先には、女性客が座りこんで動けないでいる。発熱しているのだろうか、脂汗をかいている。

電車が神保町に停車すると、人々はいっせいにその車両を降りて、別の車両に移ろうとした。また逆に、この電車に乗り込もうとした女性は、倒れている男性を見て、悲鳴をあげてホームに飛び降りた。がらんとした車両に倒れ込んだ人間が置き去りにされたまま、ドアが閉まり、地下鉄は発車して行く。

誰もが何か手を貸さなければと思いながらも、どうしてよいかわからないのだ。中には、何とかしてもらおうとホームで駅員を探していた人間もいたことはいたのだが、間もなく電車が発車してしまった。実際、駅員にも新型インフルエンザは拡がり始めており、どこの駅も駅員の数が十分ではないほど減少しているのだ。

ここまでになると、車両内でのウイルスの伝播の恐ろしさが、駅員にも人々にも、現実のものとなって実感された。利用者はお客様であって、その方々に向かって、乗らないでほしいとは言いにくい地下鉄の駅員も、倒れる人々を目の前に、ホームで叫び始めた。

「緊急でない限り、乗らないでください」

「どうしても外出しなければならない、というお客様以外のご乗車はご遠慮ください」

「感染を防ぐために、どうかご協力をお願いします」

電車のホームでは、若い駅員が大声で繰り返し怒鳴っている。だが、駅に来ている人間たちは、そんなことは百も承知という者ばかりだ。テレビでも新聞でも「不要不急の外出は控えるように」と呼びかけられていることは、誰もが知っている。

だが、仕事や急ぎの用事に行こうとする人はもちろん、家族や親族が新型インフルエンザで倒れてしまったために介護をしに行こうとしている人など、それぞれが自分の用事は必要な何よりの急務だと思っているのだ。

すべての電車の運行を止めれば、それが社会に与える影響は大きい。しかし、満員電車が感染拡大をしているのは明白な事実だった。なぜなら、繁華な都心で発生した新型インフルエンザウイルスは、密閉された空間の人々の間で増殖し、さらに郊外へと繋がる電車によって、確実に郊外へ、そして地方へとばらまかれていくからである。

駅員が着けたマスクの奥でくぐもって響く「なるべく乗らないで」という声が、駅構内に虚しくこだましていた。

もう、地下鉄の間引き運転をするしかない。そう考えた東京メトロの会社の判断で、運行の本数を減らして稼働を始めた。しかし、ＪＲと交叉する乗り継ぎのメトロの駅で、乗客がホームに溢れ出した。ＪＲが運行している以上、メトロだけ減らせば乗り継ぎ駅で人だまりが出来てしまう。

事前に各社が話し合いを持ち、状況に応じてのダイヤ、つまり新型インフルエンザ発生下での運行の時間割りを作っておかなかったことは、悔やみきれない事態をもたらした。

11月14日朝　東京・真一の発病

牧子がゴミを出しにマンションの集積所に行くと、回収が平常通りに行われず、集積場はゴミの山になっていた。ひどい悪臭を放つゴミの山は、また、日常の機能がここでも壊れ始めたことを実感させる。牧子のそばに下の階に住む後藤が近づいてきた。

「困ったよね。ゴミの回収はどうなっているんだろうね。もう満杯。不衛生だよね」

声をかけてきて、そして急に声をひそめると、ささやきかけてきた。

「だけど、それどころじゃないの。うちのマンションからも新型インフルエンザの患者が出たって」

「え？　誰？　知っている人？　何号室？」

「２０６の山田さんっていう一人暮らしの人だって。男性みたい。今大変らしいのよ。今朝、田舎の兄弟ですって人から、管理人さんのところに助けてほしいって電話があったんだって。だけど管理人さんも感染が怖いからどうしようって、うかつに手伝いに行けないから、念のためマスクしてゴーグルもして入ってみたら、山田さんが布団の中で衰弱して倒れてて、意識もなかったらしいの。汚物も垂れ流しで、すごい臭気だったって。すぐに救急車を呼んだんだけど、なかなか来なくて、今も待っているみたいよ。きっと新型インフルエンザだろうって」

確かに一人暮らしで新型インフルエンザに罹患したら、看護の手もなく衰弱していくだろう。きっと困り果て、やっとのことで、家族に電話をしたに違いない。このマンションにも、一人暮らしの人が多い。しかし、だからといって、確かに気軽に様子を見に行ったり、手伝いに行くにはこの病気の感染が恐ろしい。だいたい、このマンションにそのような近所づきあいの習慣はない。同じ階の人々でもほとんど顔も知らない人もいるという状況だ。マンションとは元来、そのような面もあろう。同じマンションの中で新型インフルエンザが発生したのだとしたら、牧子はそう考えただけでも、新型インフルエンザがそばまでやって来たようで恐ろしい。エレベーターも一基しかないから、乗り合わせることもあるだろう。そう思うと、膝がガクガクして来て、牧子は適当にあいづちを打ちながら、慌てて家に帰ってきた。

昨日より在宅勤務となっていた夫の寿志に、噂の一部始終を話した。カーテンの隙間から窓の外を見るが、救急車はいっこうにやって来る気配がなかった。大丈夫だろうか。

ふと、牧子は真一が、今朝は起きてくるのが、やけに遅いのに気がついた。学校が休みでも規則正しい生活をさせることにしている。いつもはきちんと起きてくるのに、胸騒ぎがした牧子は、すぐに子供部屋に見に行った。と、どうだろう、真一が、真っ赤な顔をして、苦しそうだ。

「真ちゃん、どうしたの？」

牧子は慌てて体温計を取りに行き真一の脇の下に入れると、そのまま台所に向かい、冷却まくらを冷凍庫から取り出してタオルを巻いた。牧子の狼狽ぶりに不安になり、寿志も真一の部屋にやって来た。

「どうしたんだ？」

体温計を見ている牧子の顔から血の気が引いていた。寿志がその体温計を確かめると40度を超えている。

「真一、のどは痛いか？」

「真ちゃんどうなの？　のどは痛い？　咳は出る？」とそばから立て続けに牧子が問いただす。真一は、のどが痛くて声が出ないからと、かすれた声で頷きながら、横を向いて咳をする。息が苦しくってという真一の背中をさすりながら、牧子は不安な目で夫を見つめ、「病院に連れて行かないと」とつぶやいた。

「まさか家に閉じ込もっているのに……、俺たちの住む8階と離れた階下の病人に新型インフルエンザをうつされたわけでもあるまい。ただの風邪だよ」

自分に言い聞かせるようにつぶやく夫に、牧子は一昨日（おととい）まで真一を塾にやっていたことを正直に伝えた。

「えっ！」

「あれほど新型インフルの時には家に閉じこもるんだと言っていたのに……」と言いかけた

が、言い終わる前に、寿志は保健所の電話番号を探していた。

牧子と寿志は、真一を連れて、保健所からの指示通り、買ってあったマスクを真一だけではなく自分たちも着けて、指定された発熱センターへと向かった。高熱でぐったりし、足もともおぼつかない息子の真一のふらふらの体を抱きかかえるようにして発熱外来が開かれている区の公園へと向かっていた。これまでも真一がインフルエンザに罹ったことはあるが、こんなにまでダメージを受けたことはない。

指定された公園では、陰圧テントが設置され、マスクをした患者が並んで順番を待っている。しかしテントの周りで順番を待つ、その患者たちの数は百数十人はいるだろうか。テントの前にいる防御服を着たスタッフは、机に座って聞き取り調査の用紙を確認している。

牧子は初めて訪れた発熱センターの異様さに身がすくむ思いだった。公園の白い野外テントでの診療、そしてマスクやゴーグル、ガウンを着けた全く見慣れない装束のスタッフが患者の周りを動き回る。その装束は、いかにも危険なウイルスから身を守っている風で、新型インフルエンザの恐ろしさが、改めて身に迫ってくる。これまで病院でこんな姿で対応されたことはなかったではないか。それだけで、今、高熱を出し咳き込む息子が、こんな計り知れない怖いウイルスに感染したのだったらと思うと不安と心配で、とにかく急いで診てもらいたいと思った。

立っていられずに、座り込み、さらに倒れ込んでいる患者の並んだ列はいっこうに短くはならず、そうこうするうちにも次々と患者が増えてくる。中には、これではらちが明かないと、とにかく病院に行ってしまえば、診てもらえるだろうと列を離れて行く者も出ている。見るとどの患者も熱にうかされ、咳もひどい。身動きができない患者も多く、寝転んだり、互いにもたれあって座っている者もいる。中には、激しい吐き気をもよおす者もいて、彼らは、一時フラフラした足取りで、介添えに支えてもらいながら列を離れ、公園の片隅で吐いては戻ってくる。あちこちで吐いている患者の姿が見受けられる。「血が混じってるらしい」そんな声もあったが、牧子は怖くて、耳をふさいだ。

真一は激しい腹痛を訴えている。腹痛もよくある症状らしい。お腹を押さえて、寝転ぶ患者もいる。下痢をする者もいて、その場合には下血を伴うケースが多い。そして、ほとんどの患者が激しい咳をし、その内の何人かは息さえ苦しいと、ハアハアと肩を上下させて呼吸を繰り返している。「肺に水が溜まってるんだ」誰かが、そんなことを言っている。肺に水？　だから、呼吸できる場所が少なくなって、こんなに息苦しいと訴えているのだろうか。横たわって、肩で息をするように体を波立たせている真一の背中を牧子はさすってやる。そこここに横たわる患者の付添人も、不安のためか言葉少なだ。寿志は、この介添人もほぼ間違いなく、感染しているに違いないと感じるとともに、明日か明後日、今度は自分がこの列に並ぶことになるのだろうかと呆然としていた。

ひたすら待つこと、3時間。ようやく真一の順番が回ってきた。事務員が名前、住所、簡単な問診をする。真一は見るからに具合が悪そうで、ぐったりした息子をなんとか入院させてほしいと懇願するが、ここは、重症者（入院）と軽症者（自宅療養）を振り分けている施設で、真一の程度は重症ではないからと、自宅療養を言い渡された。タミフルを3錠その場で渡され、今すぐ飲むようにと紙コップで水が出された。

「え、3つ？」

「そうです。ご両親もまずタミフルを1錠ずつ服用してください。ご両親もすぐに症状が出る可能性が高いのですから」

タミフルは薬局から自宅に届けさせるので、全員半日ごとに1錠ずつ服用するようにと、発熱外来の医者に指示された。牧子と寿志は、入院はさせてもらえないのかとくい下がったが、医者は決して首を縦に振らなかった。

東京都の各区内の発熱センター数ヶ所のそれぞれから重症患者が送り込まれるため、病院は既に満員で、重症者であっても受け入れが困難となっていたのだ。それどころか、病院では、医師や看護師にも感染が拡がり、医療現場に人員が確保されず、機能が顕著に低下し始めていた。

「直接病院には向かわないように」という保健所の言いつけに従わずにやってくる患者たちやお見舞いの家族などから拡がったのか、罹患していた医療スタッフがいたのか、一般病棟にも感染が拡大し、他の病気で入院していた人が新型インフルエンザに感染、伝播する事態となっているという。

とにかくさっさと家に帰って、自宅療養させる以外、方法はないのだ。真一の体力を考えても、早くベッドで安静にさせる必要があるのは明白だった。寿志は真一をおぶうと、牧子とともにマンションへ急いだ。

牧子は、発熱センターで渡されたA４用紙一枚裏表に印刷されている〝自宅療養の方法〟と題する指示書に従った。まず、真一が高熱と下痢から脱水症状になることを恐れた牧子は、電解質の入ったスポーツ飲料を薄くしては、少しずつでも与えながら、頭と脇の下などを冷却まくらで冷やした。おかゆを作ってもみたが、本人は熱にうかされて受け付けない。つききりで看護をしながら、真一が新型インフルエンザに感染したのは、やはり塾だったのだろうかと、今更ながら塾に行かせたことを牧子は強く後悔していたのだった。

「君も僕も発症するかもしれないな。この３ＤＫのマンションでは、うつるのも当たり前というものだろう」。寿志は家族が枕を並べて寝込むような状況が、新型インフルエンザの発生時にはあるかもしれないと、職場の対策セミナーで講師が話していたことを思い出していた。水まくらなどは我が家にはひとつしかない。普段から、救急医療用品を家族全員の人数分だけ用意しておく家は、珍しいだろう。しかし、ここで牧子の何でもとりあえず捨てずに取っておく性格が幸いした。ケーキを買った時につけてくれる保冷剤を、牧子は何個も冷凍庫に放り込んでいたのだ。

まだ自覚症状はないが、夫の言うように自分も発症するのであろうか。自分が動けなくなったら、真一の看病は誰がするのか。倒れるわけにはいかなかった。寿志と2人で買い込んだ食糧をチェックしては、いちいちテーブルに並べていった。

11月18日　厚生労働省・パンデミック宣言

厚生労働省はついにフェイズ6を宣言した。昨日未明のWHOによるフェイズ6の宣言を受けて、国内第一号発生からわずか13日後である。予想よりずっと早かった。

さらに新型インフルエンザを指定感染症からはずし、全医療窓口を開けて対応することを要請した。

大規模集会等の開催の自粛、大規模商業施設への営業の自粛も勧告された。しかし、その指示を待つまでもなく、集会の自粛は、その開催自体が不可能に近い状況の中で半ば不可抗力で延期、中止にされていった。既に感染者の様子がテレビでも中継され、家庭や職場でも発症が始まったパニックの中にある人々は、コンサートや娯楽施設への興味を全く失っていたからだ。

今、人々の目前にある希望は、薬とワクチンの入手についての情報であった。いつワクチンがもらえるのか。早く、新型インフルエンザの恐怖から解放されたい。いつまでこうやって家に閉じこもっていればいいのか。国民の不安が倍増する。新型インフルエンザによってもたらされた惨禍への説明を、いつ国がしてくれるのか望む声もあがっていた。しかし、誰もそれに明確に答えてくれる者はいない。

ただ、テレビの映像の恐ろしさゆえに、家から出ない者も多く、それによって、感染の拡大がかろうじて抑えられている地域もあった。だが、まだ食糧が底をつくまでの間はいい。これがなくなったらどうするのか。差し迫った新たな恐怖が起こる。

＊

大規模商業施設の自粛にはひと筋縄ではいかない大きな問題がつきまとっていた。それは地方の都市では、大規模商業施設の自粛は、住民に直接的で大きな影響があるからだ。地方都市では、いまや地元の商店街、小売業は既に大規模商業施設に駆逐されて、その姿を消しているため、大規模商業施設の閉鎖は、家で籠城する住民の兵糧の供給を閉ざすものとなる。だが、同時にそこに多くの人々が押しかけることによって、ウイルスの感染を媒介する中継地ともなりうるのである。

そして、新型インフルエンザがやってきた時、ほとんどの国民は、国が2007年3月に食糧備蓄をガイドラインの中で呼びかけていたことを、初めてテレビニュースや報道特番などで知ったのだった。その結果多くの国民が、スーパーに殺到することとなった。感染の拡大の報道を目にすることで、人々の混乱は輪をかけてひどくなり、商店ではオイルショックの時のトイレットペーパーどころの騒ぎではない、我先にと物資を探し求める住民の姿があった。

11月16日　青森県浜富町・牧子の母

牧子は、真一の看護と、まだ発症していない夫と自分の闘病生活の準備をしながら、真一を塾へやった自分の愚かさに涙が溢れてきた。ふと、ひとり田舎にいる年老いた母はどうしているだろう、大丈夫だろうか、と牧子は心配になってきた。

青森は都会ではないから、きっと大丈夫だろうとは思うが、母は一人暮らしだ。真一だけじゃなく、母まで新型インフルエンザに罹患してしまったら。心細い時には、何から何まで不安になるものだ。母は、田舎暮らしで、いつもはご近所が互いに助け合って暮らしているけれど、こんな非常事態だ。牧子の脳裏に実家の近所の人たちの顔が浮かんで来る。いや本当は崖っぷちに立っている自分を、母に慰めてほしかったのかもしれない。いてもたってもいられなくなり、電話の受話器をとるとダイヤルを押した。

「もしもし……」

母だ。元気な母の声を聞いて牧子はほっとした。

「お母さん大丈夫？　元気でいる？　食糧とかはある？　どこにも出かけてない？」

少し涙ぐみながら牧子が言葉を続ける。

「うちのほうじゃ、もう海外で新型インフルエンザが出たと聞いた時に、すぐ民生委員さんと役場の人が来てくれたさ」

＊

牧子の母の住む青森県浜富町は、奥入瀬川流域の豊かな自然に恵まれた小さな町だ。地方の小さな町の例にもれず、ここ浜富町も高齢化がすすみ、独居老人も少なくない。だが、実は、その浜富町ではそんな独居老人のための新型インフルエンザ対策が既になされていたのだった。

牧子はほっと安堵の息をついた。

母の元を訪れた民生委員の女性はこう説明したという。

——とうとう東南アジアで新型インフルエンザが発生しました。きっと日本にも、この浜富の町にもウイルスはやって来ることでしょう。うちの町でも行動規制、外出規制が敷かれます。外を出歩くとウイルスに感染する心配があるんですよ。だから、おばあちゃんが出かけなくていいように、一人暮らしのおうちには、食糧や医薬品、水などが入ったこの非常袋をお配りしますから、じっとおうちにいてくださいね——。

海外での発生を受けてすぐに、この町の独居老人世帯のすべてにその日一日で配られた非常袋には、2週間家から出なくても最低限持ちこたえるための缶詰やチョコレート等の食糧パックがセットになって入っており、さらにスポーツ飲料の粉末、おかゆのパックなどの体調不良を伴った時に役立ちそうなものも入っていたというのだ。

それは新型インフルエンザ対策のガイドラインとして、国が公開した備蓄リストだけでは、町民の外出制限の実践は難しいであろうと、町が用意したものだったのだ。

「予算は小さな町には負担ですが、いざ新型インフルエンザが発生した時、お年寄りたちに外に出ないでくれといっても、食糧がないから出ざるを得ないなどという状況になってしまうでしょう。それを回避してやらないといけないと思ったのです。この町は高齢者も多く、自分で備蓄品の準備まですることはそれぞれにとって、もっと大きな負担です。でも備蓄の品を町で用意してあげられれば、外出規制が出た時でもお年寄りたちは出かけていくことはないでしょう。そうすることが新型インフルエンザに感染する機会と患者を減らし、町を救うのです」

この配布に先立つこと半年前、このパックの梱包を黙々とやっていたのは、鍋島という町の保健課の若手の職員だった。彼は、それだけでなく新型インフルエンザの危険性を承知して、講演の企画や、広報の作成などを一手に引き受け積極的にこなしてきたのだった。また町内に多い高齢の独居老人には、新型インフルエンザの知識を説くだけではダメだと、町長に食糧パックの製作と配布を進言したのも彼であった。

＊

彼は、新型インフルエンザの対策を調べるうち、米国のＣＤＣ（米国疾病管理センター）

から出されている1918年のスペイン風邪の被害の差を記録した資料を見つけることができた。スペイン風邪の来襲の時、アメリカの都市で一番被害が少なかったセントルイス市と被害の大きかったフィラデルフィア市の行政の対策の差が浮き彫りになった貴重な資料だ。これは、うちの町の取り組みのために報告せねばならない、そう思った鍋島は上司に資料を持って説明にあがった。

米国における都市別の死亡率では、フィラデルフィアが0・73%、セントルイスは0・3%であり、セントルイスは、フィラデルフィアの半分以下、大都市の中で最低の数値に抑えられていた。

死亡率だけでは実態がつかめないが、社会全体への影響には大きな開きがあった。

セントルイスでは、市内に最初の死亡者が出ると、市庁はただちに緊急事態宣言を発動し、1週間以内に全学校、劇場、教会、大型販売店、娯楽施設などを閉鎖、集会（葬儀含む）を禁止した。会議もフットボールの試合も結婚式も延期された。このような社会規制には、商売に影響を及ぼすとして市民や企業家から大きな反対もあったが、市長は「私は市民が死亡することを望まない」として、社会規制を決断した。市中の発症率がまだ2・2%の早期に実施した結果、セントルイスでは大流行のピークは生じず、患者数は平坦なカーブを描いて、医療サービスや社会機能の破綻も起こらず、犠牲者も少なくて済んだ。

これに対して、社会活動への介入対策が遅れたフィラデルフィアでは、市中発症率が10・8％となってからようやく規制が開始された。その結果、８週間にわたって新型インフルエンザ大流行の波が襲った。市民の多くが同時に発症したため、医療サービスはもとより社会機能全体が破綻して、少なくとも１万５０００人が死亡するなど大きな被害を出してしまった。

新型インフルエンザに対しては誰も免疫を持たないため、ウイルスにさらされればほとんどの人は感染する。接触、飛沫、空気感染という強い伝播力によって、特に人混みで爆発的に拡大する。短期間に集中して大勢の人が感染して発症する結果、まず医療サービスの維持が不可能となり、二次的に食糧やエネルギーなどのライフラインの確保も困難となるなど、社会機能・社会活動の低下・破綻をもたらす。人口密度の高くなった現代では、フィラデルフィアの悲劇はさらに増幅されるであろう。

セントルイスの教訓は、社会行動の規制は新型インフルエンザの流行形態を変えうることを示している。不要不急の外出を自粛することは当然であるが、日常生活で外出する主な理由は、通勤、通学、買い物である。学校閉鎖や職場閉鎖、交通規制は流行の平坦化には有効であるとされる。さらに、生活必需品の購入のための外出を避けるためには、各家庭における食糧や日用品の備蓄が必要であり、ワクチンや抗インフルエンザ薬と同様に新型インフルエンザの犠牲者を減らすための最重要な対策なのだ。

鍋島の説明を聞いた上司は、すぐに彼を伴って町長の元にさらなる説明に上がった。こうして小さな町役場では、鍋島を全面的に保健課の職員が支援してこれら対策に取り組んできたのだ。

青森は、90年前、スペイン風邪のために村で餓死者を出したほどの惨禍を被った地区である。青森の冬は長く厳しい。吹雪(ふぶき)が吹き荒れる中、1918年のスペイン風邪がやって来て、大流行が起こった。そして雪に閉ざされ、食糧も救援も滞り、新型インフルエンザから回復しても、その後に餓死が襲ったのだ。町の古い寺には、その時の村人の霊を慰める石塔が残っている。その石塔の後ろに刻まれた人々の名前は、90年の風雪に半分は消えかかりながらも、今も新型インフルエンザの怖さを物語り、対策の重要性を訴えていた。その史跡をたどり、本を読み、インターネットで情報を集めた職員らが、町を守ろうと果敢に挑み、彼らの行動に対して一身で責任を負うと腹を決めた町長が応援していた。

＊

「それにね、牧子。この間から毎日、うちのほうじゃ防災無線で、町長さんが話をしてくれるんだよ。だから、一人でも心配はないよ。『最初の大流行は、文献などから推察しても6週間から8週間続くと考えられます。町民の方々はなるべくご自宅にいてください。お一人の方は、緊急時には役場にお電話を下さい。役場の職員が対応します』って毎日言ってくれるからね。こんな時は、皆さんの言う通り大人しく家にいるよ。おまえたちも出歩くんじゃないよ」

母は、東京のマンションで今、孫の真一が新型インフルエンザに罹り、娘も娘婿も明日か明後日にも発症することになろうという過酷な状況にあるとは、露とも思ってはいない。娘たちは、多少の不自由はあっても、健やかに過ごしていると確信している。余計な心配をかけるものではない。

「こっちはみんな元気だから、母さんも、元気でいてね」

気丈に語ると、牧子は電話を切った。

牧子の胸に青森の実家の風景が鮮やかによみがえっていた。帰れるものなら、帰りたい。都会での籠城生活、自宅療養は、孤独感と不安が先に立つ。マンションでは、同じ階の人々の顔すら、思い出せない孤立した意識がある。保健所に電話をしても、これまでに会ったこともない区職員に自分の運命を託すしか方法がないのだ。田舎の顔の見える地域のコミュニティーの安心感や助け合いが無性に懐かしい。近所のおばちゃんや、幼友達の顔までもが思い出される。野や山の緑は、陽に輝き、生命力を感じさせた。

牧子の実家なら、庭続きの畑には野菜もあり、米もある。不自由はしながらもある程度の自給自足も可能であろう。隔絶した都会の個の空間、無機的なマンションの箱の中での籠城生活も療養も、精神的なケアをよりいっそう必要とする。

11月20日　国内猖獗

新型インフルエンザは、同時多発的に、ある県で発生したと思えば、遠方の別の複数の地域でも報告される。いっせいに火の手が上がって、火柱となった。既に感染は全国で拡大し、猖獗を極めつつある。

多くの新聞が、紙面のほとんどを使って、全国の新型インフルエンザの惨状を伝えていた。紙面には、〈休校〉や〈工場閉鎖〉の文字が躍っている。

また、〈死亡率増加の傾向、打つ手なし〉〈悪性ウイルスの猖獗、医療機関は満杯〉〈新型インフルエンザ救済機関設置急務〉〈悪性新型インフルエンザ県下に蔓延、救済措置を〉〈まるで震災地の惨状、食糧・医薬品の補給を〉〈入院は不可能、病院は満床〉〈医師、看護師が倒れて診療困難〉などの見出しが紙面を埋め尽くしていた。

新聞社でも社員に多くの罹患者が出たため、紙面の量が顕著に少なくなった。物流も滞りがちになり、配達員にも罹患者を出したため、規則正しい配達など望むべくもない。おおかたの新聞報道は、インターネットでの電子配信となった。縮小し、さらに遅れて配られた紙面の下半分には、四角い黒枠の訃報広告が並んでいた。訃報記事の黒枠は、おぞましい恐怖を人々に強く印象づける結果となったのだった。

この頃、既に葬儀は簡略化を余儀なくされていた。人々が故人を偲(しの)んで集い、読経に送られて密葬される一般的な葬儀など、望むことはできないのだ。行政が、人々が集うことを自粛するように呼びかけていたせいもあろうが、そもそも新型インフルエンザで亡くなった人のために自分への感染の危険を冒してまで集まってくる人々も皆無に近い。そして、人々の中に自分の明日さえもどうなるかわからない虚無感もはびこり始めていた。

11月21日未明　マラッカ海峡

21日未明、大型貨物船の行き交うマラッカ海峡で、リベリア船籍の大型タンカー25万トンと日本船籍の鉄鉱石輸送船2万トンが衝突した。両船とも日本に向かう途中だった。タンカーから原油が流出中で、周辺に被害が出ている。一方、輸送船は火災を起こして沈没し、乗組員21名のうち19名は行方不明。

救出された乗組員（調理師）によると、同船は、11月12日にゲマインのシェ港を出航したが、2日後から乗組員が次々と発熱、呼吸困難、下痢を起こして、ほぼ全員が寝込み、船長はじめ数名が死亡。ついに操船が不能となって、数日前から漂流中であったという。

疫病の流行によって乗組員が倒れ、幽霊船になったという古い伝説が、新型インフルエンザによって、現代によみがえったと言えよう。今後、中東からの原油やコンテナ船などの大量輸送がストップすることが心配されている。

第10章　崩壊

11月30日　医療従事者の過労死

病院は新型インフルエンザに罹患した患者と既に入院している患者の新型インフルエンザの罹患で、医療は極限の状態に置かれていた。そこへさらに既に入院している病棟も混乱を極め、新しい入院患者を受け入れる余裕などはなくなっていた。

医療従事者が次々と病に倒れたために、ただでさえ混乱した病院は人手がほとんどないといってもいい状態だった。数少ない医師も看護師も休む間もなく、交替する要員もないまま、かろうじて仮眠をとる程度で、家に帰ることもできず、もう何日もぶっ続けで仕事をしている者がほとんどだった。彼らを動かしているのは悲壮なまでの使命感だけだった。

そんな状況の中で、大阪府R市立S病院副院長の沢田が、副院長室で倒れているのが発見された。病院前の駐車場の仮設テントでの診療を引き継いでから2週間目、沢田の死因は新型インフルエンザへの感染ではなく、過労死であった。発見された時には、既に死後数時間を経ていた。彼は病院の副院長室で寝泊まりをして診療を続けていたのだった。白衣のまま発見された彼は、副院長に昇進したときに大学の同級生らからもらった聴診器を握りしめて、事切れていた。「新型インフルエンザの来襲は戦争だ。その最前線から医師は逃げてはいけない……」。沢田は研修医らにそう語り続けていたという。

防災の避難所となった体育館、公民館が医療機関となった。さらにそれでも足りなくなると、大規模集会施設や、大型店舗のフロアーを借り受けた。

カナダでは、これらの患者収容施設の使用が行動計画に盛り込まれていた。そのための備品を準備することも想定されていた。だが、日本ではそのような対策について具体的に検討されたことはなかった。つまり急遽、こうした膨大な患者を看護するしかなくなったため、十分な備品や医療用具もないままに、苦肉の策として同じような対応がとられたにすぎない。そのため、これらの臨時の医療機関では十分な医療措置が施されようはずもなかった。

臨時の病院があちこちにできたことを受けて自衛隊には応援要請が知事からなされ、防御服を着た隊員が、お粥の炊き出しを始めていた。七分粥、五分粥、三分粥と作り分けられ、また味噌汁を薄めに作って、この病時食を臨時に収容された患者たちに配布するのだ。

＊

各地に設置された発熱センターでは、重症者の送り込み先となる病院を既に失っていた。これまでは病院へ送り出していた、帰すことのできない重症患者を発熱センターでも受け入れ始めざるを得なくなっていた。小さなテントに敷き詰められた布団に、患者が寝かされ始めた。もう、どうにもならない。テントに収容できる人数には限りがある。ほかに大規模施設で、患者を収容できる場所を探し出さなければならない。

その中で働く医師らは、一様に同じような悲痛な叫びを心の中で強くあげ始めていた。また治療にも支障をきたし始めていた。なにしろ医療機材がないのだ。これだけひどい呼吸困難には、人工呼吸器を装着し呼吸の安定をはかるのが通常だ。

しかし、野戦病院化したこの施設で、そんなことは不可能だ。患者が発症して運び込まれてきても1～2日の短期間で死亡するケースが目立ち始めた。

輸液での水分の補給すら、困難となった。下痢と嘔吐を繰り返す患者のための点滴が不足している。

「看護師長！　もう点滴がないんです」

「倉庫は見た？　非常事態用の棚の奥の箱にもない？」

「ありません」

「じゃあ、以後はもう点滴の代わりにスポーツ飲料を少しずつ飲ませて」

「はい」

もう医療行為といえないかもしれない。だが、なんとか少しでも患者の状態を改善させたいと、看護師たちは、イオン電解質の入ったスポーツ飲料を少しずつ与えて看護する。

細菌の重感染を防ぐための抗生物質も不足、枯渇し始めていた。誰もがパンデミック時の医療の限界を感じ始めていたのだった。

11月24日　大門高校グラウンド

伊藤由起子は、大門高校のグラウンドに仮設された発熱センターに患者を受け入れ、救護にあたると共に、教室や体育館なども借り受けて、そこを新たなる臨時の医療施設とした。自宅での療養が難しい一人暮らしの患者や重症者などの診療も続けていた。伊藤の他に医師会からの医師の派遣協力も仰いだが、なんと言っても医療器具と薬の不足は深刻だった。伊藤は、特に重症の患者を柔道場に集め、布団を敷いてケアをした。畳であることがせめてもの思いやりだった。もはやこれくらいのことしか、患者にしてあげられない自分が情けなく、何より悲しかった。

その部屋では、母と子、父と息子など、家族がいれば隣に寄り添うようにして、寝かせて看護した。若い母親と1歳に満たない赤ん坊が、息も絶え絶えに寝かされている。この親子は、伊藤が発熱センターを開設した際に、最初に血便を確認したときの、あのオムツを見せた母親とその子だった。2人とも、肺炎をひどくしている。昨夜まで母の意識はあったが、既に昏睡状態となっている。母親は伊藤が回診するたびに、「先生、この子を診てやってください。助けてあげてください」と繰り返し、時にはうわ言のように「この子を助けて」と途切れがちの言葉でつぶやいていた。しかし、薬もなく、点滴もなくなって、むろん、人工呼吸器などはここには1台もない。伊藤は打つ手を失って、赤ん坊と母親に水分を与え、おも湯を運び、2人のオムツを替える。そして、時に母の手を握って、「安心して、ここにいます」と話しかける。それを繰り返すことしかなかった。しかし、その手を握りかえす力も弱くなって、今朝方、母親が息を引き取り、赤ん坊も逝った。亡くなった母親に子供が這っていって、そばで抱きつくようにして死んでいたという。伊藤は、乳児検診に幸せそうにやって来た、かつての母子の姿を思い出していたたまれなかった。

父と息子の重症者もここにはいた。父親は体育教師、息子は小学6年の野球少年だった。父は中学校で野球部の顧問をしているという。息子をよくグラウンドに連れ出しては、部員と一緒に練習させていた。この父と子は、まず父が感染、翌日には息子も発症して、この発熱センターにやってきた。呼吸困難から肺炎がひどくなり、ここで療養している。互いに手を握り合って、励まし合った。呼吸の苦しさから、言葉での会話がつらく難しい。息子を励まし、助かろうと気力を振りしぼるような父親に、息子は「治ったら、キャッチボールをしたい」とやっと何度か語っていた。その息子が熱にうかされ、ようやく目覚めたとき、「お父さん」と握った父の手はもう冷たく硬くなっていた。

　何も出来ない自分、目の前で患者がどんどん亡くなっていく。平時なら、ああもしよう、こうもしようと治療の方針も頭に描けるのに、ここでは、あれも出来ない、これもないと、医師であっても虚無感に苛まれるだけだ。伊藤は医師となって初めて、これだけの多くの死を毎日看取り続け、こうしてやってきた〝大量死〟は、伊藤の精神を追い込んで行く。生ははかなく、死は当たり前にやってくる。結局、私は何も出来なかったのか。伊藤の精神が蝕(むしば)まれ始めていた。

12月1日　都内マンション302号室

「お母さん、お母さん。大丈夫？　まくらを取り替えようか」

小学校6年生の佳奈子はぐったりとした母の頭を細い腕で支えると、なんとか少しだけ上に持ち上げ、頭の下からもう生ぬるくなっている水まくらを取り出した。

「佳奈子、ありがとう……」

熱にうかされた母親はそれでもうすぐ目をあけ、消え入りそうな声で佳奈子に声をかける。

「お母さん、これも飲んで。熱が高いから水分をちゃんと補給したほうがいいからね、はい」

吸い飲みに7分目ほど入れてあるのはスポーツ飲料だ。佳奈子は母が飲みやすいように吸い飲みの先を母の口に少し差し入れると、少しずつ傾けて介護する。

「じゃあちょっと氷を入れてくるから、待っててね」

半分ほど母が飲んだところで、佳奈子は水まくらを持って台所へと向かった。台所に入る前にマスクと手袋をはずし、ビニール袋に入れて口をしばると、部屋の外の袋に捨てた。台所に入りドアを閉め、手を洗いうがいをし、メガネもはずして洗い、洗顔もした。また新しい手袋をはめて、冷凍庫から氷の固まりを出すと流しにおき、佳奈子はアイスピックでコツンコツンと氷を小さな固まりに壊し始めた。いつもは製氷皿につくった氷を使うのだが、今の母の熱ではほんの少しの氷では到底足りない。氷を割り砕きながら、佳奈子は半年ほど前に家族で交わした会話を思い出していた。

＊

佳奈子の父親は電力会社に勤務している。半年ほど前のある日、父親が夕食の食卓で、新型インフルエンザの存在について話をしてくれたのだ。そして、一人娘の佳奈子もよく聞くようにと念を押して、もし万が一、日本で新型インフルエンザ流行などという事態になった時には、お父さんは電力の供給を守るために会社に泊まり込みになって帰って来られない、という話をしたのだった。

「お父さんが留守なのは出張のときと同じだから別に関係ないよ。別にいつもと何が変わるわけじゃないでしょ？」

そう無邪気に答える佳奈子に、父親は少し怖い顔をして、新型インフルエンザが流行したら外に出てはいけないこと、予防のための準備をすること、そしてまたその予防グッズの始末もきちんとしなければならないこと、もし万が一発病した時には……とさまざまな対策を丁寧に話してくれたのだった。

「万が一の時には、お母さんと佳奈子で家を守ってほしい。絶対に病気に罹らないように注意をしてお父さんが帰ってこられるまで無事にいてほしい。お父さんはうちのことが心配でも帰って来られないからね。お父さんだって、そんな非常事態には家にいたい。だけど、お父さんが頑張らなければこの地方の電気が全部止まってしまうかもしれない。そんなことになったら今の世の中、何もかもが止まってしまって大変なことが起きてしまう。だからそんな非常事態の覚悟はいつもしていてほしいんだ」

あれから半年。その一つひとつを佳奈子とお母さんは復習し、備蓄用品も揃えたし、万全の注意を払ってきた。そしてお父さんの予告通り、日本でも新型インフルエンザが発生し、流行してきても、佳奈子なりに覚悟はし、母親と一緒に元気に、そしてそんな非常時に人々のために働く父親を誇りに思いながら、父親を送り出したのだった。

＊

だが、昨日の夜から母親がおかしくなった。

「どこでうつったんだろう……」

水まくらをつくりながら佳奈子はつぶやく。いや、でもそんなことを考えていても意味はない。とにかく熱が下がること、お母さんの体の中で繰り広げられているウイルスとの闘いのためになんとか体力をつけてあげることを考えなくては。

佳奈子は鍋を出し、お粥を作り始めた。作るといっても、レトルトの袋をお湯にかけるだけではある。

電話が鳴った。ひとりで頑張ってはいても心細い思いは変わらない。佳奈子は電話にとびついた。

「もしもし……、あ、お父さん！　大丈夫。お母さんも熱は高いけど、でもちゃんとご飯も食べられているし、スポーツ飲料も飲んでいるから。うん、うん……。わかってる。勝手には病院に行かないで、お父さんの会社の人を待ってる。うん、それまで、私がちゃんと看病できるから大丈夫。お父さんのほうは大丈夫？　ちゃんと寝てる？」

しばらく父親と話をすると、佳奈子は電話を切った。

父は、心配でたまらず、電話ではなく、今すぐにでも自宅に駆けつけたい思いを、必死になって留めなければならない。電力マンとして、電気を供給し続ける責務がある。電力は今、自宅でまたは病院で、多くの国民が新型インフルエンザの病魔と闘い、または家に籠城している国民の生命線、ライフラインなのだ。今は、会社の同僚を信じるしかない。

「お母さんのことは私が守るから！　お父さん！」

佳奈子は涙を拭うと、台所に戻っていった。メガネをかけ、手袋とマスクをしてお盆に粥の茶碗をのせると小脇に水まくらを抱え、この家の中での、闘いの前線となった母の寝室へと歩みを進めていった。数時間後、父親から連絡を受けた電力会社の社員らが、この母子の救護のためにマンションに向かい、職務を全うする同僚の代わりにその家族を守ることとなった。

12月10日　大阪・吉川クリニック

発生より1ヶ月後、大阪の吉川の病院では、息子の正が、クリニックの医療を引き継いでいた。

吉川は、病魔に倒れたあの日、大学病院で働く息子へ「あとの、この患者たちを頼む」と妻に伝言を頼むと、そのまま意識が戻ることなく、診療室の床に敷かれた布団の上で1週間後に医師である息子に看取られて亡くなった。看護師から連絡を受け、大学病院から駆け戻った息子の正は、実家のクリニックの診療室で、意識混濁のままの父、その横で枕を並べて寝込んでいる母、そして転院するべき病院を見つけられずにクリニックで父親が最後まで診療していた患者らが院内に敷き詰められた布団で寝かされているのを見て、立ち尽くしたのだった。正はすぐさまクリニックの奥から残っている医薬品、点滴医療具を取り出し、父と母、そして残された患者らに出来る限りの処置をした。

クリニックを休診にした後にも、医師が既に倒れているとは知らない患者とその家族が間断なく、クリニックのインターフォンを押し、中には「タミフルを分けてくれー」と外で叫ぶような光景も見られた。正は3日間、両親とクリニック内の患者の手当てをしながら、押し寄せる新たな患者とその家族の悲痛な叫びに応えることができない自分に歯がゆさを感じた。

吉川が倒れて4日後の朝、国・自治体で放出が決まっていた備蓄タミフルが、医療機関に届き始めた。要求量には及ばないが、これから順次放出されるという。正は、クリニックを再度開くことを決意し、父を看取った後も、クリニックの医療を立派に引き継いでいた。

新型インフルエンザの大流行は、1ヶ月たってもいまだに続いていた。過去の流行の経験では、最初の流行の一波は8週間続くとされているのだ。流行収束の兆しは見られない。日本の津々浦々にまで、ウイルスはその手を拡げてきていた。

外出を避け、屋内に閉じこもる人々、自宅で新型インフルエンザウイルスと闘いながら療養している人、多くの都市で医療機関だけでは対応しきれない大量の患者が、大規模施設にいっせいに寝かされていた。感染をおそれた人々が屋内に引きこもり、公共の交通機関も止まっているため、街はゴーストタウンのように静かだ。

発生から1ヶ月を経て、ようやく闘病の末、回復の見込みの出てきた人々もまだ体力が戻らず、働けるまでには至らない。流行が続く中、どの産業もその働き手の3分の1以上の人々を失って、経済活動は縮小の一途をたどっていた。

「人手さえあれば……」、そんな要望は街中のそこここにあふれ、備蓄ワクチンで免疫を持ち、軽い症状で済んだ人や感染して回復した人々などの「新型ウイルスに免疫を持った人」の社会機能参加が強く求められていた。

スーパーなど日用雑貨や食料品を扱う店では、いよいよ品薄になり、場合によっては営業を取りやめる店も多数出てきた。物流が滞り、品物が入ってこないのだ。特に、食糧の自給率の低い日本では、海外からの輸入に頼る様々な食料が、既に枯渇していた。

だが、すべてのスーパーや大規模小売店がこのような混乱状態にあったわけではなかった。日本に新型インフルエンザがやって来た時、大手スーパーのイーサイズでは、初手の対応から異なっていた。それは、プロジェクトチームがこれまで渾身の力をこめて築いた行動計画に基づき、迅速に対応を行ったからだ。

国内で新型インフルエンザ患者が発生し、厚生労働省によりフェイズ4Bが発動された時点で、イーサイズではすぐに新型インフルエンザ対策本部を本社内に設置、非常事態の態勢下に入った。患者発生が確認され住民の移動制限が発令されたエリアにある店舗には、住民のためのマスクやうがい液、薬用石けんなどの新型インフルエンザ対策用品をはじめ、生活必需品や食料品を供給するため、他の店舗より優先的に配送などが確保されるように対応措置がとられた。また、店舗の職員も日頃からの予防教育の徹底で、消毒や感染予防を行い、感染の拡大を最小限にする措置が徹底された。さらに、流行が拡大してもイーサイズでは、営業の存続を出来る限り優先し、また移動制限区域の店舗への流通の確保などにも努めた。日頃から徹底して教育された従業員によって、殺到した顧客の入場整理もスムーズに行われたため、一部のスーパーなどで起こった商品の奪い合いによる争乱や混乱とは無縁であった。

*

イーサイズでは店外に契約の警備員を含めた店員たちを何人も置いて、開店時をめざしてやってくる客たちの整理を重点的に行っていた。また、「いらっしゃいませ。マスクはお持ちですか？　お買い物の際にはマスクをおつけいただくようお願いいたします」と、さらに並んでいるお客たちにマスクを配布しながら、その装着を呼びかける。

新型インフルエンザが国内で発生するよりはるか以前、新型インフルエンザという感染症の存在が日本でも説かれ出した頃からイーサイズは地道な検討を重ね、対策をたててきたのだ。そしてその時準備された「私たちもマスク、ゴーグルで接客いたします。お客様もマスクをしておいでください」というポスターは、新型インフルエンザの国内発生とともに、あちこちに貼りだされ、イーサイズのお客たちへの啓蒙に一役買っていたのだった。

そもそも、新型インフルエンザの国内、地域での発生に合わせ、イーサイズでは混乱をきたすような店内での通常営業をやめ、マスク、ゴーグル、手袋をした社員によるイーサイズの大規模駐車場での新型インフルエンザの備蓄品リストに合わせた生活必需品のセット販売や、ウイルスが充満しやすい屋内でなく、ウイルスが三次元的に拡散していく、屋外の駐車場でのテント販売に切り替えていたのだ。

当座の生活をしのぐための缶詰、米、味噌や医薬品、衛生用品も並んでいる。イーサイズが、「お客様の命と暮らし」を守る小売業としての責任を持って、出来る限りの企業継続をしているのだ。

混乱を見越して考えられた入場制限やお客様の移動の流れも考慮した野外の売り場レイアウトが効を奏し、イーサイズでは大きな混乱もなく営業が続けられた。

レジでは、「お客様も、お大事に」のひと言が、若い社員の口から心をこめて出されている。

「お客様、新型インフルエンザが去ってしまったら、またこの店で大安売りをいたします。それまではお元気で」

これまで何度となく社員に対策の徹底を指導してきた店長の長崎は、その店員の挨拶を聞いて、何度も頷いていた。その長崎は、商品の動向を把握しながら、在庫の確認と本部への報告を滞りなくこなしていた。こうして、店舗での売れ筋の商品、つまり籠城に必要な商品を、店先で絶対に枯渇させないように努力しているのだ。加えて、毎朝集める社員の健康管理票で、病気の社員が出社していないことも確認していたし、この健康管理票では社員の家族の健康状況も把握できるようになっていた。家族が罹患した社員は、休ませねばならない。物資の確保と社員の健康管理、労働力の確保に最善を尽くすのも店長の任務だ。さらに、住民の多くは今、新型インフルエンザ流行の不安の渦の中で精神的にも限界状況に追いつめられている。その国民が一番に求める生活物資を配布するのだ。一触即発になりかねない住民感情の中で、イーサイズの店頭では規律を守って、貴重な日用品や食糧を円滑に秩序正しく、行き渡らせることが肝心だ。長崎は、それに気持ちを集中させて闘っているのだ。

パンデミック開始から1ヶ月。その被害の程度は市区町村によって大きく異なっていた。

医療機関が崩壊している町もあれば、奥沢が働くO県のようになんとかもちこたえているところもあった。その明暗を分けたのは危機管理の事前準備対策であった。

新型インフルエンザ対策ほど、その危機意識に温度差のあるものはない。まだ発生していない病気に対する危機管理の場合、その理解と危機意識がなければ、なかなか対策は進まない。米国政府は、これを払拭するために全州に毎週のようにインフルエンザ担当官を派遣して、州での新型対策のためのセミナーやシンポジウムを行って来ていた。そのため、全州で新型対策が揃って推進されていた。

しかし、日本国内では、新型対策の重要性を十分に認識していなかった自治体の中には、今回国内で患者が発生して初めて新型対策会議を開催し、いままでの国の行動計画を書き写しただけの対策マニュアルの具体性のなさに翻弄される自治体も多数出てきた。

T県では慌てて国に対策を問い合わせたが、国からは「県で対応しろ、だから対策計画策定の文書が3年も前に出ていたはずだ」と県の責任を問う厳しい返事が返って来ただけだった。

「そんな通達だけでなかなかやれるもんじゃない。それに新型インフルエンザは実際に出るまで病原性もわからないし、大したことがなかった時もあるし、あまり心配する必要はないと、あちこちで講演してまわったのは国の研究所の人間じゃないか。去年の週刊誌にだって、新型インフルエンザに罹っても国民のほとんどが治るってコメントしたインタビュー記事があったのを自分は覚えているぞ。それを読んで、これなら慌てなくてもいいと、他の山積する業務に没頭していたんだ。だから新型インフルエンザ対策の計画も予算も計上しなかったが、その時の上司は何も言わなかった。危険性の実態をよく理解できるように自治体に伝えなかったのは誰の責任だ」

いざ、新型インフルエンザが上陸すると、報道によって明かされる地域ごとに違う対策や対応に関して、市民の怒りの矛先(ほこさき)は保健所や地方の役所に殺到していたのだ。だが、糾弾される側の保健部長にも言い分はあったのだ。彼はそう叫ぶと、男泣きの悔し涙をポタポタと落とした。

責任重大な地位にある彼としてもなんとか対策を実行したい。市民のために働きたい。だが、うがい薬もマスクも、不足分を発注しても在庫切れで、今更何もできないのだ。

当たり前のことだが、この県では、この大流行に際して、ウイルスの伝播拡散速度に倒されるように、急遽編成した対策本部内部からも次々と感染者を出し、死亡者も出ていた。そのため、ますます機能が低下し、実質的に県民のためには全く働かなくなるという悪循環に陥っていたのである。自治体は自治体自身で守るしかない。新型インフルエンザは世界同時流行だから、外部からの支援はしょせん無理なのだった。

これでは、大流行が一段落した後に、検察が担当者の不作為の責任を強く追及することになるかもしれない。だがもちろん、怒濤のような新型インフルエンザの混乱の渦中にあるこの時点では誰も予想をしてもいないことだろう。

12月12日　東京都内・犠牲者の埋葬

患者が収容された病院、大型施設でも、治療の限界を超え、力尽きた犠牲者が出始めた。ところが臨時の病院とされた大型施設には霊安室などあるわけもない。かといって遺体を患者と一緒に置いておくわけにはいかない。

自治体は早急に、市区町村営の体育館などを一時の遺体安置場所としたが、大きな問題にぶつかった。

誰もが免疫を持たない新型ウイルスに人々が感染すれば、ほとんどが発症を避けることはできなかった。

つまり、亡くなった患者がいるということは、その家族全部がその患者から感染して新型インフルエンザに罹っている可能性が高く、病中の家族らに、遺体を引き取れる余裕も力もなかったのだ。

さらにH5N1は全身感染のため、その体液、血液にもウイルスは存在しうる。つまり、新型インフルエンザがまだ新型に進化する前、まだ過去に鳥インフルエンザであった頃、うつる可能性があるので、死鳥には触れるなと言ったのと同じ理屈がここにも成り立つ。かといって、感染していない親戚や知人が感染のリスクを冒してまで遺体を引き取るとも考えにくい。

過酷な現実ではあるが、遺体は危険な感染物なのだ。感染源をなくすためには、円滑な火葬が必須である。しかし、火葬場は昼夜兼行で焼いても、間に合わない。

実は現在の我々もほとんど知らないことだが、90年前のスペイン風邪の流行時にも、これと同じ現象が起こっていたのだった。次々と人々が亡くなり、関東大震災の4倍以上、およそ45万人が亡くなったと推計されている。そのため当時は、大阪駅、上野駅に棺桶が積み重なって置かれたと、ものの本に書かれている。市内の火葬場がいっぱいだったため、家族が地方の焼き場に持って行って焼こうとした遺体が次々と運ばれ山積みにされたのだった。人々は、時間の経過とともに傷んでいく最愛の人の遺体をどうすればいいか途方にくれながら右往左往していたのだ。

そんな過去の悲惨な経験と同じようなことが現代の日本でも、繰り返されようとしていた。

自治体は、最後の決断を下す。密閉式の納体袋に名前のプレートを付け、大きな穴、深淵のような穴に集団埋葬をすることを決めたのだ。だが、疲弊した自治体にはこの作業を行うだけの余力は全くなかった。自治体から防衛省に、この過酷な作業を遂行してほしいとの依頼が次々と舞い込んだ。

東京都でも、ほとんどの都立公園で集団埋葬が始まった。それは歴史にあるペスト流行時の埋葬風景と酷似していた。

遺体安置所では、自衛隊員が2人1組になって、次々と遺体を納体袋に密閉していく作業が始まった。流行がその激烈さを増した頃、あまりに夥しい数の死者が出たために棺桶は品薄になって、入手できない状況になっていたのだ。スペイン風邪の時にも、棺桶の入手できなかった人々は、茶箱などの代用品を使ったことが記録されている。袋に入った遺体を次のグループが入り口近くの置場に運び、次のグループがその先まで運んで、そしてトラックに乗せる。それは、深い共同墓穴へと運び込まれる。

犠牲者は、赤ん坊もいれば、幼児、小中学生から、青年層、壮年層まで、すべての世代にわたっている。自分たちと同じ、20代や30代の遺体も目立って多い。生きていた人が、今、こうやって梱包されて積まれて行く。自衛隊員の中には、犠牲者に自分の周囲の同じ年頃の父母や兄弟、子供などの家族の誰彼が連鎖的に浮かんで、やりきれない思いに苛まれる者も多い。いくら日頃から訓練を積み、国民のために働く強靭な魂を養っていても、この悲壮な作業にあたった多くの隊員の精神を崩し、トラウマとなって爪痕（つめあと）を残して行く。こうして運び込まれた遺体は、整然と積み重ねられて〝埋葬〟されていったのだ。

多くの叫びの中で、数百の遺体が同じ穴に積み重なっていく……。

パリの中心部の地下には、今も600万体のシャレコウベが積み上がっている。カタコンブと言われるその場所は、地下鉄に隣接して、その入り口がある。パリの市中、さまざまな有名な通りの下、迷路のような地下道に夥しい数の人骨が、積み上げられては時を刻んでいることを多くの日本人は知らないだろう。これらの死因は同定できないにせよ、そのほとんどがペストを中心とする疫病の流行による犠牲者であることは、歴史的には明白だ。疫病の流行時、ヨーロッパでは死体がラザニアのように積まれたと表現される。このカタコンブでも人骨が、ラザニアのように壁を造って人間の背丈以上に積まれている。ヨーロッパでの疫病の記憶とはこのようなものだ。この疫病の恐怖の記憶は、日本には残っていない。

12月10日　O県衛生研究所

奥沢は、テレビの画面に映し出された自衛隊による埋葬を遠景で捉えた映像を直視していた。自衛隊員は宇宙服のような防御服を着て、黙々と作業をしている。その作業とは、一体ずつ名前を付けて、遺体の入れられた納体袋を大きな穴に積み重ね、集団埋葬する作業だ。

「ダニエル・デフォーの『疫病流行記』、１６６５年のロンドンのペスト時の埋葬風景とそっくりじゃないか。いや、そのものだ。３４０年以上たっても同じことが繰り返されているのか」

奥沢の眉間(みけん)に青筋がたっていた。奥沢は、感染症研究所の大田信之の会議や講演での姿を思い出した。大田は、繰り返し、このＨ５Ｎ１型鳥インフルエンザからの新型インフルエンザは、全身感染を伴う重症疾患になる可能性が極めて高いと警告していた。だからこそ、備蓄ワクチンのなるべく多い生産、備蓄をしておくこと、そしてパンデミック・ワクチンの生産能力の拡充、さらにタミフルの備蓄、国家生産までを訴え続けていた。国の新型インフルエンザの会議でも、声を荒げながらも再三、新型インフルエンザ対策の必要性を叫び続けていた。その中でも、もっとも彼が強調したのは、新型インフルエンザは医療問題だけではなく、危機管理、安全保障の問題であるとしたことだった。

今、目の前のペスト埋葬風景が、この21世紀で繰り返されていることは、大田の言った、安全保障、危機管理の問題そのものであったことを指し示している。

　奥沢と、大田とは親しい仲でもある。感染症研究所の部長と県の衛生研究所の所長は、学会でも委員会でも研究会でも顔を合わせる。医師となり、研究者となって、最終的に公衆衛生のこの疾病対策を職務とした人間には、互いにわかり合える何か共通の絆がきずなあるものだ。2年ほど前であったろうか。学会の後の懇親会で、奥沢は大田と2人で酒を酌み交わした。その場でも、新型インフルエンザ来襲時のシミュレーションの討論となって、奥沢が「新型がやってきたら、それは戦時下ですわ」と言った時、大田も「まさにその通りです、その戦時下になる実態をどう事前に相手にわからせて、対策をさせるかが一番の問題なんですよ。事が起きて、犠牲者が出ないとなかなか動かないのが行政です。新型インフルエンザは、危機管理問題ですから、出る前に出来るだけ準備して、出たら、その計画を必死でやるしかないんですよ」と答えていた。

　当時、奥沢は県の新型インフルエンザ対策の計画を作る中心となっていた。大田は、WHOの重鎮として、世界の新型インフルエンザ対策を担うと共に、国の新型インフルエンザ対策のメンバーの一人であった。大田は、欧米先進諸国に比べて、日本の新型インフルエンザ対策が牛歩のごとく立ち行かないのを憂えていた。「WHOの会議では、日本は幸いにもSARSが入らなかったから、新型インフルエンザについてもどこか大丈夫なんじゃないかと、楽観視しているのではないかと指摘されましてね。ＳＡＲＳの流行がなかったことが日本には不幸だなんて、参りますよ」と大田が語ると、奥沢は「日本は事前対応が鈍い、感染症となると特に鈍いですね。やはり、欧米は陸続きの大陸で何度もペストを経験したことで、感染症の怖さに対する意識レベルが違うのでしょう。しかし、その実感できないことが、事前対策を鈍らせて、命取りになるんですがね」と答えた。

大田は、全くその通りとグラスのビールを空けて「医学史で有名な立川昭二先生が、日本人は感染症には不感症だって語ってましてね。やはり中世のペストの経験がないということを指摘していましたよ。そして、立川先生が、新型インフルエンザは、伝播の経路、どこからどうやって誰から誰へってね、その経路が全く追えない感染症だって、言ってるんですよ。まさにその通り、出始めたら、みんないっぺんですよ。そして今、問題なのは病原性の強さです。特にＨ５Ｎ１、今の東南アジアの患者、先だってＷＨＯの会議で、胎盤感染した写真を見せられましてね。胎盤ですよ。母子ともに亡くなってましたよ。この強毒性のウイルスが鳥で流行し、ヒトへの感染を始めながら、今、患者を増やしている。このごろ、ヒト型のレセプターに変化したウイルスや36度のヒトの体温で増えやすくなったヒト型に近いウイルスが分離されるようになってきています。刻々と新型に近づいている。あのＨ５Ｎ１型鳥ウイルスがヒトの新型インフルエンザになるのは時間の問題ですよ。インフルエンザウイルスが、今、何十万年の歴史か、途方もない年月の中で、呼吸器感染症から、全身感染に移行する可能性が科学的に高いわけです」と語った。

奥沢は、大田から胎盤胎児感染の話とヒト型になりつつあるウイルスが検出されているのを聞くと、さすがにギョッとして「ですから、先生、そんな重症疾患がインフルエンザの伝播力の強さで、新型として誰も免疫がない以上、やはり、備蓄ワクチンの国民への広い接種しかないでしょう。かかったら、大変な医療資源も必要ですし、新型発生時には無理ですよ。ですから、何より予防、予防にまさるものが新型インフルエンザではないと思うんです」と力を込めた。

「奥沢さん、まさにその通りなんですよ。だから、何度もそこを委員会でも対策会議でも議論している。しかし、対策はなかなか動かない。米国やスイスで、動き始めている新型対策が、日本では非常に遅れている」

奥沢は、その時の大田との会話を思い出し、抑え難い憤りにかられていた。大田のような世界一流のインフルエンザ研究者が、既に何度もH5N1型インフルエンザの科学的裏打ちのある警告を続けてきたのだ。

「先生、いつ頃、H5の鳥ウイルスは、新型インフルエンザになりますかね？　難しい質問ですが」

「奥沢さん、１９９７年のマーガレット・チャン局長の対応、香港中の鳥を殺して、人への感染経路を切った、あれね。彼女の英断が、いままでの時間かせぎをしてくれたって思っています。いままで、よくもってくれてる。そしてね、２００６年の4月にインドネシアのカロで、鳥から人、そして人、また人と3連続の人から人への感染事例があった。あの時も、隔離や対策をインドネシア政府がやって止めた。だから、本当の新型ウイルスにならないでニアミスで済んだ。いままで、世界中で、感染や感染疑いで処分された鳥は、もう3億羽をゆうに超えるんです。ＷＨＯでは、新型発生は、ｉｆでなく、ｗｈｅｎの議論になっている、そして、今、よくもちこたえてくれてる、それが僕の実感なんです」

3億羽。Ｈ５Ｎ1型ウイルスは、既に鳥の世界では、パンデミックであるということだ。いままで、強毒のウイルスは野外では流行しないとされていた。すぐに宿主を殺すようなウイルスは、動物の体内でしか増えることのできないウイルスの宿命からしたら、愚かなウイルスなのだ。そのようなウイルスは、野外では淘汰(とうた)されて生き残れないと考えられてきた。しかし、Ｈ５Ｎ1型ウイルスは、そのインフルエンザウイルスの常識を超えて、強力な伝播力をもって、強毒株のまま、家禽、野鳥の世界でパンデミックを続けている。人の世界で、強毒株の新型インフルエンザとなって、パンデミックを起こさないと誰が否定できよう。

よくもちこたえてくれてる、という大田の言葉が、奥沢の胸に深く刺さった。このもちこたえてくれてる時間を無駄に出来ようか、今後、俺はO県を背負って、対策を説かねばならない。奥沢はそう決意したことを思い出す。

俺も、彼の背中を追って、やってきたつもりだ。

「新型インフルエンザ対策は、危機管理なんですよ、奥沢さん。危機管理っていうのはね、最悪の状況を想定しながら、やっておくことが大大前提です。H5っていう最悪の状況を想定しながら、対策をやっておけば、もし、ラッキーにもそれ以下の病原性の低いウイルスがやってきても、カバーできる。そこで命が救われるんです」

「奥沢さんも僕も、感染症の被害者をどれだけ救えるかが、仕事です。新型インフルエンザの死者数を、厚労省は64万人と試算している。しかし、これは、アジア風邪や香港風邪など過去の弱毒の新型インフルエンザをベースに今の人口に当てはめたものです。現実には、H5N1型は、強毒株です。強毒性を一義的に規定しているH5の解裂部位は、相変わらずアルギニンなどの塩基性アミノ酸の連続する強毒型・全身感染の典型的配列になっている。これは科学です。現実を直視しないといけない。科学をまっすぐに冷徹に見ないといけない、それが研究者でしょう。強毒の株だと、日本で210万人が亡くなると海外の著名なシンクタンクが試算している。210万人の死者。この死体の山を何メートル下げられるのか、それを僕らは今、時間かせぎの間にやらんといかん」

　奥沢は大田の言葉に大きくうなずいた。

「大田先生、僕は、普段からいろいろな予防接種の仕事をしていて感じていたことですが、準備されたワクチンが使われずに残った時、日本人はなんでこんな無駄をしたんだって、そういう世論が必ず出るでしょう。しかしね、使わずに済んで良かったというのが本当で、欧米ではそう国民は感じるんですよ。感染症対策は、命の危機管理ですから、その最たるものが新型インフルエンザです。今日は、先生に励まされましたよ」

　あの時の会話が鮮明によみがえって来る。

　しかし、一方で多くの役所で対策が遅れたことは、今、ペストの埋葬風景となって、すべて国民の命を代償として降りかかったではないか。

　１９９７年の香港の強毒性鳥インフルエンザの男の子への感染以来、インフルエンザのサイエンスも、そして21世紀、遺伝子ゲノムの解析、組み換え、科学は飛躍的に発達した。インフルエンザワクチンの安全性、有効性、効果、生産能力も飛躍的に進歩を遂げた。日本は世界のトップレベルのワクチン能力を誇っていたはずだ。科学が発達しても、その使い道、使い方を知り、考えるだけの知恵がまだ追いついていないのか。移植技術が先行し、移植倫理がその後追いをして委員会が組織されるように、科学に英知が追いつかなかったのか。

今、先進国とされる日本で、薬もワクチンも枯渇している状況は、まさに〝中世のペスト〟と同じではないのか？

奥沢の目からは悔し涙が溢れてきた。「馬鹿やろう、中世のペストと同じじゃあないか。いや、人口密度が上がり、自給自足がなくなった現代であれば、もっと状況はこれから悪くなる。あれほど、会議でも説明し、訴え続けてきたのは何だったのか」

＊

家にこもった人々も既に1ヶ月を経過して、備蓄した食糧もなくなり始めていた。十分な準備を行っていたはずの家庭でも、新たな食料品の入手が多くの店舗閉鎖で極めて困難になっているため、籠城生活はそろそろ限界に近付いていた。

食糧や生活必需品の役所への問い合わせも続いている。日常必需品の不足はますます深刻化し、それにつれて治安も不安定になってくる。物置にしまっておいた食糧備蓄品が盗まれた、閉めている店舗のシャッターがこじ開けられて荒らされたなどの事件も頻発し、警察の警備強化が求められたが、警察官の3分の1も病欠しているありさまではいかんともしがたい。商店街では夜回りの警戒も検討されたが、感染とトラブルに巻き込まれることをおそれる商店主たちの誰もが積極的に動こうとはせず、結局小さな空き巣や泥棒は手をこまねいて見ているしかなかった。

ガソリンの供給は一般のガソリンスタンドでは、既に全く不可能となっていた。流行の初期から、公共交通機関での感染の危険性が指摘された段階で、ひとまず安全な移動手段のためにと自家用車、業務用車を問わずとにかく自分の車のための燃料を確保しようと人々がガソリンスタンドに殺到し、あっという間にガソリンは売り切れてしまったのだ。その後一時はガソリン供給が回復したように見えたが、世界的な流行の拡大とともに石油原産国での生産量と輸出量も激減している。輸入がストップしただけでなく、供給する石油会社の業務縮小や、運搬するトラック運転手などの病欠による物流の停滞などで、新たなガソリンがガソリンスタンドに供給されなくなってしまったのだ。

クウェートを石油満載で出航していたタンカーが、出航時に既にウイルスがしのび込んでいたのか、船長はじめ乗組員が次々に新型インフルエンザに倒れ、インド洋沖で漂流しているというニュースが、ガソリン供給が途絶えている象徴的出来事として、ネット上に流れていた。

ガソリンの不足は、それまでは最低限の範囲ではあっても、車を利用して移動を可能にしていた地域の住民の足そのものに影響し始めていた。それに加えて、政府は石油の配分を厳しく制限したのだ。

街の中では、病院に行こうとして力尽きてうずくまる道路沿いの病人、行き倒れた人々への救護も、一般の人々はもちろんのこと、もう警察も保健所も手が出ない状態となった。家の中でひっそりと亡くなった人にも、まだ手が差し伸べられていない。多くの街が街としてのみならず、社会としても機能を失っていた。

エピローグ

暗いマンションの一室にコンピューターのデスクトップの明かりだけが浮かぶ。新型インフルエンザが発生してから、２ヶ月後。ようやく患者の発生も減少し始め、流行は収束の兆しが見え始めていた。

日本で流行が始まってから、政府は節電と節水を国民に強く呼びかけ、自宅や職場に籠城している国民も電気が止まることを恐れて、それらに応じていた。溝腰も、外界との接点になるインターネットを繋げながら、この明かりだけでいることにもう慣れていた。

福岡空港での検疫官としての溝腰は、今、自宅待機の状態にある。パンデミック宣言がなされ、フェイズ6になると、新型インフルエンザは指定感染症からはずされた。もう隔離などしても、全く効果がない状況である。そして、国は、全医療窓口を開けて、新型インフルエンザの患者を診療することを宣言。このパンデミック宣言、緊急事態宣言がなされた後、ようやく旅客機の離着陸は止まった。溝腰の検疫官としての仕事も、再開まで自宅での待機を余儀なくされていたのだ。

溝腰は、自宅のマンションに閉じこもり、初めの頃は、新型インフルエンザの流行の動きと世の中の状況について、テレビとインターネットで情報を得ながら、籠城して過ごした。しかし、それも精神的に限界に達し始めた。もう、マンションにこもって、1ヶ月半以上が過ぎていた。

前々から、新型インフルエンザにアンテナを高く挙げていた溝腰は、自宅のマンションには、それなりのものを2ヶ月分程度は備蓄していた。しかし、長期の籠城にはその食糧も心もとない。それらが尽きる前に購入しておかねばと、用意周到にインターネットで物を確保できる店を探し、足を運んだのは自宅マンションと同じ区にあるイーサイズであった。職場から支給されていたマスクにゴーグル、それに全身を覆うコートを羽織って、リュックを背負った。それから駐車場で販売されていた食糧日用品の備蓄品セットを購入した。一人1セットしか購入できない。物資はもう既に貴重品となっていた。物が不足して高騰しているというニュースもあったのに、イーサイズのセット品は流行前と同じ値段だ。中身を確かめると、これであと2週間はどうにかしのげそうだ。

久しぶりに見る外の風景は、人影もまばらで街はガランとしている。以前は渋滞の多かった福岡の道路も、車が非常に少ない。それもそうだろう、ガソリンがないのだ。パンデミックに突入した時、食糧や薬と同時に人々を直撃したのは、ガソリンの不足だった。新型インフルエンザは、世界同時流行であるから、輸入品目にはすぐに影響が出始めた。医薬品や食糧などの生活必需品の物流を確保するための運送、さらにライフライン維持者の輸送の確保、医療現場への患者運搬などに使われるガソリンの供給が最優先となって、マイカーへの給油は巷のガソリンスタンドではほとんど出来なくなっていた。ガソリンの給油が乏しくなった頃、いっせいにガソリンスタンドの周囲に長いマイカーの列ができ、人々が新型インフルエンザへの感染を恐れて、窓を閉め切って待つ映像がテレビで流れていた。しかし、今はマイカーへの給油そのものが不可能となって、ガソリンスタンドも休業のまま殺風景な姿をさらしている。

子供たちが走り回っていた小学校のグラウンドにも、人けはほとんどない。教室には、今はたくさんの患者が運び込まれ、看護を受ける場になっている。窓から、白衣で動き回る人がチラチラと見えるが、医師が診察して回っているのか。この地域では、隣の体育館が遺体安置場所になっているのを思い出すと、溝腰は、うつむいて足を速めた。

マンションまでの帰り道、溝腰は海沿いの遊歩道を急いでいた。以前、ここからは福岡空港を離着陸する飛行機がよく見えた。早朝には、パールブルーの空をバックに飛ぶ機体が、夜はウイングランプの点滅がその存在を教えていた。ＳＡＲＳ発生以来、検疫官としての職務に大きな意義を感じていた彼は、その飛行機の姿をある種の誇らしさをもって仰ぎ見ていた。

しかし、そんな検疫官としての誇りも自信も、新型インフルエンザの来襲で打ち砕かれていた。飛行機も多くが運航止めとなって、その姿もない、砂浜の波打ち際には、白い貝殻がうち上げられている。その貝殻を手にして、その白さ、波に洗われて摩耗したカルシウムの固まりの手触りに、一瞬、人骨を連想した自分にぞっとして貝殻を落とした。骨、集団埋葬の画面のインプレッションがよみがえったのだ。

新型インフルエンザが、ゲマインで発生した時、スイスでは全国民分の備蓄ワクチンの集団接種がすぐに開始された。ちょうど溝腰らが、空港の検疫所で所長から備蓄ワクチンの接種を受けたのと同じ頃だ。このワクチンは、まだ鳥インフルエンザであった頃のインドネシアのＨ５Ｎ１型鳥インフルエンザのウイルス株で作られていたが、同じＨ５Ｎ１型ウイルスであるからパンデミックを起こしたＨ５Ｎ１型ウイルスと交叉する免疫が働く。この備蓄ワクチンの接種によって、スイスでは患者の発生数も致死率も顕著に低く、社会機能の混乱からも逃れている。永世中立国となって以来、自国の平和は自国でまかなうというスイス政府のスタンスがなしえた政策であった。米国でもスイスと同様に、全国民分のプレパンデミック・ワクチンが速やかに接種されていた。そのため、健康被害も非常に小さく、人命も守られていた。

　溝腰は、検疫官という任務遂行のために、日本で１０００万人分しかない貴重なワクチンを接種する権利をもらっていた。それが効を奏したのか、彼の体に異常はない。今、多くの日本人が犠牲となって集団埋葬されている中で、彼は生きのびているのだ。

　犠牲者の正確な人数は不明として、日本国内だけで１２０万人以上が亡くなっている模様と報道されている。正確な人数が不明って何だ。国や市区町村は死人の数も把握できてないって、そりゃあ、何なんだ。それだけ、役所の機能も減衰するほど、行政も痛手をくっているということか。

　２ヶ月の間に１２０万人の人間が亡くなった現実は、知人や親戚、家族の誰かに犠牲者が出たことでもあった。元気であった人が、新型インフルエンザに罹って亡くなっていく、自分も家族もいつ、この伝染病に罹るのかわからない。明日のことが知れない不安に苛まれる。今まで、日常の生活に死を意識することの希薄だった日本人であったが、その死生観に大きな変化をもたらした。死は、遠いものではない。いつやって来ても、不思議ではない。そんな風潮が流れ始めていた。

　溝腰は、新型インフルエンザに対して、自分の職務があまりに無力だったという思いと、そして、そのウイルスの猖獗の凄まじさに虚無感を感じながら、しかし、回避できる手立てはなかったのか、という疑問に苛まれ続けていた。溝腰は、インターネットで情報を得る一方、マンションで大学院時代の感染症や疫病の本をむさぼり読んでいた。

溝腰は、ネットで世界の状況にも目を向けていた。アメリカでは、強い行動規制が敷かれているという。新型インフルエンザが発生したと同時に、大統領が前面に出てパンデミック・フルー（新型インフルエンザ）の対策の指揮を執った。副大統領は、核シェルターにこもったが、それは万一の時に次の大統領責任を果たすべく、計画にのっとった対策の一環だという。米国国民の行動規制に際しては州兵が警護に当たり、その徹底ぶりはまさに戦時下を想像させた。その効果は絶大で、ウイルスの伝播が抑えられ、患者発生は相対的に低く抑えられている。その間、米国では半年以内に全国民にパンデミック・ウイルスでのワクチンを接種するべく、フル稼働でワクチンプラントが稼働していた。カナダでは、4ヶ月で全国民にパンデミック・ワクチンが供給される予定だ。

欧米では、自宅でのネットを介した仕事の継続が、企業の新型インフルエンザ対策として、広く啓発され、準備がなされていたために、企業活動も縮小はしながらも継続している。米国が半年以内にパンデミック・ワクチンを全国民に接種した後、この国は新型インフルエンザの脅威の呪縛から解き放たれるだろう。

日本でも、パンデミック・ワクチンの生産が開始されたというが、ワクチンが出てくるのは早くとも約1年後、しかも、その人数分も定かには発表されていない。備蓄ワクチン同様、全国民になど、到底回る量ではないのだろう。それに今、マンションでこうやって、籠城して待機する自分には、1年後のことなど想像もつきはしない。考えも及ばない先の話だ。

EUヨーロッパ連合は、米国同様、その行動は素早かった。フランスでも首相がすぐに指揮を執って、強行な国内の新型インフルエンザ対策が進められた。海外との交渉では、大統領が前面に出た。他のEU諸国でも、首相クラスが強い政治的決断を下し、先へ先へ、感染拡大を遅らせる手を打っていた。これは見事なばかりの早業だった。しかし、そのどれもが周到な事前計画があってのことだったのだ。

日本では、新型インフルエンザの厳戒態勢を見極めるまでに、何回もの会議を経て、どれだけの時間がかかったのか。その間にも、人口密度の非常に高い日本の都市で、新型インフルエンザの火の手はめらめらと高く燃え上がった。その次には、医療機関が破綻していたのだ。その後を追うようにして、さまざまな対策が打たれていったが、時は既に遅かった。それは、新型インフルエンザという非常に速い伝播速度を持つ、伝染病、疫病が成した悲劇でもあった。すべてが、事前理解と事前準備にかかっており、それで明暗がはっきりと分かれることは、今となっては明確な事実となった。

今まで、感染症研究所の大田らの研究者が、H5N1型ウイルスの強毒性と新型インフルエンザの対策を叫んできていた。酒井俊一保健所長は、毎日海外の新型インフルエンザの情報を訳して発信し続けてきた。それらに耳を貸さなかったのは、誰であろうか。貸さなかったのではない、無関心であったのだ。新型インフルエンザに関心すら持てなかったことが、後手後手の対応を招いたのだ。

検疫官としての自分の前を多くの感染した潜伏期の患者が通り抜けて行き、そして、福岡のこの地で、今、患者を出し続けている。しかし、そもそも新型インフルエンザというウイルスは、検疫で止められるような甘いウイルスなんかじゃなかったのだ。つまり、発生すれば、すぐにも入ってくるということを〝想定〟した対策をやっておくことが肝心だったのだ。

新型インフルエンザは、発生したら、すぐに入って来る、この事実を知識として知っている人間も多いだろう。科学者は、当たり前にそう答えるだろう。しかし、そのサイエンスの当たり前を、オブラートに包んで、ぼかして直視しないような風潮が、この日本にあったのではないか。それが、個人も公も、このウイルスを楽観視し、対策を遅らせる根源になったのだ。

この伝染病、疫病の対策にあっては、欧米と日本では、大人と子供ほどの差があったのだ。しかも、政府だけではなかった。日本人そのものが、伝染病、新型インフルエンザに対して、子供だったのだ。それはなぜか。溝腰は、その答えを自身の書棚の中の本に見出していた。

ヨーロッパでは、当時の人口が3分の1になったという中世のペスト、黒死病の惨劇とそれ以降繰り返しやって来たペストの流行の記憶が今なお残っている。溝腰は、学生時代、短期留学してホームステイしたドイツの片田舎の家のケラー（倉庫）を思い出した。そこには、普段からワインやチーズ、缶詰や瓶詰が、2年や3年、過ごせるほどに貯えてあった。半地下の溝腰の部屋は、その夥しい備蓄品倉庫の隣だった。驚いた溝腰に、下宿の主人が、「病気が流行ることもあるし、何があるかわからないから、用意しておくものだ」と言いながら、「これはドイツの常識で、家を作る時には、まず地下に倉庫を確保するのが最初なんだ」と語ったのを思い出す。当時、聞き流した〝病気が流行る〟という言葉の意味を今更だが、理解したのだった。

　アメリカ大陸はどうだったのか。新大陸発見の後、南米のインカやアンデスの古来の文明が、いともたやすく、駆逐されていったのは、ヨーロッパ人が持ち込んだ天然痘や麻疹の伝染病が、それらの免疫を全く持たなかった先住民に大流行を起こしたからだ。疫病の大流行の中で仲間が多く死んで行くのを見た時、スペイン人に対し戦闘していく気力さえも萎えたという。50年の間に人口が10分の1にまで減少した感染症の悲劇は、征服者のＤＮＡの中にも強く恐怖の念を擦り込んだであろう。

中世のペストがもし、日本に入っていたなら、源平合戦どころの騒ぎではなかったはずだ。日本は長い鎖国が効を奏し、感染症、伝染病の惨禍にさらされた経験はなかったのだ。鎖国は感染症の意味では、幸運を日本にもたらした。日本人の感染症への危機意識の希薄さは、今までの歴史の中にその理由が垣間見える。そして今、高速大量輸送時代に入って、島国でなくなった日本が、初めて経験した疫病、感染症の大流行がこの新型インフルエンザであったのだ。

今、打ちひしがれた日本の国民は、疫病の恐ろしさを初めて、受け止めざるを得ない極限状態に陥っているのだ。ここまで考えると、溝腰にとって長く自分の中に淀(よど)んでいた、なぜ日本で新型インフルエンザへの関心が希薄だったのか、そのわだかまりの一端が解けていくようにも思える。しかし、どうにか打開できなかったのか、その堂々巡りの疑問の中に落ち込んで行く。あきらめきれない思いに締めつけられる。

溝腰は、自分のマンションに戻ると、いつもの水の備えを始めた。ビニール袋に水を入れて、輪ゴムできつくしばって置いておく。これを幾つか作って、順次に使う。いつか水が止まるのではないかという不安がトラウマのように襲って、毎日彼にこれをさせるのだ。使い回しするビニール袋は、どこか漏れているのか、水がしたたり落ちている。漏れるところを確かめようと握ったとたん、ビニール袋はパッと裂けて、水が周囲に飛び散った。ふと、溝腰は、新型インフルエンザ対策は、ビニール袋の中の水だったのかもしれないと思った。ビニールが完全なら、漏れることはない、ＯＫだ。しかし、１ヶ所でも弱いところがあったなら、そこからいつか漏れ出す。そして、それはいつか大きく裂けて、水が飛び散る。そうなると、もうどうにもならない。だから、幾重もの準備が必要なのだ。

死んだら生き返らない。だから、何重もの準備をしておくべきだったのだ。それをしておいたなら、集団埋葬の悲劇がこの豊かで衛生的な日本で、起こることもなかったはずだ。

１９１８年、スペイン風邪（スペインインフルエンザ）がやってきた時、犠牲者の年齢のピークは、20代、30代の働き盛りの青年層だった。この世代に多くの死者を出したことが、社会復興を遅らせ、１９２９年の世界恐慌へのトリガーになったとされる。そして今、同じようにＨ５Ｎ１型新型インフルエンザでも、若い世代に死亡者が多い現象が起こっている。想定されたことを認識できなかったツケを溝腰の同世代の夥しい数の人間が命を代償として受けているのだ。

ふと、溝腰は思った、「俺は、備蓄ワクチンも受けた、職務を遂行するために、タミフルの予防投与もしていた、完全に近い防御服で仕事をこなした。今、生き残ってはいる。しかし、これから本当の社会への影響が日本を襲ってくるのか」。新型インフルエンザは、１回の流行では収まらない。一度、下火になった新型インフルエンザは、第二波、第三波と、国民全部が疫病にかかるか、ワクチンを打つかして免疫を持つまで流行は止まらない。第二波は、第一波で感染を逃れた人々に襲いかかってくる。それまでにパンデミック・ワクチンは間に合うのか。もはや、この国には薬は残っていない。この期に及んで緊急輸入など、不可能なのは明白だ。そして、新型インフルエンザによる本当の社会混乱が、5年、10年というスパンでこれからやって来るのだ。それは、どんな形で現れるのか、溝腰には予想だにできないことだ。不安どころではない、言い知れない恐怖に溝腰はかられながら、真っ暗な部屋に座り込んだ。

あとがき

現時点で新型インフルエンザの大流行が起これば、「最悪のシナリオとして、世界全体で1億5000万人（世界の推定人口は約66億人）にも及ぶ死亡者が出る」との国連による試算がある。日本でも、厚労省によると64万人、オーストラリアの研究機関によると210万人の死亡が予測されている。

新型インフルエンザは、単なる医療や公衆衛生の問題に留まらない。一地域、一国内の問題をも超えた、地球レベルでの社会危機管理、安全保障の問題なのである。

世界銀行や国連は、新型インフルエンザ発生時には、最初の1年間で世界全体で4兆ドル（世界GDPの3・1％に相当）の経済損失が出ると予測し、さらに死亡率が1％増加するごとに1・8兆ドルの損失が加わるとしている。米国の国家安全保障会議は米国での経済損失は8400億ドル以上との予測値を出している。カナダの経済団体は、北米だけで3万5000社の大企業が倒産し、1929年の世界大恐慌をはるかに超える経済への影響があるとの調査報告書を出している。特に中国などの経済発展の目覚ましい多くの途上国では、新型インフルエンザ対策が遅れているために、大きな経済破綻の発生が懸念されており、これが連鎖的に世界全体に大きな影響を及ぼすという。

日本については、第一生命経済研究所が我が国のGDPが4・1％（20兆円）減少すると試算しており、オーストラリア農業省ではさらにその50％増しの6・1％減を予測している。しかし、我が国の政府調査機関がこのような調査結果を公表したことはない。

さらに重要なことは、これらの影響は数年間にわたって続くと予測されているのだ。米国ではホワイトハウスの強い主導権の下に、すべての政府機関を巻き込んだ新型インフルエンザ準備計画の実施を進めているが、最近では、大流行が終息した後の経済復興、社会機能の回復に関する事前準備計画も検討されている。

人の生活様式や社会活動が大きく変化した21世紀に起こる新型インフルエンザ大流行では、過去に例を見ない大きな被害と影響が予想されるのである。H5N1型ウイルスの持つ強い病原性が正しく認識され、「インフルエンザ」という病気を超えた重症の新興感染症の大流行を前提とした最悪のシナリオの可能性が危惧されるようになるにつれて、さらに厳しい予測を公表している海外研究機関も多数出てきている。

本書でシミュレーションとして書いたストーリーは、具体的な準備がほとんど進んでいない現状のまま手をこまねいていて、国内に新型インフルエンザが流行すれば、まさにそうなりうるストーリーなのである。しかも、新型インフルエンザ出現から最初の2ヶ月を予想したにすぎない。その後これが社会機能、経済活動にどのように影響してくるか、その回復にはどの程度の時間と資金が必要となるかについては、著者の想像力と専門知識を超える問題である。これらについては、各分野の専門家の方々に英知を傾けていただきたいと念願する。

　実は、本書を書き終えたゲラの段階で、プレパンデミック・ワクチン（備蓄ワクチン）の配布時期がもっと遅くなる可能性がわかってきた。1日や2日の遅れではない。1ヶ月以上先になることを厚生労働省の担当課が明らかにした。その場合のストーリー構成は、あまりにも恐ろしく、私には書くことができなかった。

　日本の感染症に対する危機意識は、あまりにも低い。これだけ科学が進み、新型発生の機序が見えている中で、「実際に発生する頃にはもう少し弱毒化しているだろう」とか「日本に入るまでには時間的余裕があるだろう」といった、科学的な根拠のない、楽観的な予測の下に、政府や監督官庁、自治体そして国民までが、ちょっと遅れで対応する。それぞれに努力はしていても、この甘さ、ちょっと遅れが積み重なると Fatal Delay（致命的な手遅れ）が生じるのである。

　危機管理の問題は、事前のリスク評価と、最悪のシナリオに対応した事前準備を行い、さらに実際に起こった際の緊急対応計画をたて、これをいつでも実行できる状態にしておくことに尽きる。まさに備えあれば憂いなしなのだ。

新型インフルエンザ大流行による膨大な健康被害と、二次的な社会・経済活動の崩壊を防ぐにはどうすればよいのであろうか。目標は、

1．新型インフルエンザの発生を防止する
2．健康被害を最小限にとどめる
3．社会・経済機能の崩壊を防ぎ、社会生活を維持する

の3点に要約できる。

まず、新型インフルエンザの発生を防止するには、鳥の間での流行を根絶することである。これまでに感染地域においては、膨大な国際援助資金が投入され、3億羽を超えるニワトリやアヒルなどの家禽を処分し、また家禽にワクチンを接種するなど、感染拡大を抑える努力がなされてきた。しかし、これらの対策は、新型インフルエンザ発生のリスクは軽減できても、本来の感染源である野鳥への対応は不可能であるために、発生の可能性をゼロにすることは望めない。

また、さまざまな国際的な協力の下に、鳥から人への感染を防ぐための情報提供や教育、生活様式の改善などが進められてきた。さらに、現在までに300名を超えるヒトの感染患者がWHOで確認されているが、これらが発生した際には、周囲への拡がりを抑え込み、大

流行への進展の可能性を防ぐために、その都度さまざまな封じ込め対策が繰り返しとられてきた。このような新型インフルエンザ発生のリスクを減らすための努力がなされなかったら、既に大流行を開始していたかもしれない。

このように、新型インフルエンザの発生を阻止することは不可能に近く、なんとか流行を抑制して、新型インフルエンザ発生を回避しているという状況は今後も続くであろう。

二番目は、新型インフルエンザが発生してしまった場合に、その拡大を阻止または遅らせて、健康被害（患者発生、重症入院患者、死亡者）を最小限にとどめる戦略である。いったん流行が起これば、現在の科学技術をもってしても、完璧な対応手段が存在しない以上、健康被害をゼロにすることは不可能である。国民全員がある程度の被害を覚悟しなければならない。

この対策としては、新型インフルエンザ出現の早期発見と流行予測評価、発生地域における早期封じ込めの努力に続き、検疫などによる流入、拡大の防止、抗ウイルス剤による予防と治療、ワクチンによる予防、必要な医療サービス提供の確保などが含まれる。国内では主に厚生労働省と地方自治体の衛生担当部局が責任を担う分野である。

膨大な健康被害が一時期に集中して生じると、まず医療サービスの提供体制が麻痺（まひ）して、ますます健康被害が増えるという悪循環をもたらす。その結果、多数の人が同時に倒れ込む事態となり、二次的に社会活動、社会機能への大きな影響が出てくることになる。いかにこのような事態を防ぐかが、第二の戦略目標の根幹であり、十分な事前準備が必要とされるゆえんである。これについては後に再度ふれる。

三番目は、二番目の健康被害軽減戦略が十分に奏効せず、多数の患者が同時発生してしまった際に生じる状況への緊急対応である。すなわち社会機能の崩壊を防ぎ、社会活動・経済活動を維持するという、まさに危機管理の焦点である。これには、政府・地方の全行政機関をはじめとして、国内外のあらゆる機関、団体、事業所から地域社会、家庭、個人に至るまで、すべての人がその実施主体であり、またその実施対象となる。

特に、社会機能の維持に不可欠な職種に従事する多数の人々が同時に罹患して欠勤すると、その影響は大きく、社会危機に直結する。そのため、我が国をはじめ多くの国では、これらの職種に対して優先的にワクチンを接種することなどを計画している。

新型インフルエンザ対策は、基本的にはすべての危機管理問題と共通するものである。しかし、過去の教訓から、新型インフルエンザ大流行は、地球全体で同時に起こり、1回の流行の波は少なくとも2ヶ月間は続くと考えられる。従って、この間には他の地域や国からの支援はほとんど期待できない。これが大地震、津波、噴火爆発、台風、ハリケーンなどの自然災害や局地紛争などと大きく異なる点である。あえて例えるならば、特大規模の世界同時多発無差別テロにも相当する事態であろう。ここにも、新型インフルエンザ大流行に対する危機管理に関わる準備と対応の重要性と難しさが存在する。

先に述べた第二の戦略に関して、大流行による健康被害を減らすための様々な手段が検討されているが、ここでは2つの例を記しておきたい。

新型インフルエンザ対策には、大きく2つの潮流がある。スイス式と米国式である。スイスでは、国家新型インフルエンザ準備計画に基づいて、2007年現在、国民全員分のタミフルとH5N1型ワクチン（現在流行中の鳥型ウイルスを使ったプレパンデミック・ワクチン＝備蓄ワクチン）を備蓄している。海外でのH5N1型ウイルスの流行状況と人への感染報告、ウイルスの変異などの状況から判断して、いざとなれば国民全員に備蓄ワクチンを接種する。英国でも同様の対策計画が動いている。これによって国民全体に基礎免疫をつけ、感染者を減らすとともに、流行の拡大を遅らせ、ピークを平坦化することが期待されている。さらに発症した場合にはタミフルで早期治療を施す計画である。感染患者の同時多発と重症化が大幅に抑えられれば、第三の目標達成も容易となろう。

これに対して、米国では、社会機能維持者に対するプレパンデミック・ワクチンの備蓄とは別枠で、新型インフルエンザの発生後半年以内に、全国民に対してパンデミック・ワクチン（新型インフルエンザウイルスを用いて新たに製造するワクチン）を接種する計画である。

財務省のホームページにも公表されているように、そのために、膨大な国家予算を投入して、必要なワクチン製造施設の建設、製造メーカーの誘致が行われている。カナダでも4ヶ月以内に全国民にパンデミック・ワクチンを接種する対策が動いている。

一方、ワクチン供給開始までの半年間における対策としては、感染患者の発生数を極力減らし、さらに社会機能、特に医療提供サービスの崩壊を避けるために、抗ウイルス剤の事前備蓄と、さまざまな行動規制を国民にかけることを計画している。インフルエンザの主な感染ルートは、人の集まる場所で、他の感染者からうつるというのが一般的だ。そこで、遊興、観劇、スポーツ、各種集会などの不要不急の外出や集まりを中止することはもちろん、日常生活に必要な外出も規制して、出来るだけ感染を受けないようにする自宅籠城計画である。

日常生活に必要な外出のおもな理由は、通勤、通学、そして食糧・日用品の買い物である。数理モデル解析によると、これらを制限すれば、インフルエンザの流行のピークを大幅に平坦化できると予想されているが、それには極めて早期に厳しい行動制限の実施が必要であるとされている。この自宅籠城を可能とするために、米国政府は既に3年前から、家庭対策そして企業対策を積極的に啓発してきた。各自治体における具体的な準備を進めるための支援についても、政府が積極的に関与している。

職場閉鎖の際の在宅勤務継続に必要なインフラ整備、たとえばセキュリティーの高いインターネット回線の増設確保、手形の決済方法など。また、学校閉鎖の際の教育継続のためのテレビ番組の作製や、子供の世話のために欠勤せざるを得ない保護者への経済補償、欠勤する保護者の仕事に対するバックアップ体制など。そして、家庭や事業所における食糧・日用品の備蓄と緊急対応への準備などである。

米国では、毎年繰り返されるハリケーン被害に関する情報や行政対応が国民の間では定着している。従って、ハリケーンの規模に応じた対策をモデルとして、新型インフルエンザ対策についても、国民に対する具体的な説明と理解、協力依頼をさまざまな方法ですすめている。

実は、米国社会では、新型インフルエンザ対策には苦い過去がある。1976年、米国フォート・ディックス陸軍基地でインフルエンザの発生があり、1人の新兵が死亡した。この患者から分離されたウイルスは、ブタのH1N1型ウイルスであった。1918年にスペイン風邪の原因となったウイルスの再来が危惧された。そこで、当時のフォード大統領は、ワクチンの緊急増産、国民へのワクチン接種キャンペーンを行ったのである。しかし、このウイルスによる大流行は起こらず、ワクチン接種者の中に副作用としてギランバレー症候群という神経疾患も報告されたのだった。翌年行われた大統領選挙でフォード大統領は落選、米国の政治の社会には、ブタインフルエンザは政治的失策の代名詞のような印象を残した。

しかし現在、当時のリスク評価に問題はあったにしても、フォード大統領の政治的決断を危機管理の面から支持する科学者も多く存在する。危機管理における事前準備では、何も起こらないことが最善のことであるからである。転んでしまってからでは、杖を何本持たせても間に合わないのである。

あれから30年が経過し、インフルエンザの科学的解析も進み、ワクチン製造能力も飛躍的に発達している。そして今、世界的なH５N１型ウイルスの流行拡大、人への感染例の多発という事実、遺伝子変異によってヒト型の新型インフルエンザに変身しうるという科学的推察、新型インフルエンザ大流行が迫っているというリスク評価など、客観的状況がある。その中で、ブッシュ大統領は、ＷＨＯをはじめ、国際機関の強い期待を背景に新型インフルエンザ対策推進を２００５年11月に打ち出したのである。

さらに重要な点は、何回も繰り返すが、H５N１型インフルエンザウイルスの病原性の強さにある。現在、流行中のこのウイルスは鳥や哺乳類に全身感染を起こし、致死率も非常に高く、人も例外ではない。次回のパンデミックが、このウイルスから発生する可能性が非常に高いことも世界的な新型インフルエンザ対策推進が叫ばれる大きな理由である。

今、日本の全国民約1億３０００万人分のプレパンデミック・ワクチンを作ったとしても、その費算は約１７００億円。さらに、たとえば、２億人分を作り、その余剰分を近隣のアジア諸国に分与することなど、世界レベルの脅威に対する大きな貢献も考えられる。同じ予算を使うのであれば、ニワトリへの接触に注意を促すポスターを、ニワトリをほとんど飼育していない国に対しても画一的に大量に配ることよりも、パンデミックの危険性の高まるなかでの真の国際協力になるのではないか。日本のインフルエンザワクチン開発・製造技術は世界のトップレベルにあるのである。

最後に、危機管理上での重要な要素である情報提供・情報共有について述べておく。社会危機が発生した際には、正確な情報の不足に加えて、行政当局や情報提供機関の出す情報への不信感が人々の間で様々な憶測と風評を呼び、社会のパニックを引き起こした例は歴史上においても枚挙にいとまがない。

新型インフルエンザ大流行も社会危機に結びつく「災害」であり、「リスク管理」によって初めて被害の軽減と社会機能の維持が可能となる。そのためには、リスクコミュニケーションと呼ばれる情報提供・共有の技術が必須となる。

現在の社会では、様々なメディアを通して、ありとあらゆる情報が瞬時にして世界を駆け巡る。情報には、発信者の意図とは関係なく、それを受け取る側の理解がすべてを決めていく傾向がある。同じ情報でも、受け取り方に違いが出るのは避けられないが、これが次々と増幅されると、とんでもない情報として広がることとなる。センセーショナルな情報ほど注目を集めやすく、これが社会全体の認識となっていく集団ヒステリーは、程度の差こそあれ、日常でもしばしば経験されるところである。

1918年のスペイン風邪大流行時をはじめ、2003年のSARSの流行の際にも、いろいろな情報が氾濫（はんらん）し、国民はこれに振り回された。過去においては、情報不足から来るさまざまな憶測が風評をもたらした。しかし、情報が氾濫する現代社会においても、普段では考えられない迷信じみたことが、まことしやかに受け入れられたりするのである。情報伝達方法が格段に発達して情報量が増えても、基本的な問題は変わっていない。むしろ情報量の増加は、対応を誤ればかえってパニックを助長することになろう。

リスクコミュニケーションとは、専門家による「リスク評価」の結果を行政、一般、専門家に知らせることと、行政対応である「リスク管理」について一般、専門家に知らせるという、両方向の情報共有活動である。特に重要なのは、科学的な「リスク評価」と一般の人々の感じる「リスク認知」とのズレを埋めることであり、正しい「リスク感覚の共有」をすることである。普段からこの関係を構築し、専門家による科学的な「リスク評価」と、行政対応である「リスク管理」の間で、お互いの理解のズレが広がらないように、またこの溝を埋めていく努力が必要である。

国民に対しても、事前に新型インフルエンザ大流行に関する正しい情報を提供して、理解と準備対策を促し、新型インフルエンザがいつ発生しても、冷静に対応できるようにしておくことが必要である。これを怠れば、大流行時に突然その事実を知らされた国民はパニックに陥ることは想像に難くない。

危機管理における情報提供の基本原則は、情報の正確さ、迅速さ、そして情報提供の透明さである。危機管理においては、都合の悪い情報を意図的に隠したり、作為的な情報を流すということは、最悪の結果をもたらし、決してやってはならないこととされている。国民の間で、当局やメディアが出す情報に対する不信感がいったん生じれば、もう何を言っても信用されず、パニックを助長するだけである。

世界各国に比較して、日本ではこの分野に対する認識が全体的に低く、またその対応が不得意であるとされている。リスク管理上からも重要な課題なのである。

また、新型インフルエンザ対策は、個人や企業レベルでの対策も強く求められ、米国では政府の指導のもとでこれらが推進されてきた。個人での対策としては、まず〝理解こそが最も必要な備え〟であり、さらに各家庭で、できるだけ多くの食料品や生活必需品、できれば2ヶ月を堪えしのげる程度の分量を備えておくことが必須となろう。また、シミュレーションにもあるように、病院をあてにできない状況がやってくる。新型インフルエンザに感染しても、医療機関での入院ではなく、家庭での自宅療養となる場合がほとんどである。このとき、自身や家族の命を守るためにも、自宅療養に必要な医薬品や医療品を備えておくことも是非とも必要である。これらの備蓄が、現実に新型インフルエンザが流行したときの生命線にもなるのだということをここに明記しておく。

本書のシミュレーションを書くにあたり、H5N1型強毒性鳥インフルエンザウイルスの蔓延の現状から、次なる新型インフルエンザとして発生する可能性の高い、強毒性新型インフルエンザ問題の本質を科学的に追求することを目的のひとつとした。さらにこれを国民と共に広く理解し、今、我々は何を為すべきなのか？　何が出来るのか？　を直視することをさらなる目標としたのである。そして、私は、ここにプレパンデミック・ワクチン（備蓄ワクチン）を広く国民すべての命のために、全国民分の製造と提供をする術を国民全員で考えたいと思っている。

今、このあとがきを私はパリのセーヌ川の中州、シテ島にあってヨーロッパ最古の病院の一つとされるパリ市民病院（Hotel Dieu）の一隅でしたためている。ここは、中世には施療院として、襲いかかる疫病（伝染病）の惨禍の中で多くの人々を受け入れて来た場所だ。ひとたび、疫病が流行したなら、多くの患者が押し寄せ、一つのベッドに数名が横たわり、床ではワラの上に座った病人を修道女が看病していた。多くの患者が一つの部屋に詰め込まれていたので、すぐに伝染病は猖獗を極めたという。

過去の歴史を振り返ると、ある時代には必ず、その時代を特徴づける疫病（感染症）が存在していたことに気づく。その時代に生きた人々にとって、直面する感染症は逃れられないものであった。そして、その感染症の猖獗の果てに、ある者は死に、ある者は生き残り、その命の連鎖が歴史として受け継がれてきたのだ。では、21世紀を生きる我々にとって、直面する感染症とはなんであろうか。それは間違いなく、この新型インフルエンザであろう。

この病院の中央、一番良い場所には礼拝堂があり、そこでは祈りが捧げられてきた。医療の未発達であった時代には、治療よりもこのチャペルでの祈りのほうが、魂を救済し、人々を癒したのかもしれない。疫病の惨禍の中で多くの人々の生死を受けとめ、看取ってきたこの場所は、Hotel Dieu「神の宿」と訳される。

今、我々は薬もワクチンも入手しうる時代になった。命のためにとりうる対策は追求するべきではないだろうか。私は、この神の宿のチャペルから、心を込め、願いを込めて、いのちへの思いを綴って、本書を世に送り出す。

２００７年夏　パリ市民病院　神の宿にて　岡田晴恵

文庫版あとがき

２００９年3月、Ｈ１Ｎ１型豚インフルエンザが人から人に感染伝播する能力を獲得し、新型インフルエンザの発生となった。深夜、その知らせの電話を受けたとき、上司が最初に発した言葉は、「Ｈ５Ｎ１型強毒型鳥ウイルスからの新型インフルエンザのリスクは減ってはいない、いや、増している。このＨ１Ｎ１型ウイルスは想定外だが、この被害を最小限度に止める対策を講じながらも、Ｈ５Ｎ１の強毒性ウイルスの対策も粛々とやっていくことが、本質だ」というものだった。

Ｈ１Ｎ１型新型インフルエンザウイルスは、この秋冬にも日本をはじめ北半球を席捲(せっけん)することが予想される。ウイルス学的には季節性のインフルエンザとほぼ同等ではあるが、ほとんどの人々にとっては免疫がない分、ウイルスに曝(さら)されれば、感染が成立しやすく、初感染であるために重症化しやすい傾向を伴い、結果として同時期に大勢の患者が医療機関に殺到することとなるであろう。しかしながら、現在、その事態を予測して、対策が積極的に準備されているのであろうか。この4月からの国、自治体の今回の新型インフルエンザへの対応では、対策の遅れと不備が目立ち、その脆弱(ぜいじゃく)さが露呈された結果となった。この新型インフルエンザが弱毒性のH1N1型ウイルスでなく、H5N1型強毒性ウイルスで生じたのならば、今頃、日本社会は大混乱となっていたことは想像に難くない。我々はこの現状を踏まえ、新型インフルエンザ対策を再考すべきではないのか。H5N1型ウイルスからの次の新型インフルエンザの発生を視野に入れた議論をも為すべきではないのか。

今、まさに新型インフルエンザの本質を直視し、その対策を真剣に考えるべき時が来ているように思う。本書が、その時期を捉えるかのごとくに文庫化され、再び多くの人々の手に届くことになったことを、新型インフルエンザの対策推進のために、心から喜んでいる。

文庫化にあたり、本文を再読してみると、当時のあとがきには、新型インフルエンザ対策の政策提言が強く主張されていることに気づく。その提言の一部は実現され、プレパンデミック・ワクチンも3000万人分が備蓄されているが、全国民分にはまだ遠く及ばない状況である。本書の文庫化によって、それらの議論が再度為されていくことを願っている。

本書出版にあたり、幻冬舎社長見城徹氏、幻冬舎編集部袖山満一子氏に心より御礼を申し上げます。また、国立感染症研究所インフルエンザセンター長田代眞人先生にも感謝致します。

2009年6月　　岡田晴恵

この作品は２００７年９月ダイヤモンド社より刊行されたものです。

幻冬舎文庫

●好評既刊
第三の買収
牛島　信

一部上場企業・龍神商事の社長はＭＢＯを決意するが、強欲ハゲタカファンドの出現で絶体絶命！　その時、社内から思わぬ救い手が現れた――。壮絶な企業買収劇を描く衝撃の企業法律小説。

●好評既刊
Ｓ×Ｍ
神崎京介

借金に苦しむ二十七歳の高校教師・美佳はインターネットで知り合った見知らぬ男に自分の陰部の画像を送り、代償をローン返済に充てた……。極限の性愛を描いた傑作集『服従』の衝撃新装版！

●好評既刊
余命三カ月のラブレター
鈴木ヒロミツ

余命三カ月の宣告を受け、鈴木ヒロミツは妻に、息子に、猛烈な勢いで手紙を綴り始める。延命治療を拒み、残された家族との時間を大切にすることを選んだ彼の、愛と感謝のラストメッセージ！

●好評既刊
食べてきれいにやせる！
伊達式脂肪燃焼ダイエット
伊達友美

自らも20kg減を達成した人気カウンセラーが、〝栄養をプラスしてやせる〟驚きのノウハウを伝授。体脂肪はシソ油で撃退、朝の果物で排泄力アップ……など、大反響の成功バイブル、ついに文庫化！

●好評既刊
アメリカ・カナダ物語紀行
松本侑子

「赤毛のアン」シリーズ『若草物語』『森の生活』「大草原の小さな家」シリーズ。懐かしい名作の舞台を訪れ、作者の生涯をたどり、物語の世界を心ゆくまで旅する、ロマンチックな文学紀行。

幻冬舎文庫

●好評既刊
ツレがうつになりまして。
細川貂々

ツレがある日、「死にたい」とつぶやいた。激務とストレスでうつ病になってしまったのだ。病気と闘う夫を愛とユーモアで支える日々を描き、大ベストセラーとなった感動の純愛コミックエッセイ。

●好評既刊
その後のツレがうつになりまして。
細川貂々

うつ病になったツレは三年間の闘病生活を妻とともに乗り越え、元気になった。ふたりはどうやって病気を受け入れたのか。うつ病後の日々を描く大ベストセラーの純愛コミックエッセイ第二弾。

●好評既刊
奥さまはニューヨーカー
岡田光世
島本真記子

転勤で突然ニューヨークに引っ越した一家のドタバタ日常をコミカルに描いた爆笑失笑快笑マンガ。日本語訳が付いた英語のセリフには、思わず口にしたくなるNY直輸入の口語表現が満載。

●好評既刊
奥さまはニューヨーカー
See you later, alligator.
岡田光世　島本真記子

ニューヨーク生活にすっかり慣れたものの肝心の英語力は……。勘違いにめげず明るく英語を学ぶ一家をユーモアたっぷりに描く。全セリフ日本語訳付き。NYで耳にする表現をわかりやすく解説。

●好評既刊
奥さまはニューヨーカー
Shotgun Wedding
岡田光世　島本真記子

山田一家は今日もトラブルに遭遇中!?　ドタバタNY生活をコミカルに描いたロングセラー英語学習マンガ。アメリカで耳にする表現を楽しく勉強できるシリーズ第三弾。全セリフ日本語訳付き。

H5N1

強毒性新型インフルエンザウイルス日本上陸のシナリオ

岡田晴恵

平成21年6月30日　初版発行
令和2年3月20日　2版発行

発行人——石原正康
編集人——菊地朱雅子
発行所——株式会社幻冬舎
〒151-0051東京都渋谷区千駄ヶ谷4-9-7
電話　03(5411)6222(営業)
　　　03(5411)6211(編集)
振替00120-8-767643
印刷・製本—中央精版印刷株式会社
装丁者——高橋雅之

幻冬舎文庫

ISBN978-4-344-41331-3　C0193　お-33-2

幻冬舎ホームページアドレス　https://www.gentosha.co.jp/
この本に関するご意見・ご感想をメールでお寄せいただく場合は、
comment@gentosha.co.jpまで。